KB189808

위대한 개츠비

**휴머니스트 세계문학 043**

# 위대한 개츠비
## THE GREAT GATSBY

F. 스콧 피츠제럴드 | 황유원 옮김

차례

**일러두기**

1. 번역 대본으로는 F. Scott Fitzgerald, *The Great Gatsby*(W. W. Norton& Company, 2022)를 사용했다.
2. 주석은 모두 옮긴이 주다.
3. 본문 중 굵은 글씨는 원서에서 이탤릭체로 강조한 부분이다.

다시 젤다에게

그렇다면 황금 모자를 써라. 그래서 그녀가 감동한다면,

　　그대가 높이 뛰어오를 수 있다면, 그녀를 위해서도 뛰어올라라,

그녀가 이렇게 외칠 때까지, "황금 모자를 쓴 연인이여, 높이 뛰어오르는 연인이여,

　　나는 당신을 차지해야만 해요!"

— 토머스 파크 딘빌리어스●

●　F. 스콧 피츠제럴드의 첫 장편소설 《낙원의 이쪽》의 등장인물이자 피츠제럴드
　의 필명. '황금 모자를 쓴 개츠비'와 '높이 뛰어오르는 연인'은 《위대한 개츠비》
　의 제목 후보였다.

제1장

    내가 지금보다 어리고 마음도 여리던 시절 아버지가 어떤 조언을 해주셨는데, 그 이후로 나는 그것을 늘 곰곰이 생각해 왔다.

    "누군가를 비난하고 싶어질 때면." 아버지는 말씀하셨다. "이 세상 사람이 다 너처럼 유리한 위치에 서 있지는 않다는 사실을 명심하거라."

    아버지는 더는 말씀하지 않으셨지만 우리는 언제나 적은 말로도 대단히 잘 통했고, 그래서 나는 아버지의 말씀에 훨씬 더 깊은 뜻이 담겨 있음을 알 수 있었다. 그 결과 모든 판단을 유보하는 경향이 생겼는데, 그 습관 때문에 여러 괴짜의 접근을 허용했고, 또한 자타가 공인하는 최고로 지루한 인간들에게 피해를 입을 때도 많았다. 비정상적인 정신의 소유자는 정상적인 사람에게서 이런 특성이 보이면 재빨리 감지하고 달라붙기 마련이다. 그래서 나는 대학 시절에 부당하게도 성치꾼이라는 비난을 받았는데, 잘 알지도 못하는 터무니없는 인간들의 은밀한 슬픔에 연루되어 있었기 때문이다. 그 비밀 대부분은 알고 싶지도 않은 것이었다. 그래서 누군가가 은밀히 비밀을 누설할 조짐이 확실히 느껴진다 싶으면 자는 척하거나 어떤 생각에 심취한 척하거나 일부러 경박하게 적의를 드러낼 때가 많았다. 젊은이들이 은밀히 누설하는 비밀, 혹은 적어도 그들이 그럴 때 사용하는 말이란 보통 표절한 것이어서 누가 봐도 뻔한 은폐로 흠집이 나 있기 때문이다. 판단의 유보는 곧 무한한 희망으로 이어진다. 아버지가 고상한 체하며 넌지시 말하셨고 나도 고상한 체하며 똑같이 말하듯이, 근본적인 예절 감각이란 태어날 때부터 불평등하게 부여되기 마련인데, 혹시라도 그 사실을 간과한다면 무언가를 놓치게 될까봐 여전히 좀 두려운 마음이 든다.

이렇게 나의 관대함을 자랑하긴 했지만, 나는 그것에도 한계가 있음을 인정하게 되었다. 인간의 행동은 단단한 바위에도, 축축한 습지에도 기초할 수 있겠지만, 어느 순간을 넘기고 나면 나는 그것이 어디에 기초했건 상관하지 않는다. 지난가을 동부에서 돌아왔을 때 나는 세상이 제복을 입고 일종의 도덕적 차려 자세를 영원히 취했으면 좋겠다고 느꼈다. 더는 특권을 지닌 시선으로 인간의 마음을 힐끗 쳐다보며 시끌벅적한 소란을 피우고 싶지 않았다. 나의 이런 반응에서 예외적 존재는 오로지 개츠비, 이 책에 이름을 제공한 그 인물뿐이었다. 내가 진심으로 경멸하는 모든 것을 대변한 개츠비. 만약 개성이라는 게 끊어지지 않는 일련의 성공적인 몸짓이라면, 그에게는 무언가 굉장한 것, 삶이 우리에게 선사하는 약속을 민감하게 포착하는 어떤 고양된 감성이 있었다. 마치 1만 6000킬로미터 떨어진 곳에서 지진을 기록하는 복잡한 기계와 연결되어 있기라도 한 것처럼 말이다. 이런 민감성은 '창조적 기질'이라는 이름으로 그럴듯하게 꾸며지는 그 무기력한 감수성과는 아무 상관도 없었다. 그것은 희망을 발견해내는 비범한 재능이자 다른 누구에게서도 보지 못했고 앞으로도 보게 될 것 같지 않은 낭만적인 민첩성이었다. 그렇다, 개츠비는 결국 옳았던 것으로 밝혀졌다. 인간의 미성숙한 슬픔과 숨 가쁜 의기양양함에 내가 일시적으로 관심을 닫아버린 것은 개츠비를 먹잇감으로 삼은 것들, 개츠비의 꿈이 지나간 흔적에 떠도는 더러운 먼지 때문이었다.

　우리 가문은 중서부 도시에서 삼대에 걸쳐 이름이 드높은 부유한 집안이다. 캐러웨이 가문은 일종의 일족으로 버클루 공작•의 후예라는 말이 전해지지만, 우리 가문의 실제 시조

---

● 영국 왕 찰스 2세의 서자로 제임스 2세의 왕위를 노렸으나 처형당한 초대 몬머스 공작인 제임스 스콧의 스코틀랜드 작위.

위대한 개츠비 | 13

는 우리 할아버지의 형님이다. 그분은 1851년에 이곳으로 와서 남북전쟁 때 대리인을 내보낸 후 철물 도매업을 시작했고, 지금은 우리 아버지가 그 일을 이어나가고 있다.

큰할아버지를 뵌 적은 없지만 내가 그분을 닮았다고 한다. 특히 아버지의 사무실에 걸려 있는 다소 완고한 모습의 초상화를 두고서 하는 말이다. 나는 1915년에, 그러니까 아버지보다 딱 사반세기 뒤에 뉴헤이븐에 있는 대학•을 졸업했고, 얼마 후에는 대전쟁••으로 알려진 게르만 민족의 때늦은 대이동에 참여했다. 미국의 역습을 대단히 즐긴 나머지 돌아와서도 들떠 있는 상태였다. 중서부는 이제 세상의 활발한 중심이 아니라 우주의 벼랑 끝처럼 보였다. 그래서 나는 동부로 가서 채권 업무를 배우기로 결심했다. 내가 알던 모두가 채권 업무에 종사하고 있었기에 그 일이 독신 남성 한 명쯤은 더 먹여 살릴 수 있으리라고 생각한 것이다. 친척 어른이 모두 모여 내가 진학할 대학 예비 학교를 고르기라도 하듯 그 문제를 상의하더니, 마침내 매우 심각하고 주저하는 듯한 표정으로 "그래, 뭐, 그러렴" 하고 말했다. 아버지는 1년 동안 재정적 지원을 해주기로 동의했고, 나는 이런저런 일로 지체하다가 영영 눌러앉을 생각으로 1922년 봄에 동부로 왔다.

---

● 예일 대학교.
●● 제1차 세계대전.

실용적인 선택은 시내에 방을 구하는 것이었지만, 따뜻한 계절이었고 넓은 잔디밭과 정다운 나무가 있는 시골을 이제 막 떠나온 상황이었기에 사무실의 한 젊은 동료가 통근 거리에 있는 곳에 집을 얻어 같이 살자고 제안했을 때 꽤 괜찮은 생각처럼 들렸다. 그 친구가 비바람에 거칠어진 월세 80달러● 짜리 판지 방갈로를 구했지만 마지막 순간에 워싱턴으로 발령이 나는 바람에 나는 혼자서 시골로 가야 했다. 나에게는 적어도 며칠 있다가 도망쳐버린 개 한 마리와 낡은 도지 자동차 한 대와 핀란드인 가정부가 한 명 있었는데, 내 잠자리를 정리하고 아침을 차려주던 그녀는 전기 레인지 위로 몸을 숙인 채 핀란드 속담을 중얼거리곤 했다.

그렇게 하루 이틀 정도 외롭게 보내고 있는데, 어느 날 아침 나보다 늦게 도착한 어떤 남자가 길에서 나를 불러 세웠다.

"웨스트에그 빌리지는 어떻게 가는 거죠?" 그가 난감해하며 물었다.

나는 그에게 길을 알려주었다. 그러고서 다시 걸으니 더는 외롭다는 느낌이 들지 않았다. 나는 안내자이자 길잡이인 동시에 토박이였다. 그는 엉겁결에 나에게 그 동네의 시민권을 수여한 셈이었다.

그리하여 빠르게 재생된 영화에서 그러하듯 쏟아지는 햇살

---

● 1922년의 80달러는 오늘날의 1200달러 정도에 해당한다.

과 갑자기 마구 자라난 나뭇잎 아래서 나는 여름과 함께 삶이 다시 시작되고 있다는 익숙한 확신을 느꼈다.

우선 읽어야 할 책이 아주 많았고, 기운찬 숨을 불어넣어주는 공기를 마시며 건강도 아주 많이 끌어올려야 했다. 나는 은행 업무와 신용거래와 투자 증권에 대한 책을 십여 권 샀다. 조폐국에서 찍어낸 신권처럼 붉은빛과 금빛을 번쩍이며 서가에 꽂혀 있던 그 책들은 미다스와 모건과 마이케나스•만이 알던 빛나는 비밀을 알려주겠노라고 약속하고 있었다. 나는 그 외에도 다른 많은 책을 읽겠다는 의지로 충만했다. 대학 시절 내게는 어느 정도 문학적 재능이 있었다. 어느 해에는 《예일 뉴스》에 아주 엄숙하고 알기 쉬운 논설을 연재하기도 했을 만큼 말이다. 그리고 이제는 그런 재능을 다시금 내 삶 속으로 모두 불러 모아 온갖 전문가 중에서도 가장 희귀한 부류인 '균형 잡힌 사람'이 되어볼 생각이었다. 삶이란 결국 단 하나의 창문에서 내다볼 때 훨씬 더 성공적으로 보인다는 말, 이는 한낱 경구에 불과한 것이 아니다.

내가 북아메리카 대륙에서도 가장 기이한 지역사회 중 한 곳에 집을 얻은 것은 그저 우연이었다. 그곳은 뉴욕에서 정동

---

• '미다스'는 손에 닿는 모든 것을 황금으로 변하게 하던 그리스 신화 속 왕, '모건'은 미국의 금융 자본가인 J. P. 모건(1837~1913), '마이케나스'는 예술과 문화, 특히 시의 후원자였던 로마 제국 초기의 대신이다. 셋 다 부를 상징한다.

향으로 쭉 뻗은 가느다랗고 시끌벅적한 섬에 자리했는데, 그 섬에는 여러 신기한 자연현상 중에서도 유난히 특이한 모양의 지역이 둘 있다. 뉴욕에서 30킬로미터 떨어진 거대한 달걀 모양을 한 이 두 지역은 똑같은 외형에 오직 이름뿐인 만(灣)으로만 구분된 채 서반구에서 가장 많이 길들여진 소금물 덩어리, 즉 롱아일랜드 해협이라는 거대하고 축축한 앞마당으로 튀어나와 있다. 완벽한 타원형은 아니고, 둘 다 콜럼버스의 달걀처럼 맞닿은 아랫부분이 납작하게 찌그러져 있다. 하지만 그 물리적 유사성 때문에 그 위를 나는 갈매기들이 끊임없이 놀라워할 게 분명하다. 날개 없는 존재인 우리에게 더욱 흥미로운 현상은 두 지역이 모양과 크기를 제외하면 모든 점에서 다르다는 것이다.

나는 두 지역 가운데 최신 유행을 덜 따르는 쪽인 웨스트에그에 살았다. 글쎄, 물론 이는 두 지역 사이의 기괴하고 상당히 불길한 차이를 표현하기에는 더없이 피상적인 꼬리표일 테지만 말이다. 내 집은 달걀 모양의 지역 바로 끝부분, 그러니까 해협에서 불과 45미터밖에 떨어지지 않은 곳에 있었고, 한 철 임대료가 1만 2000달러나 1만 5000달러●에 이르는 거대한 두 저택 사이에 끼어 있었다. 오른쪽에 있는 저택은 어떤 기준에서 보더라도 어마어마했다. 노르망디에 있는 어느

---

● 오늘날의 17만 5000달러에서 22만 5000달러 정도에 해당한다.

시청 건물을 그대로 모방한 것으로, 한쪽에는 가느다란 수염 같은 야생 담쟁이덩굴에 뒤덮인 이제 막 세워 올린 듯한 탑과 대리석 수영장, 그리고 16만 제곱미터가 넘는 잔디밭과 정원이 있었다. 그것이 개츠비의 저택이었다. 아니, 그때는 개츠비 씨를 몰랐으니까 그런 이름의 신사가 사는 저택이었다고 말해야 하는지도 모르겠다. 내가 사는 집은 흉물스러웠지만 큰 흉물은 아니어서 보고도 못 본 체할 만한 수준이었고, 나는 바다의 풍경과 이웃집 잔디밭의 일부를 구경하는 호사를 누리는 동시에 백만장자들 바로 옆집에 산다는 위안도 얻을 수 있었다. 고작 월세 80달러에 말이다.

이름뿐인 만 건너편에는 최신 유행을 따르는 이스트에그의 새하얀 궁전들이 바닷가를 따라 빛나고 있었는데, 그해 여름의 이야기는 내가 톰 뷰캐넌 부부와 식사하러 그곳으로 차를 몰고 간 그날 저녁부터 본격적으로 시작된다. 데이지는 나의 칠촌 여동생이었고, 톰은 대학 시절부터 아는 사이였다. 나는 전쟁 직후에 시카고에 있는 그들의 집에서 이틀 동안 머문 적도 있었다.

데이지의 남편 톰은 여러 운동에 재능이 있었는데, 특히 뉴헤이븐의 미식축구 역사상 가장 힘센 엔드• 중 한 명이었다. 어떤 면에서는 전국적 유명 인사로, 스물한 살에 그토록 탁월

---

• 미식축구에서 전위선 양 끝에 있는 선수를 가리키는 말.

한 정점을 찍는 바람에 그 후로는 모든 것이 용두사미의 기운을 풍기는 그런 부류의 인물이었다. 그의 집안은 엄청나게 부유했다. 그는 심지어 대학 시절에도 돈을 물 쓰듯 펑펑 써서 비난의 대상이 되었는데, 이제 시카고를 떠나 남들이 숨도 못 쉬게 놀랄 만한 방식으로 동부로 온 것이다. 이를테면 레이크포리스트•에서 줄줄이 열을 지은 폴로 경기용 조랑말을 데려왔다. 나와 같은 세대의 누군가가 그만큼 부유하다는 것은 이해하기 어려운 일이었다.

그들이 동부로 온 이유는 나도 모른다. 그들은 특별한 이유 없이 프랑스에서 1년을 보냈고, 그러고는 사람들이 폴로 경기를 하고 함께 사치를 부리는 곳이면 어디든 정신없이 돌아다녔다. 옮겨 다니는 건 이번이 마지막이라고 데이지가 전화로 말했지만, 나는 그 말을 믿지 않았다. 데이지의 속마음까지는 알 수 없었지만, 나는 톰이 조금 아쉬워하며 다시는 경험할 수 없는 미식축구 경기의 극적인 흥분을 찾아 영원히 헤맬 거라는 느낌이 들었다.

그리하여 나는 따스한 바람이 불어오는 어느 날 저녁에 거의 모르는 사이나 다름없는 옛 친구 두 명을 만나러 차를 몰고 이스트에그로 갔던 것이다. 그들의 저택은 예상보다 훨씬 더

---

• 미국 일리노이주 레이크 카운티에 있는 도시로, 남동쪽으로 약 51킬로미터 거리에 시카고가 있다.

정교했다. 붉은색과 흰색으로 이루어진 조지 왕조 시대의 유쾌한 콜로니얼 양식● 저택으로, 만을 내려다보는 위치에 지어져 있었다. 해변에서 시작된 잔디밭은 현관을 향해 400미터를 달려오며 해시계와 벽돌을 깐 산책로와 불타오르는 정원을 뛰어넘었고, 마침내 저택에 이르자 여세를 몰기라도 하듯 눈부신 덩굴이 되어 측면을 타고 서서히 올라갔다. 정면에 불연속적으로 늘어선 프랑스식 창문은 이제 따스한 바람이 불어오는 오후를 향해 활짝 열린 채 반사된 황금빛으로 빛나고 있었다. 앞쪽 현관에는 승마복 차림을 한 톰 뷰캐넌이 다리를 벌리고 서 있었다.

톰은 뉴헤이븐 시절 이후로 많이 변해 있었다. 이제 그는 밀짚 색깔 머리를 한 서른 살 된 건장한 남자로, 다소 굳은 입매에 거만한 태도를 보였다. 오만하게 빛나는 두 눈이 얼굴 전체를 지배하며 늘 공격적으로 몸을 앞으로 구부린 듯한 인상을 주었다. 승마복의 여성적인 화사함도 그의 몸에 담긴 엄청난 힘을 숨기지는 못했다. 번쩍이는 부츠에는 두 발이 가득 차서 맨 위쪽 끈이 팽팽해질 지경이었고, 얇은 외투 아래로 어깨가 움직일 때면 거대한 근육 덩어리가 씰룩거리는 게 보였다. 거대한 지렛대의 힘을 낼 수 있는 몸, 그야말로 무자비

●  19세기 미국에서 발달한 건축양식으로, 영국의 고전주의 건축에 실용성을 가미했다.

한 몸이었다.

거칠고 허스키한 높은 톤의 목소리는 그의 성마른 인상을 더욱 강하게 만들었다. 그 목소리에서는 그가 좋아하는 사람들조차 아버지처럼 굴며 경멸하는 듯한 기운이 느껴졌다. 뉴헤이븐에서도 그의 그런 거만함을 질색하는 사람들이 있었다.

'그런데 이 문제에 대한 나의 의견이 최종적인 거라고 생각하진 마.' 그는 이렇게 말하는 듯했다. '단지 내가 너희보다 더 힘세고 더 남자답다고 해서 말이야.' 우리는 졸업반 때 똑같은 클럽에 속해 있었는데, 서로 친했던 적이 한 번도 없음에도 나는 그가 나를 인정했으며, 자기 딴에는 약간 거칠고 반항적이며 아쉬워하는 마음으로 내가 자기를 좋아하길 원했다는 인상을 늘 받았다.

우리는 햇살이 내리쬐는 현관에서 잠시 이야기를 나누었다.

"여기는 멋진 곳이야." 그가 불안하게 여기저기 눈을 번쩍이며 말했다.

그가 한쪽 팔로 나를 돌려세우더니 넓고 납작한 손으로 앞쪽의 경치를 더듬듯이 가리켰다. 그가 손으로 더듬은 자리에는 지면보다 한층 낮은 이탈리아식 정원, 깊은 향으로 코를 찌르는 장미가 심긴 2000제곱미터의 정원, 그리고 앞바다에서 물살에 부딪히는 끝이 뭉툭한 모터보트 한 대가 있었다.

"원래 석유 기업가인 더메인의 집이었어." 그가 정중하고도 갑작스럽게 나를 다시 돌려세웠다. "안으로 들어가지."

우리는 천장이 높은 복도를 지나 밝은 장밋빛 공간으로 들어갔는데, 양쪽 끝에 달린 프랑스식 창문 때문에 연약하게 저택에 붙어 있는 곳이었다. 약간 열린 창문은 바깥의 파릇파릇한 잔디밭 쪽으로 하얗게 빛나고 있었고, 잔디는 집 안으로 들어올 만큼 약간 많이 자란 듯했다. 방 안으로 불어 들어온 산들바람이 한쪽의 커튼은 안쪽으로, 다른 한쪽의 커튼은 바깥쪽으로 창백한 깃발처럼 나부끼며 당의를 입은 웨딩 케이크 같은 천장 위로 휘감아 올렸다. 그러고는 바람이 바다 위로 잔물결을 일으키듯 와인색 깔개 위로 잔물결을 일으키며 그림자를 드리웠다.

방 안에서 완전히 정지해 있는 유일한 물건은 거대하고 긴 의자뿐이었고, 그곳에 앉은 두 젊은 여자는 붙잡아 맨 열기구에 타기라도 한 것처럼 붕 떠 있었다. 둘 다 하얀 드레스를 입고 있었는데, 저택 주변을 짧게 비행하다 날아 들어오기라도 한 것처럼 드레스가 잔물결을 일으키며 나풀대고 있었다. 나는 커튼이 이리저리 펄럭이는 소리와 벽에 걸린 그림이 신음하는 소리를 들으며 잠시 서 있었던 게 분명하다. 그러고서 톰 뷰캐넌이 쿵 하고 뒤쪽 창문을 닫았고, 방 안에 갇힌 바람이 잦아들자 커튼과 깔개와 두 젊은 여자도 열기구가 하강하듯 천천히 바닥으로 내려왔다.

둘 중 어린 쪽은 내가 모르는 사람이었다. 그녀는 꼼짝도 하지 않은 채 긴 의자의 끝까지 몸을 쭉 뻗고 있었고, 금방이라도 떨어질 것 같은 무언가를 올린 채 균형을 잡기라도 하듯 턱을 살짝 들고 있었다. 곁눈질로 나를 보았을지도 모르지만 그런 내색은 전혀 하지 않았다. 사실 나는 거의 놀란 나머지 들어와서 폐를 끼쳐 미안하다고 속삭일 뻔했다.

다른 쪽 여자, 즉 데이지는 일어나려고 했다. 진지한 표정을 지으며 몸을 살짝 앞으로 구부렸다. 그러다가 소리 내 웃었는데, 우스꽝스럽고도 매력적인 작은 웃음이었고, 그래서 나도 소리 내 웃으며 방 안으로 들어갔다.

"행복해서 몸이 마, 마비되어버렸어."

무언가 아주 재치 있는 말을 하기라도 했다는 듯이 그녀가 다시 소리 내 웃었다. 그러고서 잠시 내 손을 잡더니 세상에서 정말 보고 싶었던 사람은 나뿐이었다고 단언하는 듯한 표정으로 내 얼굴을 올려다보았다. 그녀는 늘 이런 식이었다. 그녀가 속삭이며 넌지시 알려주길, 균형을 잡고 있는 여자의 성은 베이커라고 했다. (나는 데이지가 속삭이는 게 단지 사람들이 자기 쪽으로 몸을 숙이게 하기 위해서라는 말을 들은 적이 있는데, 이는 엉뚱한 비난이었고, 설령 그렇다 하더라도 그녀의 속삭임이 지닌 매력은 줄어들지 않았다.)

어쨌든 베이커 양은 입술을 실룩거리며 내 쪽으로 거의 알아차릴 수도 없을 만큼 고개를 살짝 끄덕이더니 재빨리 머리를 원위치로 돌렸다. 그녀가 균형을 잡고 있던 물체가 살짝 흔들리면서 그녀를 살짝 경악하게 한 게 분명했다. 또다시 어떤 사과의 말이 입안에 맴돌았다. 완벽한 자기만족에 도취해 있는 사람을 보면 나는 대체로 망연자실한 채 찬사를 보내곤 한다.

나는 다시 나의 칠촌 여동생을 쳐다보았고, 그녀는 낮고 흥분된 목소리로 내게 질문을 던지기 시작했다. 귀가 이리저리 따라다녀야 하는 종류의 목소리였다. 한마디 한마디가 다시는 연주되지 않을 음들의 배열이라도 되는 듯한 목소리. 그녀의 얼굴은 거기 담긴 눈부신 것들, 그러니까 눈부신 눈과 눈부신 열정적 입으로 슬프고 사랑스러워 보였다. 하지만 목소리에는 그녀를 좋아했던 사람이라면 잊기 힘든 흥분이 담겨 있었다. 노랫소리 같은 강요, "들어봐요"라는 식의 속삭임, 자신이 조금 전에 즐겁고 흥미진진한 일을 했으며 조금 뒤에도 즐겁고 흥미진진한 일이 일어날 예정이라는 암시.

나는 동부로 오는 길에 시카고에 들러 하루를 머물렀는데 십여 명의 사람이 안부를 전해달라더라고 그녀에게 말했다.

"다들 내가 그립대?" 그녀가 황홀해하며 외쳤다.

"시내 전체가 적막해. 모든 차가 왼쪽 뒷바퀴를 장례식 화환처럼 검게 칠했고, 노스쇼어•에서는 밤새도록 통곡 소리가 끊이질 않아."

"정말 멋진걸! 우리 돌아가자, 톰. 내일이라도 당장!" 그러

---

• 미시간호와 인접한 시카고의 부유한 교외 지역.

고서 그녀는 엉뚱한 말을 덧붙였다. "우리 아기를 봐야지."

"당연하지."

"지금은 잠들어 있어. 세 살이야. 한 번도 본 적이 없던가?"

"한 번도."

"아, 그럼 봐야지. 걔는……."

불안하게 방 안을 서성이던 톰 뷰캐넌이 걸음을 멈추더니 내 어깨에 손을 얹었다.

"요즘 뭐 해, 닉?"

"채권 쪽에서 일해."

"누구랑?"

나는 대답해주었다.

"들어본 적이 없는 사람들인데." 그가 단호히 말했다.

이 말에 나는 짜증이 났다.

"듣게 될 거야." 나는 짧게 대답했다. "동부에 계속 있다면."

"아, 나는 동부에 계속 있을 거야. 걱정하지 마." 그는 뭔가 경계하는 듯한 표정으로 데이지를 힐끗 쳐다보더니 다시 시선을 내게로 돌리며 말했다. "다른 곳에 산다면 나는 망할 바보나 마찬가지겠지."

이때 베이커 양이 너무 갑작스레 "물론이죠!"라고 말해서 나는 깜짝 놀라고 말았다. 내가 그 방에 들어온 후로 그녀가 처음 내뱉은 말이었다. 그녀도 나만큼이나 놀란 게 분명했는데, 하품을 하더니 일련의 재빠르고 능숙한 동작으로 자리에서 일어났기 때문이다.

"몸이 뻐근하네." 그녀가 투덜거렸다. "언제부터 저 소파에 누워 있었는지 기억도 안 날 지경이야."

"나를 쳐다보지 마." 데이지가 쏘아붙였다. "내가 오후 내내 뉴욕에 가자고 했잖아."

"아니, 나는 됐어." 베이커 양이 방금 보조 주방에서 가져온 칵테일 네 잔을 보며 말했다. "요즘 열심히 훈련 중이거든."

집주인인 톰이 못 믿겠다는 듯한 표정으로 그녀를 쳐다보았다.

"그러시군!" 그는 술잔에 술이 한 방울밖에 남아 있지 않기라도 하듯 술을 쭉 들이켰다. "당신이 어떤 일이든 해낸다는 게 나로서는 정말이지 놀라울 따름이야."

나는 베이커 양이 무엇을 '해냈다는' 것인지 궁금해하며 그녀를 쳐다보았다. 쳐다보고 있자니 즐거웠다. 날씬한 몸매에 가슴은 작았고, 젊은 사관학교 생도처럼 어깨를 뒤로 쫙 펴고 있어서 똑바른 자세가 더 두드러졌다. 그녀가 내 시선에 응답하듯 햇빛에 혹사당한 잿빛 눈으로 나를 쳐다보았다. 창백하고 매력적이면서도 불만족스러워하는 얼굴에는 자기도 예의상 호기심을 보인다는 기색이 담겨 있었다. 그러자 갑자기 전에 어딘가에서 그녀를, 혹은 그녀의 사진을 본 것 같다는 생각이 들었다.

"웨스트에그에 사신다죠." 그녀가 경멸하듯 말했다. "내가 아는 어떤 사람도 거기 살아요."

"저는 아는 사람이 아무도……."

"개츠비는 아실 텐데요."

"개츠비라고?" 데이지가 따지듯 물었다. "어떤 개츠비?"

그는 내 이웃이라고 대답하기도 전에 저녁 식사가 준비되었다는 말이 들려왔다. 톰 뷰캐넌은 팽팽한 팔로 단호하게 내게 팔짱을 끼더니 체스판의 말이라도 옮기듯 나를 방에서 끌고 나갔다.

두 젊은 여자는 두 손을 허리께에 살짝 얹은 채 날씬하고 나른한 모습으로 우리보다 앞서 석양 쪽으로 탁 트인 장밋빛 현관으로 걸어 나갔다. 테이블 위에 놓인 촛불 네 개가 약해진 바람 속에서 살랑이고 있었다.

"웬 **촛불**?" 데이지가 얼굴을 찌푸리며 싫은 소리를 했다. 그러고는 촛불을 손가락으로 비벼 껐다. "두 주 후면 1년 중 낮이 가장 긴 날이 올 거야." 그녀가 환한 표정으로 우리 모두를 쳐다보았다. "다들 1년 중 낮이 가장 긴 날을 기다리다가 그냥 놓쳐버리지 않아? 나는 1년 중 낮이 가장 긴 날을 기다리다가 그냥 놓쳐버리거든."

"뭔가 계획을 세워야겠어." 베이커 양이 하품하며 말하고는 잠자리에라도 들려는 사람처럼 테이블에 앉았다.

"좋아." 데이지가 말했다. "어떤 계획을 세울까?" 그녀가 곤혹스러워하며 내 쪽으로 몸을 돌렸다. "그날 다들 보통 어떤 계획을 세우지?"

내가 대답하기도 전에 그녀가 두려워하는 표정으로 자기 새끼손가락에 시선을 고정했다.

"이것 좀 봐!" 그녀가 투덜거렸다. "나 다쳤어."

우리 모두 그것을 쳐다보았다. 손가락 마디가 시퍼렇게 멍들어 있었다.

"당신이 그런 거야, 톰." 그녀가 비난하듯이 말했다. "일부러 그런 게 아니라는 건 알지만, 어쨌든 당신이 **그런** 거야. 이게 다 내가 저 짐승 같은 사람이랑 결혼한 탓이지. 거대하고 보기 흉한 몸의 표본이나 마찬가지인……."

"보기 흉하다는 말은 듣기 싫어." 톰이 뿌루퉁하게 항의했다. "아무리 농담이라고 해도."

"보기 흉해." 데이지가 지지 않고 말했다.

가끔 데이지와 베이커 양이 동시에 말하기도 했지만 조심스러우면서도 엉뚱한 농담조여서 잡담이라고 하기도 어려웠다. 그들이 입은 하얀 드레스나 그 어떤 욕망도 찾아볼 수 없는 그들의 냉담한 눈처럼 냉랭했다. 그들은 마침 여기 있었고, 그래서 톰과 나를 받아들이며 우리를 즐겁게 해주거나 자기들도 즐기려는 예의 바르고 유쾌한 노력을 하고 있을 뿐이었다. 머지않아 저녁 식사가 끝나고 조금 후면 저녁 시간도 끝나서 모든 게 스르르 잊히고 말 것임을 그들은 알고 있었다. 서부와는 완전히 달랐다. 서부에서는 계속되는 기대의 좌절이나 순전히 그 순간 자체에 대한 불안한 두려움 속에서 저녁 시간이 단계적으로 끝을 향해 서둘러 나아간다.

"너랑 있으니까 미개인이 된 듯한 기분이야, 데이지." 나는 코르크 냄새가 나지만 꽤 인상적인 클라레●를 두 잔째 마시며 고백했다. "농작물이나 뭐 그런 이야기는 할 수 없는 거야?"

특별한 의도로 한 말은 아니었는데 대화는 의외의 방향으로 흘러갔다.

"문명은 산산조각 나고 있어." 톰이 갑자기 격렬하게 내뱉었다. "나는 이런 일들에 대해 지독한 비관론자가 되어버렸지. 혹시 고더드라는 사람이 쓴 《유색인종 제국의 발흥》●● 읽어봤어?"

"아니, 못 읽어봤는데." 그의 어조에 약간 놀라며 내가 대답했다.

"음, 훌륭한 책이야. 다들 읽어봐야 할 책이지. 그 책에 따르면 우리가 조심하지 않으면 백인종은 완전히, 완전히 침몰할 거라는군. 다 과학적인 내용이야. 입증된 사실이지."

"톰은 아주 심오해지고 있어." 데이지가 생각 없이 슬픈 표정을 지으며 말했다. "긴 단어가 잔뜩 나오는 난해한 책을 읽

---

● 프랑스 보르도산 레드 와인.
●● 미국의 백인 우월주의자 역사가이자 저널리스트인 로스럽 스토더드(1883~
1950)의 《유색의 밀물》를 가리키는 것으로 추정된다.

거든. 우리가 얘기한 그 단어가 뭐였……."

"글쎄, 이 책들은 전부 과학적이야." 톰이 초조하게 그녀를
힐끗 쳐다보며 단언했다. "이 친구가 전부 밝혀놓았어. 지배
인종인 우리가 조심하지 않으면 이 다른 인종들이 세상을 장
악하게 될 거야."

"우리가 놈들을 쓰러트려버려야 해." 데이지는 강렬한 태양
에 눈을 심하게 깜박거리며 속삭였다.

"두 사람은 캘리포니아에 살아야겠어……." 베이커 양이
입을 열었지만 톰이 의자에서 육중한 몸을 움직이며 끼어들
었다.

"그 책에 따르면 우리는 북유럽 인종이야. 나도, 너도, 당신
도, 그리고……." 톰은 아주 잠깐 망설이더니 약한 고갯짓으
로 데이지를 포함시켰고, 그녀는 다시 나를 보며 눈을 깜박였
다. "……그리고 바로 우리가 문명을 이루는 모든 것을 만들
어냈어. 아, 과학과 예술, 뭐 그런 것들을. 알겠어?"

그렇게 집중해서 말하는 그의 모습에는 어딘지 애처로운
구석이 있었다. 예전보다 더 과해진 자기만족감으로도 이제
는 충분하지 않은 듯한 인상이었다. 바로 그때 안에서 전화벨
이 울려 집사가 현관을 떠나자, 데이지가 그 짧은 틈을 타서
내 쪽으로 몸을 기울였다.

"우리 집 비밀을 하나 알려줄게." 그녀가 열정적인 목소리
로 속삭였다. "집사의 코에 관한 거야. 집사의 코에 관한 이야

기 좀 들어볼래?"

"오늘 밤 내가 여기 온 건 바로 그 얘기 때문이야."

"음, 저 사람이 처음부터 집사였던 건 아니야. 예전에는 뉴욕에서 어떤 사람들을 위해 은 식기 닦는 일을 했는데, 그 사람들은 이백 인분의 음식 서빙용 은 식기를 가지고 있었대. 그래서 아침부터 밤까지 은 식기를 닦다가 결국 코에 문제가 생기기 시작했고……."

"상황이 더 악화되었군." 베이커 양이 넌지시 말했다.

"맞아. 상황이 더 악화되었고, 그러다 결국 그 일을 그만두게 된 거지."

잠시 마지막 햇살이 낭만적인 애정을 품고 데이지의 빛나는 얼굴을 비추었다. 내가 귀를 기울이는 동안 그녀의 목소리가 나를 앞으로 숨 가쁘게 끌어당겼다. 그러다가 빛이 희미해졌고, 황혼 녘에 즐거웠던 거리를 떠나는 아이들처럼 각각의 빛이 못내 아쉬워하며 그녀를 떠났다.

집사가 돌아와 톰의 귀에 입을 가까이 대고 뭐라고 속삭였고, 그러자 톰은 얼굴을 찡그리며 의자를 뒤로 밀고 자리에서 일어나더니 한마디 말도 없이 안으로 들어가버렸다. 마치 그의 부재로 내면의 무언가가 되살아나기라도 한 것처럼 데이지는 다시 몸을 앞으로 숙이며 빛나는 목소리로 노래하듯 말했다.

"이렇게 우리 집에 같이 있으니까 좋다, 닉. 오빠를 보면 장미가, 완벽한 장미 한 송이가 떠올라. 안 그래?" 그녀가 베이커 양 쪽으로 몸을 돌리며 동의를 구했다. "완벽한 장미 한 송이 같지 않아?"

이 말은 사실이 아니었다. 나는 장미를 조금도 닮지 않았으니까. 그저 즉흥적으로 떠드는 것일 뿐이었지만 그녀의 말에서는 마음을 뒤흔드는 온기가 흘러나왔다. 마치 그녀의 심장이 그 숨 가쁘고 떨리는 말 중 하나에 숨어 밖으로 나와 나에게 도달하기라도 하려는 것처럼. 그러다가 그녀는 갑자기 냅킨을 테이블에 던지고는 양해를 구하며 집 안으로 들어가버렸다.

베이커 양과 나는 의식적으로 의미 없는 시선을 짧게 주고받았다. 내가 말을 꺼내려는 순간 그녀가 경계하듯 자세를 바로 하더니 경고하는 목소리로 "쉿!" 하고 말했다. 안쪽 방에서 흥분을 억제한 속삭임이 들려왔고, 베이커 양은 뻔뻔하게도 몸을 앞으로 기울여 그 속삭임을 엿들으려 했다. 속삭임은 거의 일관되게 떨리다가 가라앉았고, 흥분으로 다시 커지는가 싶더니 완전히 그치고 말았다.

"아까 당신이 말한 개츠비 씨는 제 이웃입니다⋯⋯." 내가 입을 열었다.

"조용히 하세요. 무슨 일이 벌어지고 있는지 듣고 싶으니까."

"무슨 일이 생긴 건가요?" 내가 순진하게 물었다.

"설마 모른다는 말이에요?" 베이커 양이 솔직히 놀랐다는 표정으로 말했다. "다들 아는 줄 알았는데."

"저는 모릅니다."

"그게……." 그녀가 주저하며 말했다. "톰은 뉴욕에 여자가 있어요."

"여자가 있다고요?" 나는 멍하니 그 말을 되풀이했다.

베이커 양이 고개를 끄덕였다.

"저녁 식사 시간에 톰에게 전화하지 않을 만큼의 예의는 있는 여자일 텐데 말이에요. 안 그래요?"

그녀의 말뜻을 알아차리기도 전에 드레스가 펄럭이는 소리와 가죽 부츠가 저벅대는 소리가 들리더니 톰과 데이지가 테이블로 돌아왔다.

"어쩔 수가 없었어!" 데이지가 어색하게 유쾌한 척하며 외쳤다.

그녀는 자리에 앉아 살피는 듯한 눈빛으로 베이커 양을 힐끗 쳐다보고서 다시 나를 힐끗 보고는 말을 이었다. "잠시 집 밖을 구경했는데 정말 낭만적인 풍경이야. 잔디밭에 새 한 마리가 있었는데, 내 생각에는 큐나드 라인이나 화이트 스타 라인•을 타고 건너온 나이팅게일 같아. 그 새가 계속 노래하는데……." 그녀의 목소리도 노래하는 듯했다. "낭만적이었어.

---

• 둘 다 영국의 유명 해운 회사로, 화이트 스타 라인은 1934년 큐나드 라인에 합병되었다.

안 그래, 톰?"

"아주 낭만적이었지." 그가 이렇게 말하더니 비참한 표정으로 내게 다시 말했다. "저녁 식사 후에도 환하면 마구간 구경을 시켜주고 싶어."

안에서 깜짝 놀랄 만큼 크게 다시 전화벨이 울렸고, 데이지가 톰을 향해 단호히 고개를 내젓자 마구간 이야기를 포함한 사실상 모든 화제가 허공으로 사라져버렸다. 테이블에서의 마지막 오 분 동안 단속적으로 일어난 파편적인 일 중에서 내가 기억하는 것은 촛불이 무의미하게 다시 켜졌다는 사실뿐이다. 나는 모두를 똑바로 쳐다보고 싶으면서도 모든 눈을 피하고 싶은 마음이었다. 데이지와 톰이 무슨 생각을 하고 있는지는 짐작할 수 없었지만, 심지어 어떤 강경한 회의적 태도에 통달한 듯한 베이커 양조차도 이 다섯 번째 손님의 날카롭고 다급한 금속성 소리를 마음속에서 완전히 몰아내지는 못했을 것 같다. 어떤 기질을 지닌 사람에게는 이런 상황이 아주 흥미롭게 여겨졌을지도 모르겠다. 하지만 나는 본능적으로 당장 경찰서에 전화를 걸고 싶은 심정이었다.

말할 필요도 없이 말 이야기는 두 번 다시 입에 오르지 않았다. 톰과 베이커 양은 서로 몇 걸음 떨어진 채 완벽히 생생한 주검 옆에서 밤샘이라도 하러 가듯 천천히 서재로 돌아갔다. 한편 나는 유쾌하고 재미있어하는 척하는 동시에 귀가 잘 안 들리는 척하려 애쓰며 데이지를 따라 줄줄이 이어진 베란다를 돌아서 바깥 현관으로 갔다. 짙은 어둠 속에서 우리는 고리버들로 만든 긴 등받이 의자에 나란히 앉았다.

데이지는 자기 얼굴의 사랑스러운 윤곽을 느끼기라도 하듯 양손으로 얼굴을 감쌌다. 그러고는 벨벳 같은 황혼 속으로 서서히 시선을 옮겼다. 보아하니 격렬한 감정에 사로잡혀 있었고, 나는 그녀를 달래주어야겠다는 생각으로 어린 딸에 대해 물었다.

"우리는 서로에 대해 아는 게 별로 없어, 닉." 그녀가 갑자기 말했다. "친척이긴 하지만 말이야. 내 결혼식에도 오지 않았잖아."

"그때는 전쟁터에 있었으니까."

"참, 그랬지." 그녀가 망설이며 말했다. "음, 나는 아주 안 좋은 시기를 보냈어, 닉. 그래서 모든 것에 대해 아주 냉소적인 사람이 되어버렸지."

분명 그렇게 된 이유가 있는 듯했다. 나는 기다렸지만 그녀는 더 이상 아무 말도 하지 않았고, 그래서 잠시 후 나는 다소 힘없이 그녀의 딸로 다시 화제를 돌렸다.

"이제는 말도 하고, 혼자 밥도 먹고 그러겠네."

"아, 물론이지." 그녀가 넋을 잃은 표정으로 나를 쳐다보았다. "있잖아, 닉. 걔가 태어났을 때 내가 뭐라고 했는지 말해줄게. 들어볼래?"

"당연하지."

"그 이야기를 들으면 세상일에 대한 나의 심정이 어떤지 알게 될 거야. 글쎄, 걔가 태어난 지 한 시간도 안 되었는데 톰은 어디로 갔는지 사라지고 없더라고. 마취에서 깨어나자 완전히 버림받은 기분이 들었어. 곧장 간호사한테 아기가 아들인지 딸인지 물었지. 간호사가 딸이라길래, 나는 고개를 돌린 채 울었어. '그래.' 나는 말했어. '딸이라서 다행이야. 부디 바보로 자라길. 이 세상에서 여자애한테 가장 좋은 건 아름답고 귀여운 바보가 되는 거니까.'"

그녀가 확신하며 말을 이어나갔다. "여하튼 나는 모든 게 끔찍하다고 생각해. 다들 그렇게 생각하지. 가장 진보적인 사람들조차도. 그리고 나는 **알아**. 나는 안 가본 데가 없고 보지 못한 것도 없고 안 해본 일도 없으니까." 그녀가 톰과 상당히 비슷하게 반항적으로 눈을 이리저리 번쩍이더니 오싹한 경멸을 담은 채 소리 내 웃었다. "약아빠진 거지. 세상에나, 나는 약아빠졌어!"

그녀의 목소리가 끊기며 내 관심과 믿음을 불러일으키기를 멈춘 순간, 나는 그녀의 말이 기본적으로 위선적이라고 느꼈다. 그날 저녁 전체가 내게서 어떤 공감을 끌어내려는 일종의 속임수라도 되는 것처럼 불편한 기분이 들었다. 나는 기다렸고, 아니나 다를까 그녀는 곧장 사랑스러운 얼굴에 완전히 억지웃음을 지은 채 나를 쳐다보았다. 자신이 톰과 함께 꽤 유명한 비밀단체의 회원이라고 주장하기라도 하는 듯한 표정으로 말이다.

집 안으로 들어가자 진홍색 방 안은 꽃이라도 핀 듯 불빛으로 물들어 있었다. 톰과 베이커 양은 긴 의자의 양쪽 끝에 앉아 있었고, 그녀는 그에게《새터데이 이브닝 포스트》를 큰 소리로 읽어주고 있었다. 굴곡 없이 중얼거리는 말들이 마음을 달래주는 듯한 음조로 쭉 이어지고 있었다. 그의 부츠는 밝게 비추고 그녀의 가을 낙엽처럼 노란 머리는 흐릿하게 비추던 램프 불빛이 그녀가 양팔의 빈약한 근육을 실룩이며 페이지를 넘길 때마다 종이를 따라 반짝였다.

우리가 들어가자 그녀가 손을 들어 잠시 조용히 하라는 뜻을 전했다.

"다음 호에." 그녀가 잡지를 테이블에 툭 던지며 말했다. "계속됩니다."

그녀의 몸이 무릎을 계속 들썩이며 자기 존재를 주장하더니, 그녀가 자리에서 일어났다.

"10시네." 그녀가 천장에 걸린 시계라도 본 것처럼 말했다. "이 착한 아가씨는 이제 잠자리에 들 시간이야."

"조던은 내일 토너먼트에 출전해." 데이지가 설명했다. "웨스트체스터에서."

"아, 당신이 그 **조**던 베이커로군요."

그녀의 얼굴이 왜 그렇게 낯익었는지 그제야 알 수 있었다.

유쾌하면서도 남을 업신여기는 저 표정은 애슈빌이나 핫스프링스나 팜비치에서의 스포츠 소식을 전하는 여러 신문의 그라비어 사진판 페이지에서 나를 쳐다보던 바로 그 표정이었다. 그녀에 대한 비난 섞인 불쾌한 이야기도 들은 적이 있지만 그게 뭐였는지는 잊은 지 오래였다.

"잘 자." 그녀가 부드럽게 말했다. "8시에 나 좀 깨워줘."

"깨워서 일어나면."

"일어날 거야. 캐러웨이 씨도 잘 자요. 조만간 또 만나요."

"물론 그렇게 될 거야." 데이지가 확실하게 말했다. "실은 중매를 설 생각이거든. 자주 놀러 와, 닉. 그러면 내가, 어, 두 사람을 엮어줄 테니까. 왜 있잖아, 리넨 장●에 돌발적으로 가둬버리거나 보트에 태워 바다로 밀어버린다거나, 뭐 그런……."

"잘 자." 베이커 양이 계단에서 외쳤다. "나는 한마디도 못 들은 걸로 할게."

"좋은 여자야." 잠시 후 톰이 말했다. "이런 식으로 시골이나 돌아다니게 내버려두면 안 되는데."

"누가 그렇게 내버려둔다는 거야?" 데이지가 쌀쌀맞게 물었다.

"조던의 가족 말이야."

---

● 주로 리넨 등을 넣어두는 커다란 장(欌).

"조던의 가족은 천 살쯤 먹은 숙모 한 명뿐이야. 게다가 이제는 닉이 조던을 보살펴줄 거야. 그렇지, 닉? 개는 올여름 주말을 여기서 자주 보낼 거야. 내 생각에는 가족들과 보내는 시간이 개한테 아주 좋은 영향을 끼칠 것 같아."

데이지와 톰은 잠시 말없이 서로를 쳐다보았다.

"조던은 뉴욕 출신이야?" 내가 재빨리 물었다.

"루이빌• 출신이야. 우리는 새하얀 소녀 시절을 거기서 함께 보냈지. 우리의 아름답고 새하얀……."

"아까 닉이랑 베란다에서 짧게나마 허심탄회한 이야기를 나누었나?" 톰이 갑자기 물었다.

"내가?" 그녀가 나를 쳐다보았다. "잘 기억나진 않는데, 아마 북유럽 인종에 대해 이야기했던 것 같아. 그래, 분명 그랬어. 어쩌다 그 주제가 떠올랐고 그러다보니 우린……."

"데이지가 하는 말을 다 믿지는 마, 닉." 그가 내게 충고했다.

나는 아무 말도 듣지 못했다고 가볍게 말하고는 몇 분 후 집에 가려고 자리에서 일어났다. 그들은 나와 함께 문까지 나와서 발랄하고 네모난 빛 속에 나란히 서 있었다. 내가 차에 시동을 걸자 데이지가 "잠깐!" 하고 명령하듯 외쳤다.

"물어볼 게 있었는데 깜박했네. 중요한 거야. 오빠가 서부에서 어떤 여자랑 약혼했다는 말이 들리던데."

---

• 미국 켄터키주 중북부에 있는 도시.

"맞아." 톰도 다정하게 거들었다. "네가 약혼했다는 말을 들었어."

"그 말은 명예훼손이나 마찬가지야. 그러기에 나는 너무 가난한걸."

"하지만 우리는 들었어." 이렇게 우기는 데이지는 다시 한 번 꽃처럼 환히 피어나는 표정으로 나를 놀라게 했다. "세 사람한테서 들은 말이니까 분명 사실일 거야."

물론 그들이 무슨 말을 하는지는 알았지만, 나는 내 입으로 약혼이라는 말을 꺼낸 적도 없었다. 내가 동부로 온 이유 중 하나는 결혼을 공표했다는 소문이 돌았기 때문이다. 소문 때문에 오랜 친구와 절교할 수는 없는 노릇이고, 그렇다고 해서 소문 때문에 결혼할 생각도 없었다.

그들의 관심에 나는 좀 감동했고, 그들이 다가가지 못할 만큼 부자라는 느낌도 이전보다 덜해졌다. 그럼에도 차를 몰고 떠나는 동안 혼란스러운 느낌과 더불어 약간의 혐오감이 들었다. 내가 보기에 데이지가 해야 할 일은 당장 아이를 품에 안고 그 집에서 뛰쳐나오는 것이었다. 하지만 보아하니 그녀는 그럴 생각이 전혀 없는 듯했다. 톰으로 말하자면, '뉴욕에 어떤 여자가 있다'는 사실보다는 책 한 권 때문에 우울해졌다는 것이 훨씬 더 놀라웠다. 건장한 육체에 대한 자만심이 더이상 그의 위압적인 마음에 자양분을 공급해주지 못하기라도 하듯, 무언가가 그로 하여금 진부한 사상의 가장자리를 갉

아먹게 만들고 있었다.

여관 지붕이나 붉은색 새 휘발유 펌프가 빛의 웅덩이 속에 서 있는 길가 주유소 앞쪽은 이미 여름이 한창이었다. 웨스트 에그의 집에 도착한 나는 차를 차고에 넣은 후 마당에 버려 진 잔디 롤러 위에 잠시 앉아 있었다. 바람이 불고 지나간 자 리에는 시끄럽고 환한 밤이 남겨져 나무에서 날개를 퍼드덕 거렸고, 대지의 풀무가 개구리들에게 생명을 가득 불어넣으 며 끈질긴 오르간 소리를 울려 퍼뜨리고 있었다. 지나가는 고 양이의 실루엣이 달빛에 흔들리고 있었는데, 그 실루엣을 보 려고 고개를 돌렸을 때 나는 내가 혼자가 아님을 깨달았다. 15미터 떨어진 곳에서 한 인물이 이웃의 대저택 그림자 속에 서 나타나 주머니에 양손을 찌른 채 서서 은빛 후추처럼 뿌 려진 별들을 쳐다보고 있었던 것이다. 어딘지 여유로워 보이 는 움직임과 잔디밭을 안정적으로 디디고 선 자세로 미루어 보아 우리 동네 하늘의 어디까지가 자신의 몫인지 알아보러 나온 개츠비 씨인 듯했다.

나는 그를 불러보기로 결심했다. 저녁 식사 때 베이커 양 이 그를 언급했다는 말을 첫마디로 건네면 소개로 적당할 것 같았다. 하지만 그를 부르지 않았는데, 그가 혼자 있길 바란 다는 갑작스러운 암시를 보냈기 때문이다. 그는 어두운 바다 를 향해 두 팔을 기이하게 뻗었는데, 멀리서 본 것이긴 하지 만 틀림없이 몸을 떨고 있었다. 나는 나도 모르게 바다 쪽을 힐끗 쳐다보았다. 멀리서, 아마도 잔교의 맨 끝에서 아주 작게 빛나는 초록색 불빛 한 점 말고는 아무것도 분간할 수 없었다. 다시 한번 개츠비 쪽을 바라보았을 때 그는 이미 사라진 후였고, 그 동요하는 어둠 속에 나는 또다시 혼자 남아 있었다.

제2장

　웨스트에그와 뉴욕 중간쯤의 도로에는 어느 황량한 지역을 피하려는 듯 서둘러 철로와 만나 400미터를 나란히 달리는 지점이 있다. 바로 재의 골짜기다. 이 몽환적인 농장에서는 재가 밀처럼 자라나 산마루와 언덕과 기괴한 정원을 이룬다. 또 재는 집과 굴뚝과 피어오르는 연기의 형상을 취하다가 마침내 초월적인 노력으로 회백색 인간이 되어 희미하게 움직이기도 전에 벌써 가루 같은 공기 속으로 무너져 내리고 만다. 가끔 잿빛 화차들이 보이지 않는 선로를 따라 기어 와 오싹하게 삐걱거리는 소리를 내며 멈춰 선다. 그러면 그 즉시 회백색 인간들은 납빛 삽을 들고 떼 지어 몰려들어 자욱한 먼지구름을 일으키고, 먼지구름은 그들의 흐릿한 작업을 남이 볼 수 없게 가려버린다.

　하지만 잠시 후 잿빛 땅과 그 위로 영원히 부유하며 발작

하는 음산한 먼지 너머로 닥터 T. J. 에클버그의 두 눈이 보인다. 닥터 T. J. 에클버그의 눈은 푸르고 거대하다. 망막의 위아래 지름이 90센티미터에 이른다. 없는 얼굴에 달린 그 눈은 존재하지 않는 코에 걸린 거대한 노란색 안경 너머로 밖을 내다보고 있다. 어느 엉뚱한 익살꾸러기 안과 의사가 퀸스 자치구에 개업한 병원을 키우려고 거기 광고판을 설치하고는 영원히 눈이 멀어버렸거나 광고판을 잊고 떠나버린 게 분명했다. 하지만 그 눈만은 오랫동안 페인트도 칠하지 않고 햇빛과 비에 시달려 살짝 흐릿해진 채 그 침통한 쓰레기 매립지를 바라보며 곰곰이 생각에 잠겨 있었다.

재의 골짜기는 한쪽으로 작고 더러운 강과 접해 있고, 그래서 바지선을 통과시키기 위해 도개교가 올라갈 때면 멈춰 서서 기다리는 기차의 승객들은 그 음울한 풍경을 삼십 분 동안이나 응시할 수 있게 된다. 기차는 적어도 일 분은 거기서 늘 정차하게 마련인데, 바로 이 때문에 나는 톰 뷰캐넌의 정부를 처음으로 만나게 되었다.

톰에게 정부가 있다는 사실은 그를 아는 사람이 있는 곳이면 어디서든 계속 화제에 올랐다. 그의 지인들은 그가 그녀와 함께 사람들로 붐비는 카페에 나타나 그녀를 테이블에 내버려둔 채 이리저리 어슬렁거리며 아는 사람 모두와 수다를 떤다는 사실에 분개했다. 나는 그녀를 보고 싶긴 했어도 만나고 싶은 마음은 없었다. 하지만 그렇게 되고 말았다. 어느 날 오후 톰과 함께 기차를 타고 뉴욕에 가고 있었는데, 기차가 그 잿더미 옆에 멈추자 톰이 벌떡 일어나 내 팔꿈치를 잡더니 말 그대로 나를 강제로 기차에서 끌어 내렸다.

"여기서 내리자." 그가 주장했다. "내 여자를 소개해줄게."

그는 점심때 만취할 만큼 많이 마신 듯했고, 나를 데려가겠다는 그의 결심은 나로서는 폭력에 가깝게 느껴졌다. 그는 거만하게도 일요일 오후에 내가 달리 할 일이 없을 거라고 제멋대로 생각해버린 것이다.

나는 그를 따라 철도 옆에 있는 낮은 회반죽 담을 넘어갔다. 우리는 닥터 에클버그의 끈질긴 시선을 받으며 길을 따라 90미터를 걸어 돌아갔다. 눈에 보이는 유일한 건물은 황무지 가장자리에 자리한 노란 벽돌 건물뿐이었는데, 황무지를 보살피는 일종의 빽빽한 중심가인 그곳 인근에는 정말이지 아무것도 없었다. 건물에 있는 세 가게 중 하나는 세를 놓은 상태였고, 또 하나는 길게 이어진 재의 흔적이 진입로 역할을 하는 밤새 여는 식당이었으며, 마지막 하나는 '**수리합니다. 조지 B. 윌슨. 자동차 사고팝니다**'라는 간판이 달린 차량 정비소였다. 나는 톰을 따라 그 안으로 들어갔다.

장사가 안되는지 내부는 텅 비어 있었다. 보이는 자동차라고는 어둑한 구석에 먼지를 뒤집어쓴 채 웅크리고 있는 낡은 포드뿐이었다. 문득 정비소의 이 어둠은 눈가림이 틀림없으며 머리 위에는 호화롭고 낭만적인 방들이 숨겨져 있을 거라는 생각이 들었을 때, 가게 주인이 넝마 조각에 손을 닦으며 사무실 문 앞에 나타났다. 빈혈증에 걸린 듯 생기가 없고 어중간하게 잘생긴 금발 남자였다. 우리를 보자 그의 연한 푸른색 눈동자에 축축한 희망의 빛이 떠올랐다.

"어이, 윌슨, 잘 있었나." 톰이 유쾌하게 그의 어깨를 탁 치며 말했다. "장사는 잘돼?"

"그럭저럭 괜찮아요." 윌슨이 설득력 없는 목소리로 대답했다. "그 차는 언제 파실 겁니까?"

"다음 주에. 지금 우리 쪽 친구가 손보는 중이거든."

"일 속도가 꽤 느린 친구네요. 안 그래요?"

"아니, 그렇지는 않아." 톰이 쌀쌀맞게 말했다. "자네가 그렇게 생각한다면 어디 다른 데 파는 게 나을지도 모르겠군."

"그런 뜻으로 한 말은 아닙니다." 윌슨이 재빨리 해명했다. "저는 그저……."

그의 목소리가 조용해졌고 톰은 초조하게 정비소 주변을 휙휙 훑어보았다. 그때 계단을 내려오는 발소리가 들렸고, 곧 조금 통통한 여자의 형체가 사무실 문에서 나오는 빛을 가로막았다. 삼십 대 중반에 약간 통통했지만, 몇몇 특별한 여자들이 그러하듯 육감적인 살집을 지닌 여자였다. 물방울무늬의 크레프 드 신 드레스 위로 보이는 그녀의 얼굴은 어떤 면에서도 전혀 아름다움으로 빛나지 않았지만, 마치 온몸의 신경이 계속해서 타오르기라도 하듯 그녀에게는 곧장 인지할 수 있는 활력이 깃들어 있었다. 그녀는 천천히 미소를 짓고는 남편이 유령이라도 되는 것처럼 지나치더니 눈을 정면으로 쳐다보며 톰과 악수했다. 그러고는 입술을 적시며 남편을 돌아보지도 않은 채 낮고 거친 목소리로 말했다.

"의자 좀 가져오지 그래. 앉으실 분들이 있으니."

"아, 물론이지." 윌슨이 황급히 동의하고는 작은 사무실로 향하며 곧장 시멘트색 벽과 뒤섞여버렸다. 주변의 모든 것이 그러하듯 그의 검은색 양복과 엷은 머리에도 하얀 잿빛 먼지가 덮여 있었는데, 그의 아내만은 예외였다. 그녀가 톰에게 가까이 다가왔다.

"만났으면 해." 톰이 열렬한 목소리로 말했다. "다음 기차를 타."

"알겠어."

"아래쪽 신문 가판대 옆에서 만나."

그녀가 고개를 끄덕였고 조지 윌슨이 의자 두 개를 들고 사무실에서 나오자 톰에게서 떨어졌다.

우리는 눈에 띄지 않는 도로 아래쪽에서 그녀를 기다렸다. 7월 4일 독립 기념일을 며칠 앞둔 때라 뼈만 앙상한 잿빛의 이탈리아계 아이가 철로를 따라 딱총•을 늘어놓고 있었다.

"끔찍한 곳이야. 안 그래?" 톰이 닥터 에클버그와 찡그린 표

---

• 단단한 것에 부딪히면 폭발하는 어린이 장난감.

정을 주고받으며 말했다.

"지독하군."

"이곳을 벗어나는 게 그녀에게도 좋아."

"남편이 싫어하지 않나?"

"윌슨? 그 친구는 자기 마누라가 뉴욕에 사는 여동생을 만나러 가는 줄 알고 있어. 너무 멍청해서 자기가 살아 있는 줄도 모르는 친구거든."

그리하여 톰 뷰캐넌과 그의 정부와 나는 함께 뉴욕으로 갔다. 아니, 엄밀히 말해서 함께 간 것은 아닌데, 윌슨 부인이 신중하게 다른 칸에 탔기 때문이다. 톰도 기차에 타고 있을지 모를 이스트에그 사람들의 감정을 그 정도는 존중할 줄 알았다.

그녀는 갈색 무늬가 있는 모슬린 드레스로 갈아입고 있었는데, 뉴욕에서 톰의 도움을 받아 플랫폼으로 내릴 때 보니 널찍한 둔부 위로 드레스가 팽팽히 당겨져 있었다. 그녀는 신문 가판대에서 《타운 태틀》 한 부와 영화 잡지 한 권을 샀고, 역내 드러그스토어에서는 콜드크림과 작은 향수 한 병을 샀다. 다들 위층으로 올라간 후 그녀는 근엄한 소음으로 가득한 차도에서 택시를 네 대나 보내고서야 좌석에 회색 커버를 씌운 라벤더색 새 택시를 골라 세웠다. 우리는 이 택시를 타고 복잡한 역을 미끄러지듯 빠져나와 빛나는 햇빛 속으로 들어섰다. 그런데 그러자마자 그녀가 재빨리 차창에서 시선을 돌리더니 몸을 앞으로 구부리며 앞 유리를 두드렸다.

"저 개를 한 마리 갖고 싶어." 그녀가 진지하게 말했다. "아파트에 데려가고 싶어. 개가 있으면 좋잖아."

우리는 우스꽝스럽게도 존 D. 록펠러●를 닮은 백발의 노인 쪽으로 택시를 후진시켰다. 노인의 목에 걸린 바구니에는 품종을 알 수 없는 갓 태어난 강아지 십여 마리가 웅크리고 있었다.

"무슨 종이죠?" 노인이 차창으로 다가오자 윌슨 부인이 열띤 목소리로 물었다.

"어떤 종이든 다 있습니다. 원하시는 종이 뭔가요, 부인?"

"경찰견을 갖고 싶어요. 그런 종은 없겠죠?"

노인은 미심쩍은 눈으로 바구니 안을 쳐다보더니 손을 휙 집어넣어 한 마리를 끄집어냈다. 강아지는 목덜미를 잡힌 채 꿈틀거리고 있었다.

"그건 경찰견이 아니잖소." 톰이 말했다.

"네, 딱 경**찰**견이라고 할 수는 없죠." 노인이 실망한 목소리로 말했다. "에어데일에 더 가까운 종입니다." 그가 갈색 수건 같은 강아지의 등을 쓰다듬었다. "이 털을 좀 보세요. 대단한 털이죠. 감기에 걸려서 귀찮게 할 녀석은 절대 아닙니다."

"귀여운 것 같아." 윌슨 부인이 열렬하게 반응하며 말했다.

---

● 스탠더드 석유 회사를 창립해 석유 업계를 지배한 미국의 실업가 존 D. 록펠러 (1839~1937).

"얼마죠?"

"이 녀석이요?" 노인이 강아지에게 감탄의 눈길을 보냈다. "이 녀석은 10달러는 주셔야겠네요."

발 부분이 놀라울 만큼 하얬음에도 어딘가 에어데일과 관련된 게 분명해 보이는 그 에어데일은 노인의 손에서 윌슨 부인의 손으로 넘어와 그녀의 무릎에 편안히 앉았고, 그녀는 비바람에도 견딘다는 그 털을 황홀하게 쓰다듬었다.

"남자애예요, 여자애예요?" 그녀가 완곡하게 물었다.

"그 녀석이요? 남자애입니다."

"암캐야." 톰이 단호히 말했다. "돈 여기 있소. 이 돈이면 개 열 마리는 더 살 수 있겠군."

택시는 5번가 쪽으로 달렸다. 목가적이라고 해도 될 만큼 따스하고 부드러운 어느 여름의 일요일 오후였다. 하얀 양들이 대규모로 떼 지어 나타나 모퉁이를 돌고 있었다고 해도 나는 놀라지 않았을 것이다.

"잠깐만." 내가 말했다. "나는 여기서 그만 가봐야겠어."

"아니, 안 돼." 톰이 재빨리 끼어들었다. "네가 아파트에 가지 않으면 머틀이 마음 아파할 거야. 안 그래, 머틀?"

"같이 가요." 그녀가 설득하며 말했다. "전화해서 동생 캐서린을 부를게요. 주변에서 알 만한 사람들은 다들 아주 미인이라고 하는 애예요."

"글쎄, 가고 싶긴 하지만……."

택시는 다시 센트럴파크를 가로질러 웨스트 100번대 거리 쪽으로 계속 달렸다. 그러다가 158번가에 이르자 하얀 케이크 덩어리처럼 길게 늘어선 아파트 건물들의 한쪽 면에 멈춰 섰다. 윌슨 부인은 궁전으로 돌아온 왕비 같은 시선을 주변에 던지며 강아지와 구입한 다른 물건을 챙겨 들고 오만하게 안으로 들어갔다.

"매키 부부를 부를 거야." 엘리베이터를 타고 올라가며 그녀가 알렸다. "물론 내 동생도 부를 거고."

아파트는 꼭대기 층에 있었다. 작은 거실과 작은 식당, 작은 침실과 욕실로 이루어진 아파트였다. 거실에는 태피스트리로 꾸민 가구 한 벌이 문까지 가득 들어차 있었는데, 거실에 비해 가구가 터무니없이 커서 이리저리 움직이다보면 숙녀들이 베르사유 정원에서 그네를 타는 부분에 계속 발이 걸렸다. 사진이라고는 너무 크게 확대한, 보아하니 흐릿한 바위에 앉아 있는 암탉 같은 사진이 전부였다. 하지만 멀리서 보니 암탉은 차츰 보닛으로 변했고, 그 아래로 통통한 노부인의 얼굴이 방을 내려다보며 활짝 웃고 있었다. 탁자 위에는 《타운 태틀》과 월호 몇 부와 《베드로라 불리는 시몬》,• 그리고 브로드웨이의 스캔들이 실린 대수롭지 않은 잡지 몇 권이 놓

---

● 전직 사제인 영국 소설가 로버트 키블(1887~1927)의 장편소설로, 피츠제럴드는 1923년에 쓴 한 편지에서 이 소설을 '부도덕한' 작품이라 혹평했다.

여 있었다. 윌슨 부인은 우선 강아지에 관심이 쏠려 있었다. 엘리베이터 보이는 마지못해하며 짚으로 가득한 상자와 우유를 좀 사러 가서는 자발적으로 커다랗고 딱딱한 개 비스킷 한 통도 추가로 사 왔다. 거기 들어 있던 비스킷 한 개는 오후 내내 우유 접시 속에 방치된 채 녹아갔다. 한편 톰은 잠가놓은 옷장 문에서 위스키 한 병을 꺼내 들고 왔다.

나는 평생 딱 두 번 술에 만취했는데 그 두 번째가 바로 그날 오후였다. 그래서 아파트 안이 8시 이후까지 명랑한 햇빛으로 가득했음에도 그날 거기서 일어난 모든 일에는 어둑하고 흐릿한 그림자가 드리워져 있다. 윌슨 부인은 톰의 무릎에 앉아 몇몇 사람에게 전화를 걸었다. 이윽고 담배가 다 떨어지자 나는 모퉁이에 있는 드러그스토어로 담배를 사러 나갔다. 돌아와보니 그들은 보이지 않았고, 그래서 나는 조심스럽게 거실에 앉아 《베드로라 불리는 시몬》의 한 장(章)을 읽었다. 내용이 원래 형편없어서인지 위스키 때문에 왜곡되어서인지는 모르겠으나 도무지 이해가 가질 않았다.

톰과 머틀(첫 잔을 마신 후로 윌슨 부인과 나는 서로 이름을 불렀다)이 다시 나타나자 아파트 문간에 손님이 하나둘 도착하기 시작했다.

머틀의 여동생 캐서린은 서른 살쯤 된 날씬하고 속물적인 여자로, 칼같이 일자로 잘라 착 달라붙는 붉은색 단발머리에 우유처럼 하얗게 분을 바른 얼굴이었다. 눈썹은 다 뽑고 더

비스듬한 각도로 다시 그려 넣었지만, 원래 눈썹 모양을 복구하려는 자연현상으로 인해 얼굴의 초점이 안 맞는 듯한 분위기를 풍겼다. 그녀가 돌아다닐 때면 팔에서 수많은 도자기 팔찌가 위아래로 흔들리며 쉴 새 없이 달그락거렸다. 집주인처럼 급히 들어와서는 자기 물건이라도 되는 것처럼 가구를 둘러보는 모습에 나는 그녀가 여기 사는 사람일지도 모르겠다고 생각했다. 하지만 내가 그렇게 묻자 그녀는 터무니없을 만큼 크게 웃으며 내 질문을 큰 소리로 되풀이하고는 자기는 여자친구와 함께 호텔에서 산다고 대답했다.

매키 씨는 아래층에 사는 창백하고 여성스러운 남자였다. 광대뼈에 흰 비누 거품 자국이 남아 있는 것으로 보아 방금 면도한 모양이었다. 그는 더없이 공손하게 방 안의 모두에게 인사를 건넸다. 그는 자신이 '예술적인 일'에 종사한다고 말했는데, 나는 나중에야 그가 사진작가이며, 벽에 엑토플라즘●처럼 떠 있는 윌슨 부인 어머니의 흐릿한 확대 사진을 만든 장본인이라는 사실을 알게 되었다. 그의 아내는 날카로운 목소리에 무기력하고 용모는 반듯했지만 끔찍한 여자였다. 그녀는 결혼한 이후로 남편이 자기 사진을 백이십칠 번이나 찍어주었다며 자랑스럽게 말했다.

좀 전에 옷을 갈아입은 윌슨 부인은 이제 화려한 크림색 시

---

● 심령현상에서, 영매의 몸에서 나온다고 하는 가상의 물질.

폰 애프터눈 드레스를 입고 있었고, 그래서 그녀가 방을 쓸고 다니는 동안 계속해서 바스락거리는 소리가 났다. 드레스의 영향인지 그녀의 성격 또한 달라져 있었다. 정비소에서 그토록 두드러졌던 강렬한 활력은 인상적일 만큼 거만한 태도로 변해 있었다. 그녀의 웃음소리, 그녀의 몸짓, 그녀의 말은 시시각각 점점 더 맹렬히 가식적으로 변해갔고, 그녀의 존재가 팽창할수록 주변의 방이 점점 더 작아지더니 결국 그녀는 자욱한 연기 속에서 시끄럽게 삐걱거리는 회전축을 중심으로 빙글빙글 도는 사람처럼 보이게 되었다.

"얘." 그녀가 고상한 척하는 목소리로 크게 외치며 동생에게 말했다. "그 인간들 대부분은 매번 너에게 사기나 치려 할 거야. 머릿속에 돈밖에 안 들었거든. 지난주에 어떤 여자를 불러서 발을 살펴봐달라고 했는데, 그때 그 여자가 내민 청구서를 봤다면 내가 맹장 수술이라도 받은 줄 알았을 거야."

"그 여자 이름이 뭐였죠?" 매키 부인이 물었다.

"에버하트 부인이요. 사람들의 집에 찾아가서 발을 살펴봐주는 여자예요."

"드레스가 멋지네요." 매키 부인이 말했다. "정말 사랑스러워요."

윌슨 부인은 경멸하듯 눈살을 찌푸리며 칭찬을 거부했다.

"그냥 완전히 한물간 옷인걸요." 그녀가 말했다. "외모에 신경 쓰지 않을 때 그냥 가끔 걸치는 옷이에요."

"하지만 당신이 입으니 정말 멋지네요. 무슨 말인지 아시겠지만." 매키 부인이 계속 말했다. "체스터가 지금 그 포즈를 사진에 담을 수만 있다면 대단한 작품이 나올 것 같아요."

우리는 모두 말없이 윌슨 부인을 쳐다보았고, 그녀는 눈 위로 내려온 머리카락 한 올을 쓸어 넘기더니 환한 미소로 우리에게 화답했다. 매키 씨는 고개를 한쪽으로 기울인 채 그녀를 열중해서 쳐다보다가 한 손을 얼굴 앞으로 가져가서 앞뒤로 천천히 움직였다.

"조명을 바꿔야겠어요." 잠시 후 그가 말했다. "이목구비의 입체감을 더 살리고 싶군요. 뒤쪽 머리카락의 느낌도 다 살려볼게요."

"조명은 안 바꿔도 괜찮을 것 같아." 매키 부인이 외쳤다. "내 생각에 그건⋯⋯."

그녀의 남편이 "쉿!" 하고 말하자 우리는 모두 피사체로 다시 눈길을 돌렸고, 그러자 톰 뷰캐넌은 다 들리도록 하품하고는 자리에서 일어났다.

"매키 부부가 뭘 좀 마셔야겠는걸." 톰이 말했다. "얼음이랑 미네랄워터를 좀 더 가져와, 머틀. 다들 잠들기 전에 말이야."

"아까 그 보이한테 얼음을 가져오라고 말했어." 머틀이 하층계급의 무기력함에 절망하며 눈살을 찌푸렸다. "하여간 하층민들이란! 계속해서 주의를 줘야 한다니까."

그녀는 나를 쳐다보더니 무의미하게 소리 내 웃었다. 그러고는 보란 듯이 강아지에게 달려가서 황홀하게 입맞춤을 퍼붓고는 십여 명의 요리사가 자기 명령을 기다리고 있기라도 한 듯이 부엌으로 미끄러져 들어갔다.

"저는 롱아일랜드에서 멋진 것들을 좀 얻었습니다." 매키 씨가 주장했다.

톰은 멍하니 그를 쳐다보았다.

"그중 두 개는 액자에 넣어 아래층에 걸어두었죠."

"뭐가 두 개라는 겁니까?" 톰이 물었다.

"연습 삼아 찍은 작품 두 개요. 그중 하나는 '몬토크 포인트●—갈매기', 다른 하나는 '몬토크 포인트—바다'라고 제목을 붙였죠."

머틀의 여동생 캐서린이 긴 의자로 오더니 내 옆에 앉았다.

"당신도 롱아일랜드에 사나요?" 그녀가 물었다.

"웨스트에그에 삽니다."

"정말요? 한 달쯤 전에 그곳 파티에 갔었는데. 개츠비라는 사람의 집에서 열린 파티였죠. 그 사람을 아시나요?"

"제 옆집에 사는 사람이에요."

"음, 사람들 말로는 그가 빌헬름 황제●●의 조카나 사촌이라고 하더군요. 돈이 다 거기서 나온대요."

---

● 뉴욕주 롱아일랜드 동쪽 끝에 있는 갑(岬).
●● 프로이센의 왕이자 독일의 제2대 황제.

"정말요?"

그녀가 고개를 끄덕였다.

"저는 그 사람이 무서워요. 그 사람에게는 어떤 일로든 약점을 잡히고 싶지 않아요."

내 이웃에 관한 이 흥미진진한 이야기는 매키 부인이 갑자기 캐서린을 가리키는 바람에 거기서 끊기고 말았다.

"여보, **이분**으로도 멋진 작품을 만들 수 있을 것 같아." 그녀가 갑자기 말했지만 매키 씨는 따분해하며 고개만 끄덕이고는 톰에게로 관심을 돌렸다.

"저는 기회만 된다면 롱아일랜드에서 작업을 더 해보고 싶어요. 어떻게든 시작만 하게 해주면 좋겠는데 말입니다."

"머틀한테 부탁해보지 그래요." 윌슨 부인이 쟁반을 들고 들어오자 톰이 커다란 웃음을 짧게 터뜨리며 말했다. "머틀이 소개장을 써줄 겁니다. 안 그래, 머틀?"

"뭘 쓴다고?" 그녀가 깜짝 놀라며 물었다.

"매키를 위해 당신 남편 앞으로 소개장을 하나 써줘. 당신 남편으로 작품 연습을 할 수 있게 말이야." 제목을 생각하는 동안 그의 입술이 조용히 움직였다.

"'급유 펌프 앞의 조지 B. 윌슨' 같은 그런 작품이 나오겠군."

캐서린이 내 쪽으로 몸을 가까이 기울이더니 내 귀에 속삭였다.

"저들은 둘 다 자기 배우자를 못 견뎌 해요."

"그래요?"

"아주 못 **견뎌** 하죠." 그녀가 머틀을 쳐다보고는 다시 톰을 쳐다보았다. "그러니까 제 말은, 둘 다 배우자를 못 견뎌 하면서 왜 계속 같이 사는 거죠? 제가 저들 중 한 명이라면 당장 이혼하고 상대와 결혼할 거예요."

"머틀도 윌슨을 싫어하나요?"

이 질문에 대한 대답은 뜻밖의 사람에게서 들려왔다. 질문을 엿들은 머틀에게서 직접 들려왔는데, 격렬하고도 음란했다.

"그것 보세요." 캐서린이 의기양양하게 외쳤다. 그러고는 다시 목소리를 낮추었다. "둘 사이를 갈라놓고 있는 건 사실 톰의 부인이에요. 그녀는 가톨릭 신자인데, 가톨릭에서는 이혼을 좋지 않게 여기니까요."

데이지는 가톨릭 신자가 아니었고, 나는 이 정교한 거짓말에 살짝 충격을 받았다.

"둘이 결혼하면 말이에요." 캐서린이 말을 이었다. "조용해질 때까지 잠시 서부에 가서 살 거래요."

"유럽으로 가는 게 더 분별 있는 행동일 텐데요."

"아, 유럽을 좋아하시나요?" 그녀가 놀랄 만큼 크게 외쳤다. "저는 얼마 전에 몬테카를로에서 돌아왔어요."

"그렇군요."

"바로 작년이었죠. 다른 여자애랑 갔다 왔어요."

"오래 있었나요?"

"아뇨, 그냥 몬테카를로에만 갔다가 바로 돌아왔어요. 마르세유를 경유했죠. 시작할 때는 1200달러 넘게 가지고 있었는데 개인실•에서 이틀 만에 집시한테 털리듯 몽땅 잃고 (gypped)•• 말았어요. 돌아오느라 얼마나 고생했는지 말도 못 할 지경이라니까요. 맙소사, 그 도시가 얼마나 싫던지!"

잠시 창문으로 보이는 늦은 오후의 하늘이 푸른 꿀 같은 지중해처럼 환히 빛났다. 그때 매키 부인의 날카로운 목소리가 나를 다시 방 안으로 불러들였다.

"나도 하마터면 실수할 뻔했어요." 그녀가 원기 왕성한 목소리로 말했다. "하마터면 나를 몇 년 동안 따라다니던 쪼그만 유대인 놈이랑 결혼할 뻔했죠. 그가 나보다 못하다는 건 알고 있었어요. 다들 계속 말했죠. '루실, 저 남자는 너보다 수준이 한참 떨어져!' 하지만 체스터를 못 만났더라면 분명 그놈이 날 차지하고 말았을 거예요."

"그래요, 하지만 들어봐요." 머틀 윌슨이 고개를 위아래로 끄덕이며 말했다. "적어도 당신은 그 남자랑 결혼하진 않았잖아요."

"그러진 않았죠."

"음, 그런데 나는 그 사람과 결혼했어요." 머틀이 애매하게

---

• 카지노에서 큰돈을 거는 노름꾼이 사용하는 방.
•• '집시(gypsy)'에서 유래한 인종차별적인 용어로 '사기를 당하다'라는 뜻이다.

말했다. "그리고 그게 바로 당신과 나의 차이죠."

"왜 그런 거야, 언니?" 캐서린이 물었다. "강요한 사람도 없었잖아."

머틀은 곰곰이 생각해보았다.

"내가 결혼한 건 그 사람이 신사인 줄 알았기 때문이야." 마침내 그녀가 말했다. "교양이 좀 있는 줄 알았는데 알고 보니 내 신발을 핥을 자격도 없는 인간이더군."

"그래도 한동안 그 사람한테 미쳐 있었잖아." 캐서린이 말했다.

"미쳐 있었다니!" 머틀이 그게 무슨 말이냐는 듯이 외쳤다. "내가 그 인간한테 미쳐 있었다고 누가 그래? 나는 저기 저 남자한테 미쳤던 적이 없는 것처럼 그 인간한테도 미쳤던 적이 없어."

그녀가 갑자기 나를 가리키자 다들 비난의 눈초리로 나를 쳐다보았다. 나는 그녀에게 애정을 바란 적이 한 번도 없다는 표정을 지어 보이려 애썼다.

"내가 **미쳐** 있던 순간은 그 사람과 결혼했을 때뿐이야. 곧장 실수를 저질렀음을 깨달았지. 그 인간은 결혼식 때 좋은 양복을 빌려 입고 와놓고는 나한테 아무 소리도 안 했는데, 어느 날 그 인간이 없을 때 옷 주인이 옷을 찾으러 온 거야. '아, 그게 당신 옷이었나요?' 나는 물었지. '저는 금시초문이네요.' 하지만 그 옷을 돌려주고는 바로 드러누워서 오후 내

내 온 동네가 떠나가라 울었어."

"언니는 정말이지 그 남자에게서 벗어나야만 해요." 캐서린이 다시 내게 말했다. "두 사람은 그 정비소에서 11년이나 함께 살았어요. 그리고 톰은 언니가 살면서 만난 첫 애인이죠."

이제 방 안에 있는 사람 모두가 벌써 두 병째인 위스키를 끊임없이 찾아댔는데, '아무것도 마시지 않아도 마신 것처럼 기분이 좋다'는 캐서린만은 예외였다. 톰은 종을 울려 관리인을 부르더니 한 끼 식사로 충분하다는 어떤 유명한 샌드위치를 사 오라고 시켰다. 나는 밖으로 나가서 부드러운 황혼을 즐기며 공원이 있는 동쪽으로 거닐고 싶었지만, 그때마다 어떤 거칠고 귀에 거슬리는 논쟁에 휘말리는 바람에 올가미 밧줄에 붙잡히기라도 한 듯 다시 의자에 앉아야 했다. 하지만 도시 높은 곳에 늘어선 이 아파트의 노란 창문들은 어두워지는 거리를 걷다가 무심코 이곳을 올려다본 사람에게 자기 몫에 해당하는 인간의 비밀을 알려주었을 게 분명했고, 나 또한 위를 올려다보며 궁금해하는 그 사람을 쳐다보았다. 나는 안과 밖에 동시에 존재했고, 무궁무진하게 다양한 인생사에 매혹되는 동시에 혐오감을 느꼈다.

머틀은 의자를 내 쪽으로 끌어당기더니 갑자기 내게 더운 입김을 뿜어내며 톰과 처음 만났을 때 이야기를 들려주기 시작했다.

"기차에서 늘 마지막으로 남는, 서로 마주 보는 작은 의자

두 개가 있잖아요. 모든 게 거기서 시작됐어요. 동생을 만나서 하루 자고 오려고 뉴욕으로 가는 길이었죠. 톰은 야회복 차림에 에나멜 구두를 신고 있었는데 그에게서 눈을 뗄 수가 없더라고요. 하지만 톰이 나를 볼 때마다 나는 그의 머리 위에 있는 광고를 보는 척할 수밖에 없었죠. 역에 도착했을 때 톰은 내 옆에 있었는데, 흰색 셔츠 앞부분으로 내 팔을 누르더군요. 그래서 경찰을 불러야겠다고 말했지만, 그는 그게 거짓말이라는 걸 알고 있었어요. 나는 너무 흥분한 나머지 그와 함께 택시에 탈 때도 그게 지하철이 아니라는 사실조차 모를 지경이었죠. 다만 머릿속으로 '삶은 영원하지 않아. 삶은 영원하지 않아' 하고 계속 되뇔 뿐이었어요."

머틀은 매키 부인 쪽으로 돌아서더니 방이 크게 울릴 만큼 억지스러운 웃음을 터뜨렸다.

"매키 부인." 그녀가 외쳤다. "이 드레스를 벗는 즉시 당신에게 줄게요. 내일 드레스를 한 벌 더 사야겠어요. 해야 할 일과 사야 할 물건 목록을 작성할 거예요. 마사지를 받고 파마하기, 우리 강아지 목걸이, 스프링 달린 작고 깜찍한 재떨이, 여름 내내 어머니 무덤을 장식할 검은 실크 리본이 달린 화환. 하나라도 잊지 않게 목록을 적어두어야겠어요."

9시였다. 그러고서 거의 즉시 다시 내 시계를 보니 10시였다. 매키 씨는 어느 활동가를 찍은 사진처럼 꽉 쥔 주먹을 무릎 위에 올려놓은 채 의자에서 잠들어 있었다. 나는 손수건을 꺼내 들고 오후 내내 신경 쓰이던 마른 비누 거품 자국을 그의 뺨에서 닦아주었다.

강아지는 탁자 위에 앉아 안 보이는 눈으로 담배 연기 자욱한 주위를 둘러보다가 이따금 작게 끙끙거렸다. 사람들은 사라졌다가 다시 나타났고, 어딘가로 갈 계획을 세우고는 서로를 잃어버렸으며, 그러고는 상대를 찾아다니다가 몇 발짝 떨어진 곳에서 다시 만나곤 했다. 자정 무렵 톰 뷰캐넌과 윌슨 부인이 마주 보고 서서 그녀가 데이지라는 이름을 언급할 권리가 있는지를 두고 열띤 목소리로 언쟁을 벌였다.

"데이지! 데이지! 데이지!" 윌슨 부인이 외쳤다. "부르고 싶으면 언제든 부를 거야! 데이지! 데이……."

순간 톰 뷰캐넌이 날쌔게 손바닥을 휘둘러 그녀의 코를 부러뜨렸다.

그러고는 욕실 바닥에 피 묻은 수건이 쌓이고 여자들의 나무라는 목소리가 들려왔으며, 이런 대혼란 속에서도 들릴 만큼 커다란 고통의 울부짖음이 단속적으로 길게 들려왔다. 매키 씨는 졸다가 깨어나 어리둥절해하며 문 쪽으로 나아갔다. 그러다가 반쯤 갔을 때 돌아서서 그 광경을 쳐다보았다. 구급약을 들고 빽빽한 가구 사이에서 이리저리 발을 헛디디며 꾸짖고 위로하는 아내와 캐서린, 그리고 긴 의자에 앉아 피를 잔뜩 흘리면서도 베르사유의 풍경을 표현한 태피스트리 위에 《타운 태틀》한 부를 펼치려 애쓰는 절망적인 인물이 눈에 들어왔다. 그러자 매키 씨는 돌아서서 다시 문밖으로 걸음을 옮겼다. 나도 샹들리에에 걸려 있던 모자를 집어 들고 그의 뒤를 따랐다.

"언제 한번 점심이나 하러 오세요." 삐걱거리는 엘리베이터를 타고 내려가고 있을 때 그가 넌지시 말했다.

"어디서요?"

"어디든지요."

"레버에서 손을 떼주세요." 엘리베이터 보이가 딱딱거렸다.

"미안하네." 매키 씨가 근엄하게 말했다. "만지고 있는 줄 몰랐군."

"알겠습니다." 나는 그의 제안에 응했다. "기꺼이 그러죠."

······나는 그의 침대 옆에 서 있었고, 그는 속옷 차림으로 침대 시트 안에 들어가 양손에 커다란 사진집을 든 채 똑바로 앉아 있었다.

"'미녀와 야수'······ '외로움'······ '식료품점의 늙은 말'······ '브루클린 다리'······."

이윽고 나는 펜실베이니아역의 추운 아래층에서 반쯤 잠든 채 누워 조간 《트리뷴》을 빤히 쳐다보면서 4시 기차를 기다리고 있었다.

제3장


　여름 내내 이웃집에서는 밤마다 음악 소리가 끊이질 않았다. 개츠비의 푸른 정원에서는 남자들과 여자들이 속삭임을 주고받으며 샴페인과 별들 사이를 나방처럼 오갔다. 오후 만조 때면 나는 그의 손님들이 그의 잔교에 세워진 탑 모양의 구조물에서 다이빙하거나 그의 해변에 펼쳐진 뜨거운 모래 위에서 일광욕하는 모습을 지켜보았다. 그러는 동안 그의 모터보트 두 척이 해협의 물살을 가르며 끄는 수상 스키들은 폭포처럼 물거품을 일으켰다. 주말이면 그의 롤스로이스가 아침 9시부터 자정이 훨씬 지날 때까지 손님들을 태운 승합차가 되어 대저택과 시내 사이를 오가는 한편, 그의 스테이션 왜건은 기운찬 노란 딱정벌레처럼 날쌔게 움직이며 기차로 오는 모든 손님을 마중 나갔다. 그리고 월요일에는 임시로 고용한 정원사를 포함한 고용인 여덟 명이 대걸레와 세척용 솔과 망치와 전지가위를 든 채 하루 종일 힘들게 일하며 간밤의 황폐한 자취를 손보았다.

매주 금요일이면 뉴욕에 있는 과일 장수가 오렌지와 레몬 다섯 상자를 보내왔고, 매주 월요일이면 바로 이 오렌지와 레몬의 껍질이 반으로 잘린 채 그의 집 뒷문 쪽에 피라미드처럼 쌓여 있었다. 대저택 주방에 있는 기계는 집사가 엄지손가락으로 작은 버튼을 이백 번만 누르면 삼십 분 안에 오렌지 주스 이백 잔을 짜낼 수 있었다.

적어도 이 주에 한 번씩 한 부대의 연회업자들이 수백 미터에 이르는 천막과, 개츠비의 거대한 정원을 한 그루의 크리스마스트리로 만들기 충분할 만큼의 오색 전구를 가지고 왔다. 반짝이는 오르되브르로 장식한 뷔페 테이블에는 향신료를 곁들여 구운 햄, 다채로운 모양의 샐러드, 돼지고기 페이스트리, 황홀하게 짙은 황금빛으로 구운 칠면조 고기가 가득 차려져 있었다. 중앙 홀에 마련된 진짜 황동 레일●이 설치된 바는 진과 독주, 오래전에 잊힌 코디얼로 가득했는데, 여자 손님 대부분은 너무 어려서 뭐가 뭔지 구분할 수도 없었다.

7시 전까지는 오케스트라가 도착하는데, 소규모 오 인조 밴드가 아니라 오보에, 트롬본, 색소폰, 비올, 코넷, 피콜로, 저음 드럼과 고음 드럼까지 포함된 완전한 악단이다. 마지막

---

● 바에서 발을 걸치는 가로대를 가리킨다.

까지 남아 수영하던 사람들도 이제 해변에서 돌아와 위층에서 옷을 입고 있다. 뉴욕에서 온 차들은 진입로에 다섯 겹으로 주차되어 있고, 홀과 응접실과 베란다는 원색 의상과 최신 유행하는 유별난 단발머리, 카스티야 왕국의 꿈보다 더 몽환적인 숄로 화려하게 장식되어 있다. 바의 분위기는 한창 무르익은 상태이고, 여러 순배의 칵테일이 떠다니다가 바깥 정원까지 스며들면 마침내 재잘거림과 웃음소리, 즉석에서 잊히고 마는 빈정거림과 인사말, 서로의 이름을 영영 모를 여자들 간의 열정적인 만남으로 분위기는 활기를 띤다.

지구가 비틀거리며 태양에서 멀어지면서 조명은 더 환해지고, 이제 오케스트라가 노란 칵테일 음악을 연주하기 시작하자 오페라 같은 목소리들이 음높이를 한 단계 더 올린다. 웃음은 시시각각 헤퍼져서 술처럼 아낌없이 쏟아지고 유쾌한 말 한마디에도 쉽게 엎질러지고 만다. 무리는 그 구성원이 더 빠르게 변하고, 새로 온 사람으로 부풀어 오르는가 싶더니 금세 흩어졌다가 숨 쉴 새도 없이 다시 모인다. 그곳의 방랑자들, 자신만만한 여자들은 이미 더 힘차고 안정된 사람들 사이를 이리저리 누비고 다니며 짜릿하고 기쁜 한순간이나마 무리의 중심이 되고, 그러고는 승리감에 도취한 채 영원히 변하는 불빛 아래서 급변하는 얼굴과 목소리와 색채 사이를 미끄러지듯 지나다닌다.

갑자기 이런 집시들 가운데 한 명이 오팔색 옷을 흔들며 허공에서 칵테일을 낚아채더니 용기를 얻고자 단숨에 들이켜고는 프리스코●처럼 손을 움직이며 천막 단상 위에서 홀로 춤춘다. 순간적인 침묵. 오케스트라 지휘자가 그녀를 위해 리듬을 바꾸고, 그녀가 〈폴리스〉●●에 출연하는 길다 그레이●●●의 대역이라는 헛소문이 돌자 여기저기서 재잘거림이 터져 나온다. 파티가 시작된 것이다.

개츠비의 집을 처음으로 방문한 날 밤, 나는 정식으로 초대받은 몇 안 되는 손님 중 하나였을 것이다. 그들은 초대받은 사람들이 아니었다. 그냥 거기 있을 뿐. 그들은 롱아일랜드로 실어다주는 자동차에 탔다가 어쩌다보니 개츠비의 집 문 앞에 당도하게 된 것이었다. 일단 개츠비를 아는 누군가의 소개를 받고 나면 이후로는 다들 놀이공원의 행동 규칙에 따라 움직였다. 때로 그들은 개츠비를 아예 만나지 못하고 돌아가기도 했는데, 파티에 임하는 그런 가벼운 마음 자체가 곧 파티 입장권이었다.

나는 정식으로 초대를 받았다. 그날 토요일 이른 아침, 개똥지빠귀 알처럼 파란 제복을 입은 운전기사가 자기 고용인이 보내는 놀라울 만큼 정중한 초대장을 들고 우리 집 잔디

●  미국의 보드빌 코미디언이자 재즈 댄서인 조 프리스코(1889~1958).

●●  브로드웨이에서 장기간 상연된 시사 풍자극 〈지그펠드 폴리스〉를 가리킨다.

●●●  시미 춤을 대중화한 스타 댄서 길다 그레이(1901~1959).

밭을 건너왔다. 초대장에는 그날 밤 내가 그의 '조촐한 파티'에 참석해준다면 자기로서는 더없는 영광일 거라고 쓰여 있었다. 나를 이미 몇 번 보았으며 오래전부터 방문하고 싶었지만 이런저런 사정으로 그러지 못했다는 것이다. 초대장 끝에는 위풍당당한 필체로 '제이 개츠비'라고 서명되어 있었다.

7시가 조금 지났을 때 나는 흰색 플란넬 양복을 차려입고 그의 잔디밭으로 건너가서 모르는 이들의 소용돌이 사이를 다소 불편하게 돌아다녔다. 비록 통근 열차에서 봤던 얼굴들이 여기저기 보이긴 했지만 말이다. 무엇보다 나는 젊은 영국인들이 여기저기 흩어져 있다는 사실에 놀랐다. 모두 잘 차려입었고 약간 굶주려 보였으며, 다들 견실하고 부유한 미국인들과 낮고 진지한 목소리로 이야기를 나누고 있었다. 무언가를 팔고 있는 게 분명했다. 채권이나 보험이나 자동차 같은 것을. 적어도 그들은 쉬운 돈벌이 수단이 가까이 있다는 사실을 괴로울 만큼 잘 알았고, 몇 마디 말만 잘 던지면 그 돈이 자기 차지가 될 거라고 확신하고 있었다.

그곳에 도착하자마자 나는 나를 초대한 집주인을 찾으려 했다. 하지만 두세 사람에게 그의 행방을 묻자 무척 놀란 표정으로 나를 쳐다보며 그의 동향에 대해서는 전혀 아는 바가 없다며 격렬히 부인했고, 그래서 나는 칵테일 테이블 쪽으로 슬그머니 자리를 피했다. 그곳은 정원에서 외톨이가 아무 목적 없이 혼자 있는 것처럼 보이지 않으며 서성댈 수 있는 유일한 장소였다.

술이나 마시고 잔뜩 취해서 심한 어색함을 떨쳐보려 했는데, 그때 조던 베이커가 저택에서 나와 대리석 계단 꼭대기에 서더니 몸을 살짝 뒤로 젖힌 채 경멸과 호기심이 뒤섞인 눈빛으로 정원을 내려다보았다.

나는 지나가는 사람에게 다정한 말을 건네려면 일단 누군가에게 붙어 있어야 한다는 사실을 깨달았다. 그 누군가가 나를 환영하든 안 하든.

"안녕하세요!" 나는 그녀 쪽으로 다가가며 소리를 질렀다. 정원을 가로지르는 내 목소리는 부자연스러울 만큼 크게 울리는 듯했다.

"여기 계실지도 모른다고 생각했어요." 내가 다가가자 그녀가 명한 표정으로 대답했다. "옆집에 사신다고 했으니까……."

그녀는 곧 나를 돌봐주겠다고 약속이라도 하듯 내 손을 무심히 붙잡더니, 쌍둥이처럼 노란 드레스를 입고 계단 밑에 멈춰 선 두 여자의 말에 귀를 기울였다.

"안녕하세요!" 두 여자가 함께 외쳤다. "우승하지 못하셔서 유감이에요."

골프 토너먼트를 두고 하는 말이었다. 그녀는 지난주에 있었던 결승전에서 패한 것이다.

"우리가 누군지 모르시는 것 같은데, 한 달 전쯤에 여기서 만난 적이 있어요." 노란 드레스를 입은 두 여자 중 한 명이 말했다.

"그새 머리를 염색하셨네요." 조던이 말했고, 나는 흠칫 놀랐다. 하지만 두 여자는 이미 별생각 없이 자리를 뜬 후였기에 그녀의 말은 연회업자의 바구니에서 나온 게 분명한 저녁 식사 같은 때 이른 달•을 향해 내뱉은 꼴이 되고 말았다. 조던은 날씬한 황금빛 팔로 내게 팔짱을 꼈고, 우리는 계단을 내려가 한가로이 정원을 거닐었다. 칵테일 쟁반이 황혼 속을 떠다니다 우리에게 왔고, 우리는 노란 드레스를 입은 두 여자와, 저마다 자신을 '웅얼웅얼 씨(Mr. Mumble)'••라고 소개한 세 남자와 함께 한 테이블에 앉았다.

"이런 파티에 자주 오시나요?" 조던이 옆에 있는 여자에게 물었다.

"지난번에 당신을 만난 파티가 마지막이었어요." 그녀가 자신감 있는 목소리로 재빠르게 대답했다. 그러고는 친구 쪽으로 고개를 돌렸다. "너도 그렇지 않아, 루실?"

---

• '달'이 "연회업자의 바구니에서 나온 게 분명한 저녁 식사" 같다는 말은 파티 참석자들이 나누는 모든 대화가 그러하듯 달조차도 가짜 같다는 상황을 의미하며, 이는 '때 이른 달', 즉 너무 일찍 떠서 달 같지도 않은 달이라는 표현으로 강화된다. 이후에 등장하는 '웨이퍼 같은 달'도 같은 맥락에서 이해된다.

•• 상대가 웅얼거리듯(mumble) 말해서 이름을 제대로 인지하지 못한 것을 빗댄 표현이다.

루실도 그렇다고 했다.

"나는 이런 파티에 오는 게 좋아요." 루실이 말했다. "무엇을 하든 신경 쓰지 않아도 되니 늘 즐길 수 있죠. 지난번에 왔을 때는 드레스가 의자에 걸려 찢어졌는데 그분이 내 이름과 주소를 묻더라고요. 그러고는 일주일 내로 크루아리에서 새 이브닝드레스를 담은 소포를 보내왔어요."

"그걸 그냥 받았나요?" 조던이 물었다.

"물론이죠. 오늘 밤에 입고 올 생각이었는데 가슴 부분이 너무 커서 수선해야 했어요. 라벤더색 구슬이 달린 옅은 푸른색 드레스예요. 265달러●짜리죠."

"그런 종류의 행동을 하는 사람은 어딘가 수상쩍은 데가 있어요." 다른 여자가 열띤 목소리로 말했다. "그 사람은 **누구**와도 문제를 일으키고 싶어 하지 않잖아요."

"그 사람이라니요?" 내가 물었다.

"개츠비요. 누군가가 말하길……."

두 여자와 조던이 은밀히 몸을 앞으로 기울였다.

"누군가가 말하길 그 사람이 언젠가 사람을 죽인 적이 있는 것 같대요."

전율감이 우리 모두를 훑고 지나갔다. 세 명의 웅얼웅얼 씨도 몸을 앞으로 숙인 채 열심히 귀를 기울였다.

---

● 오늘날의 4045달러 정도에 해당한다.

"**그건** 너무 과한 것 같은데." 루실이 회의적인 목소리로 말했다. "차라리 전쟁 때 독일 스파이였다는 소문이 더 그럴듯한 것 같아."

세 남자 중 한 명이 그렇다고 고개를 끄덕였다.

"독일에서 함께 자라서 그에 대해 모르는 게 없는 사람이 그렇다고 말한 걸 들었습니다." 그가 우리에게 장담하며 말했다.

"아, 아니에요." 첫 번째 여자가 말했다. "그럴 리가 없어요. 그 사람은 전쟁 때 미군에 있었거든요." 우리가 다시 자기 말을 믿는 듯하자 그녀가 열의를 보이며 몸을 앞으로 숙였다. "가끔 아무도 자기를 보지 않는다고 생각할 때의 그를 한번 보세요. 사람을 죽인 게 틀림없다니까요."

그녀는 눈살을 찌푸리며 몸을 떨었다. 루실도 몸을 떨었다. 우리는 모두 몸을 돌려 주변에 개츠비가 있는지 살폈다. 이 세상에는 수군거릴 만한 일이 별로 없다고 생각하는 사람들조차 그에 대해 수군거린다는 것은 그가 낭만적인 추측을 불러일으키는 존재라는 증거였다.

이제 첫 번째 저녁 식사가 제공되고 있었고(자정에 저녁 식사가 또 한 번 제공되었다), 조던은 정원의 다른 쪽 테이블에 둘러앉은 자기 일행과 같이 앉자고 내게 권했다. 그곳에는 부부 세 쌍과 조던을 에스코트하러 온 남자가 있었는데, 지독하게 빈정거리는 경향이 있는 고집 센 대학생으로, 조만간 조던이 어떤 식으로든 자존심을 버리고 자기한테 넘어올 거라고 여기는 게 분명했다. 이 무리는 어슬렁거리는 대신 한결같이 위엄을 지키며 시골 지역의 침착한 고결함을 대표하는 역할을 혼자 떠맡고 있었다. 웨스트에그 사람들에게 거들먹거리면서도 그들의 다채로운 명랑함을 조심스레 경계하는 이스트에그 사람들이었다.

"밖으로 나가죠." 어쩐지 부적절하게 느껴지는 삼십 분을 낭비한 후 조던이 속삭였다. "나한테는 너무 고상한 자리네요."

우리는 자리에서 일어났고, 그녀는 집주인을 찾으러 간다고 설명했다. 내가 아직 그를 한 번도 만나보지 못해서 불안해하고 있다며 말이다. 대학생은 냉소적이고도 우울한 표정으로 고개를 끄덕였다.

우리가 가장 먼저 힐끗 쳐다본 바 쪽은 사람들로 붐볐지만 개츠비는 없었다. 계단 꼭대기에서 봐도 보이지 않았고 베란다에도 없었다. 우리는 어쩌다 뽐내는 듯한 문을 발견해 열어보았는데, 안으로 들어가니 천장이 높은 고딕 양식의 서재가 나왔다. 조각된 영국산 오크 판으로 장식한 서재는 해외에 있는 유적을 통째로 옮겨놓은 것일지도 몰랐다.

거대한 올빼미 안경을 쓴 통통한 중년 남자가 약간 취한 채 커다란 테이블 가장자리에 앉아서 불안정한 눈빛으로 책장을 응시하고 있었다. 우리가 들어가자 그는 흥분한 듯 몸을 휙 돌리고는 조던을 머리끝부터 발끝까지 훑어보았다.

"어떻게 생각하시오?" 그가 충동적으로 물었다.

"뭐를 말이죠?"

그가 손을 흔들어 서가를 가리켰다.

"저것들 말이오. 사실 군이 확인해볼 필요도 없어요. 내가 확인해봤으니까. 저것들은 진짜요."

"책들 말인가요?"

그가 고개를 끄덕였다.

"완전히 진짜요. 페이지도 있고 다 있지. 나는 저것들이 내 구성이 좋은 판지로 만든 가짜일 줄 알았소. 그런데 완전히 진짜더군. 페이지도 있고…… 자! 내가 보여드리지."

우리가 당연히 의심할 거라고 여긴 그는 책장으로 달려가 《스토더드 강연집》● 1권을 들고 돌아왔다.

"보시오!" 그가 의기양양하게 외쳤다. "이건 진짜 인쇄물이에요. 나도 처음에는 속았지. 이 집 주인 양반은 벨라스코●●가 분명해요. 대성공입니다. 정말 철저해요! 대단한 리얼리즘이죠! 붙어 있는 페이지를 자르지 않았으니 어디서 멈춰야 하는지도 알고 있었던 것이고. 그런데 여긴 무슨 일로 오셨소? 바라는 게 뭐요?"

그가 내게서 책을 낚아채더니 급히 다시 책장에 꽂으며 벽

---

● 미국의 여행 작가인 존 로슨 스토더드(1850~1931)의 책. 존 로슨 스토더드는 앞서 언급된 로스럽 스토더드의 아버지다.

●● 미국의 극작가이자 배우이자 연출가인 데이비드 벨라스코(1853~1931).

돌을 하나라도 빼면 서재 전체가 무너질지도 모른다고 중얼거렸다.

"누가 여기 데려왔소?" 그가 물었다. "아니면 그냥 왔소? 나는 누가 데려다주더군요. 대부분이 그렇게 이곳에 오죠."

조던은 아무 대답 없이 기민하고도 쾌활한 표정으로 그를 쳐다보았다.

"나를 여기 데려온 사람은 루스벨트라는 여자였소." 그가 말을 이었다. "클로드 루스벨트 부인. 그 여자를 아시오? 지난밤에 어디선가 만난 여자였지. 이제 나는 일주일째 술에 취해 있는 셈인데, 서재에 앉아 있으면 술이 깰지도 모른다고 생각했거든."

"그래서 술이 깼나요?"

"조금 깬 것 같기도 하군. 아직 잘 모르겠소. 여기 온 지 겨우 한 시간밖에 안 됐으니까. 내가 저 책들에 대해 말해줬던가요? 저것들은 진짜요. 저것들은……."

"말씀하셨어요."

우리는 그와 근엄하게 악수를 한 후 다시 야외로 나갔다.

정원의 천막에서는 이제 댄스파티가 벌어지고 있었다. 나이 든 남자들은 볼품없는 동작으로 끝없이 원을 그리며 젊은 여자들을 밀어내고 있었고, 춤 솜씨가 뛰어난 커플들은 유행하는 비비 꼬인 동작으로 서로를 안은 채 구석에서 머물고 있었다. 그리고 짝이 없는 수많은 여자는 따로따로 춤을 추거나 잠시 오케스트라에 끼여 밴조나 드럼 연주자의 수고를 덜어주었다. 자정 무렵에는 더욱더 흥겨운 분위기가 되었다. 유명한 테너가 이탈리아어로 노래를 불렀고, 악명 높은 콘트랄토 가수는 재즈 곡을 노래했다. 노래와 노래 사이에 사람들은 정원 곳곳에서 '곡예'를 부렸으며, 그러는 동안 행복하고 공허한 웃음소리가 터져 나와 여름 하늘을 향해 솟아올랐다. 쌍둥이 역할을 하는 배우 한 쌍이 무대의상을 입고 어린애 같은 짓을 했는데, 알고 보니 노란 드레스를 입은 그 두 여자였다. 핑거볼보다 더 큰 잔에 담긴 샴페인이 제공되었다. 달은 하늘 높이 떠 있었고, 해협에 삼각형 모양으로 뜬 은빛 비늘은 잔디밭에서 연주되는 밴조의 뻣뻣한 금속성 소리에 조금씩 떨리고 있었다.

나는 여전히 조던 베이커와 함께 있었다. 우리는 내 또래의 남자 한 명과 작고 소란스러운 여자와 함께 한 테이블에 앉아 있었는데, 그녀는 아주 사소한 자극에도 걷잡을 수 없을 만큼 심하게 웃음을 터뜨리곤 했다. 나는 이제 파티를 즐기고 있었다. 핑거볼 크기의 잔에 담긴 샴페인을 두 잔이나 마셔서 그런지 눈앞의 광경은 뭔가 중요하고 본질적이며 심오한 것으로 변해 있었다.

여흥이 잠시 잠잠해지자 그 남자가 나를 쳐다보며 미소를 지었다.

"낯이 익군요." 그가 정중하게 말했다. "혹시 전쟁 때 제1사단에 있지 않았나요?"

"아, 맞아요. 저는 제28보병대대에 있었습니다."

"저는 1918년 6월까지 제16보병대대에 있었습니다. 어쩐지 전에 어디서 본 것 같더라니."

우리는 잠시 프랑스의 어느 축축하고 작은 잿빛 마을들에 대해 이야기를 나누었다. 그는 이 근처에 사는 게 분명했는데, 최근에 구입한 쾌속 모터보트를 내일 아침에 테스트해볼 작정이라고 말했기 때문이다.

"같이 타지 않겠소, 친구? 그냥 해협의 해안선을 따라서 말이에요."

"언제요?"

"언제든 당신이 편한 시간에."

그의 이름이 뭔지 막 물어보려는 순간 조던이 주위를 둘러보며 미소를 지었다.

"이제 좀 즐거워졌나보죠?" 그녀가 물었다.

"훨씬 낫군요." 나는 새로 알게 된 남자 쪽으로 다시 고개를 돌렸다. "저로서는 흔치 않은 파티입니다. 아직 집주인도 만나보지 못했고요. 저는 바로 저기 살고 있어요……." 나는 손을 흔들어 저 멀리 보이지 않는 산울타리를 가리켰다. "개츠비라는 남자가 운전사를 보내서 초대장을 전해주더군요."

잠시 그는 무슨 말인지 모르겠다는 듯한 표정으로 나를 쳐다보았다.

"내가 개츠비입니다." 그가 갑자기 말했다.

"뭐라고요!" 나는 외쳤다. "아, 죄송합니다."

"알고 있는 줄 알았어요, 친구. 아무래도 내가 썩 훌륭한 집주인은 못 되는 모양이로군요."

그는 이해한다는 듯이 미소를 지었다. 아니, 이해한다는 것 훨씬 이상이었다. 한없는 안도감을 안겨주는, 평생 네다섯 번밖에는 마주치지 못할 그런 보기 드문 미소였다. 잠시 영원한 세계 전체를 마주 보았다가, 혹은 마주 본 듯했다가 곧이어 당신에 대한 억누를 수 없는 호의와 편애로 **당신**에게 집중되는 미소였다. 당신이 이해받길 원한 만큼 당신을 이해했고, 당신이 스스로 믿고 싶어 한 만큼 당신을 믿었으며, 당신이 최선을 다해 전하길 바라는 인상을 자신도 정확히 받았다고 안심시켜주는 미소였다. 바로 그 순간 그 미소는 사라져버렸다. 그리고 내 눈앞에는 공을 들여 격식을 차린 말투가 우스꽝스러움을 간신히 면한, 서른한두 살 정도 된 우아하고 젊은 무뢰한이 있을 뿐이었다. 그가 자기를 소개하기 얼마 전부터 나는 그가 할 말을 신경 써서 고르고 있다는 인상을 강하게 받았다.

개츠비 씨가 자기 정체를 밝힌 것과 거의 동시에 집사가 급히 다가오더니 시카고에서 전화가 왔다고 전했다. 그는 우리 모두에게 차례로 고개를 살짝 숙이며 양해를 구했다.

"필요한 게 있으면 뭐든 말해요, 친구." 그가 내게 힘주어 말했다. "그럼 실례하겠습니다. 나중에 또 뵙죠."

그가 떠나자 나는 곧장 조던 쪽으로 고개를 돌렸다. 내가 놀랐다는 걸 그녀에게 확실히 알려주어야만 했다. 나는 개츠비 씨가 안색이 불그레하고 몸집이 비대한 중년 남자일 거라고 예상했었다.

"저 사람은 대체 누구죠?" 내가 물었다. "아시나요?"

"그냥 개츠비라는 이름을 지닌 사람일 뿐이죠."

"그러니까 내 말은, 그는 어디 출신이죠? 하는 일은 뭐고요?"

"이제 **당신**도 그 주제를 궁금해하기 시작했군요." 그녀가 희미한 미소를 지으며 대답했다. "글쎄요, 언젠가 내게 말하길 자기는 옥스퍼드 출신이라고 했어요."

개츠비의 배경이 흐릿한 형태를 갖추어나가기 시작하다가 그녀의 다음 말 때문에 다시 사라지고 말았다.

"하지만 나는 그 말을 믿지 않아요."

"왜죠?"

"글쎄요." 그녀가 주장했다. "그냥 그가 거기 다녔을 것 같지 않아서요."

그녀의 말투는 어쩐지 "그는 사람을 죽인 적이 있는 것 같아요"라고 하던 다른 여자의 말을 떠올리게 했고, 그러자 호기심이 일었다. 개츠비가 루이지애나의 습지 출신이라거나 뉴욕의 로어이스트사이드● 출신이라고 해도 나는 그 말을 아무 의심 없이 받아들였을 것이다. 모두 충분히 가능한 일이었다. 하지만 적어도 시골 출신인 나의 부족한 경험으로 봤을 때, 갑자기 어디선가 아무렇지도 않은 듯이 흘러 들어온 젊은 이가 롱아일랜드 해협에 궁전 같은 대저택을 사들인다는 것은 있을 수 없는 일이었다.

"어쨌든 그는 성대한 파티를 열잖아요." 도시인답게 구체적인 사실 여부를 따지기 싫어하는 조던이 화제를 바꾸며 말했다. "그리고 나는 성대한 파티가 좋아요. 친밀한 분위기가 전혀 없잖아요. 작은 파티는 프라이버시가 전혀 없어요."

그때 베이스 드럼이 쿵 하는 소리를 내더니 갑자기 오케스트라 지휘자의 목소리가 정원의 웅성거림 위로 울려 퍼졌다.

"신사 숙녀 여러분." 그가 외쳤다. "개츠비 씨의 요청에 따라 블라디미르 토스토프●● 씨의 최신 곡을 연주해드리도록 하겠습니다. 이 곡은 지난 5월 카네기 홀에서 연주되어 아주 큰 관심을 끈 바 있습니다. 신문을 보셨다면 얼마나 큰 센세이션을 불러일으켰는지 아실 겁니다." 그가 명랑하면서도 거들먹거리는 미소를 짓고는 덧붙였다. "대단한 센세이션이었지요!" 그러자 다들 웃음을 터뜨렸다.

"작품의 제목은." 그가 활기찬 목소리로 말을 끝냈다. "'블

---

● 뉴욕시 맨해튼의 남동쪽 지역으로, 전통적으로 이민자와 노동자 계층이 살던 곳이다.

●● 가상의 재즈 작곡가로, '즉흥적으로 만들어낸'을 뜻하는 'tossed off'를 연상시키는 이름이다.

라디미르 토스토프의 세계 재즈의 역사'입니다!"

토스토프 씨의 음악은 내 귀에 전혀 들어오지 않았는데, 연주가 시작되자마자 내 눈길이 개츠비에게 쏠렸기 때문이다. 그는 대리석 계단에 홀로 서서 그곳에 모인 무리 하나하나를 만족스러운 시선으로 쳐다보고 있었다. 햇빛에 탄 얼굴은 보기 좋게 팽팽했고 짧은 머리는 매일 다듬기라도 하는 것처럼 단정했다. 사악한 느낌이라고는 전혀 찾아볼 수 없었다. 그가 술을 마시지 않고 있다는 사실이 손님 사이에서 그를 더 돋보이게 해준다는 생각도 들었는데, 손님들이 흥겹게 떠들면 떠들수록 그는 더 예의 바른 사람이 되어가는 것처럼 보였기 때문이다. 〈세계 재즈의 역사〉가 끝나자 여자들은 강아지처럼 쾌활하게 남자들의 어깨에 머리를 기댔고, 또 누군가가 잡아주리라는 것을 알고 기절하듯 남자들의 품으로, 심지어 무리 속으로 쓰러지기도 했다. 하지만 개츠비에게 기절하듯 쓰러지는 여자는 아무도 없었고, 프렌치 단발머리•를 개츠비의 어깨에 기대는 여자도 없었으며, 네 명씩 무리를 지어 노래하는 이들 가운데 개츠비를 끼고 노래하는 이들도 없었다.

"실례합니다."

개츠비의 집사가 갑자기 우리 옆으로 와 서 있었다.

"베이커 양이십니까?" 그가 물었다. "실례합니다만 개츠비

---

● 일반적인 단발머리보다 길이가 더 짧으며 자유분방한 느낌이 특징이다.

씨가 단둘이 이야기를 나누고 싶어 하십니다."

"저랑요?" 그녀가 놀라며 외쳤다.

"네, 그렇습니다."

그녀는 놀라서 나를 향해 눈썹을 치켜올리며 천천히 일어나더니 집사를 따라 저택 안으로 향했다. 나는 그제야 그녀가 이브닝드레스를 입고 있다는 사실을 깨달았는데, 그녀는 뭘 입든 운동복을 입은 것처럼 보였다. 그녀의 움직임에서는 깨끗하고 상쾌한 아침 골프장에 처음 발을 들인 사람이 그러하듯 경쾌함이 느껴졌다.

나는 혼자 남겨졌고 2시가 다 되어가고 있었다. 테라스 위로 튀어나온 길고 창이 많은 방에서 한동안 혼란스럽고도 흥미로운 소리가 흘러나왔다. 조던을 에스코트하러 온 대학생은 이제 코러스 걸 두 명과 산부인과와 관련된 대화를 나누며 나에게도 끼라고 간청했고, 나는 그를 피하고자 집 안으로 들어갔다.

커다란 방은 사람들로 가득했다. 노란 드레스를 입은 두 여자 중 한 명이 피아노를 치고 있었고, 그녀 옆에서는 유명한 코러스단 출신인 키 큰 빨강 머리 아가씨가 서서 노래를 부르고 있었다. 샴페인을 꽤 많이 마신 그녀는 노래하는 도중에 터무니없게도 세상만사가 너무너무 슬프다고 결론 내린 모양이었다. 노래를 부르는 동시에 눈물도 흘리고 있었다. 쉬어가는 구간이 나올 때마다 헐떡이며 조금씩 훌쩍거렸고, 그러고는 떨리는 소프라노로 다시 노래를 이어나갔다. 뺨을 타고 눈물이 흘러내렸다. 하지만 주르륵 흘러내리지는 않고, 짙게 화장한 속눈썹과 만나며 잉크색을 띠고는 다시 느리고 검은 실개천이 되어 남은 행로를 이어갔다. 얼굴에 그려진 악보대로 노래한다고 누군가가 넌지시 농담을 던지자 그녀는 포기하듯 두 손을 번쩍 들어 올리고는 의자에 푹 파묻혀 깊은 포도주빛 잠에 빠져들었다.

"저 여자는 자기가 남편이라고 주장하는 어떤 남자랑 다투었어요." 바로 옆에 있는 한 여자가 설명해주었다.

나는 주변을 둘러보았다. 이제 남아 있는 여자들 대부분이 자기가 남편이라고 주장하는 남자들과 다투고 있었다. 심지어 조던의 일행인 이스트에그에서 온 두 부부도 불화를 일으킨 뒤로 뿔뿔이 흩어져 있었다. 한 남자는 강한 호기심을 보이며 젊은 여배우와 이야기를 나누는 중이었는데, 그의 아내가 그 상황을 품위 있고 아무렇지 않게 웃어넘기려다가 결국 감정적으로 완전히 무너져서 측면공격에 나섰다. 이야기가 끊어질 때마다 남자의 옆에 불쑥 나타나 그의 귀에 대고 "나랑 약속했잖아!"라며 성난 다이아몬드처럼 쉭쉭거린 것이다.

집으로 돌아가길 꺼리는 사람은 말을 안 듣는 남자들뿐만이 아니었다. 이제 홀은 개탄스럽게도 술에서 깬 두 남자와 잔뜩 분개한 아내들이 차지하고 있었다. 아내들은 살짝 목소리를 높여 서로를 동정하고 있었다.

"내 남편은 내가 즐기는 걸 볼 때마다 집에 가자고 해요."

"그렇게 이기적인 사람 이야기는 생전 처음 듣네요."

"우리 부부는 늘 제일 먼저 떠나요."

"우리도 그래요."

"글쎄, 오늘 밤에는 우리가 거의 마지막 손님 같은데." 두 남자 중 한 명이 소심하게 말했다. "오케스트라도 삼십 분 전에 떠났어."

그런 악의적인 행동을 하다니 도무지 믿을 수가 없다고 아내들이 하나같이 입을 모았음에도 그 분쟁은 짧은 몸부림으로 끝을 맺었고, 두 아내는 남편들에게 쳐들린 채 발버둥 치며 밤 속으로 사라졌다.

홀에서 내 모자를 가져다주길 기다리고 있을 때 서재 문이 열리더니 조던 베이커와 개츠비가 함께 나왔다. 개츠비는 그녀에게 마지막 말을 몇 마디 건네려던 참이었지만, 몇몇 사람이 그에게 작별 인사를 하러 다가오자 열띤 태도가 갑자기 형식적으로 굳어지고 말았다.

조던의 일행이 현관에서 조바심하며 그녀를 부르고 있었지만 그녀는 악수를 하느라 잠시 꾸물거렸다.

"방금 정말 놀라운 이야기를 들었어요." 그녀가 속삭였다. "우리가 저기 얼마나 오래 있었죠?"

"음, 한 시간쯤이요."

"그저…… 놀라울 따름이에요." 그녀가 멍하니 반복해서 말했다. "하지만 말하지 않겠다고 맹세했으니 당신을 감질나게 할 수밖에 없군요." 그녀는 내 얼굴에 대고 우아하게 하품했다. "저를 한번 찾아오세요…… 전화번호부에서…… 시고니 하워드 부인을 찾아보세요…… 제 숙모세요……." 그녀는 이렇게 말하며 서둘러 떠났다. 문간에 있는 일행 속으로 합류하며 그녀가 가무스름한 손을 흔들어 쾌활하게 인사했다.

처음 찾아와서 그렇게 늦게까지 머무르는 게 조금 부끄럽긴 했지만, 나는 개츠비를 둘러싼 마지막 손님 무리와 함께했다. 나는 그를 초저녁부터 찾아다녔다고 설명하고 정원에서 알아보지 못한 것을 사과하고 싶었다.

"그런 말씀 마세요." 그가 열렬히 명령하듯 말했다. "그냥 잊어버려요, 친구." 그 친근한 표현보다는 나를 안심시키듯 내 어깨를 스치는 그의 손길이 더 친근하게 느껴졌다. "내일 아침 9시에 쾌속 모터보트 타기로 한 거 잊지 말고요."

그때 그의 뒤쪽에 집사가 나타났다.

"필라델피아에서 전화가 왔습니다."

"알겠소. 곧 가지. 조금만 기다리라고 전해줘요……. 다들 안녕히 가세요."

"안녕히 계세요."

"안녕히 가세요." 그는 미소를 지었다. 그러자 갑자기 내가 마지막까지 남아 있었다는 사실에 어떤 유쾌한 의미라도 담겨 있는 것처럼, 그가 그것을 늘 바라기라도 했던 것처럼 느껴졌다. "잘 가요, 친구……. 안녕히."

하지만 계단을 내려오면서 나는 그날 저녁이 아직 완전히 끝나지 않았다는 것을 알았다. 문에서 15미터 떨어진 곳에서 십여 개의 헤드라이트가 기이하고 떠들썩한 광경을 비추고 있었다. 개츠비의 저택 진입로에서 나온 지 이 분도 안 된 새 쿠페형 자동차가 도로 옆 도랑에 처박혀 있었는데, 바퀴 하나가 난폭하게 떨어져 나간 채 오른쪽이 들려 있었다. 담의 뾰족하게 돌출된 부분에 부딪혀 바퀴가 떨어진 것이었고, 운전 기사 대여섯 명이 상당한 관심을 보이며 그 광경을 흥미롭게 지켜보고 있었다. 하지만 그들이 세워둔 차가 도로를 막고 있었기에 뒤에 있는 차들이 아까부터 귀에 거슬리고 시끄러운 불협화음을 자아내며 이미 지독히 혼란스러운 광경을 더욱더 혼돈스럽게 만들고 있었다.

긴 더스터 코트를 입은 남자가 부서진 차에서 내리더니 도로 한가운데 서서 유쾌하고도 어리둥절해하는 표정으로 차에서 타이어로, 타이어에서 구경꾼들에게로 시선을 옮겼다.

"보시오!" 그가 설명했다. "차가 도랑에 빠졌군."

그 사실이 그에게는 대단히 놀라운 모양이었는데, 나는 처음에는 유별나게 놀라는 모습에 주목하다가 뒤이어 그 남자가 누구인지 알아보았다. 바로 아까 개츠비의 서재에서 본 그곳의 단골손님이었다.

"어떻게 된 일입니까?"

그가 어깨를 으쓱했다.

"나는 기계에 대해서는 아무것도 모릅니다." 그가 단호하게 말했다.

"아무리 그렇대도 어쩌다 이렇게 된 겁니까? 벽을 들이박기라도 했나요?"

"나한테 묻지 마시오." 그 문제에서 완전히 손을 떼며 올빼미 안경이 말했다. "나는 운전에 대해 거의 아는 게 없어요. 아무것도 모르는 거나 다름없죠. 일은 벌어졌고, 내가 아는 건 그게 전부요."

"아니, 운전에 자신이 없으면 밤에 운전하지 말아야죠."

"그렇지만 나는 운전을 하려고도 하지 않았소." 그가 분개하며 설명했다. "운전을 하려고도 하지 않았다니까."

구경꾼들은 위압감에 입을 다물었다.

"자살하려고 그런 건가요?"

"그냥 바퀴 하나만 떨어졌으니 운 좋은 줄 아시오! 운전이 서툰 주제에 운전을 **하려고도** 하지 않았다니!"

"이해를 못 하시는군." 범인이 설명했다. "내가 운전한 게 아니오. 차 안에 다른 사람이 있소."

이 말에 충격을 받은 사람들이 "아아아!" 하고 외치고 있을 때 쿠페의 문이 천천히 열렸다. 이제 군중을 이룬 구경꾼들은 자기도 모르게 뒤로 물러섰고, 문이 활짝 열리자 유령이라도 본 것처럼 잠시 걸음을 멈추었다. 그때 아주 천천히, 조금씩 조금씩, 창백한 사람 하나가 부서진 차에 매달린 채 몸을 빼내며 커다랗고 애매한 댄스화로 머뭇거리듯 땅을 디뎠다.

이 유령 같은 존재는 환한 헤드라이트 불빛에 눈이 멀고 끊임없이 신음하는 경적에 혼란스러워하며 잠시 서서 몸을 흔들다가 더스터 코트를 입은 남자를 알아보았다.

"뭔 일이야아?" 그가 조용히 물었다. "기름이 다아 떨어졌나?"

"보세요!"

손가락 대여섯 개가 떨어져 나간 바퀴를 가리켰다. 그는 잠시 그것을 응시하더니 혹시 하늘에서 떨어진 것은 아닌지 의심하기라도 하듯 위쪽을 쳐다보았다.

"차에서 떨어진 겁니다." 누군가가 설명해주었다.

그가 고개를 끄덕였다.

"첨에는 차가 멈춘 줄도 몰랐습니다아."

잠시 침묵. 그러고는 숨을 길게 내쉬고 어깨를 쭉 펴며 그가 결연한 목소리로 말했다.

"주유소가 어딨는지 아는 분 있나요오?"

적어도 십여 명의 사람들이 바퀴와 차가 더는 물리적으로 붙어 있지 않다고 그에게 설명해주었는데, 그중 몇몇은 그보다 상태가 별로 나을 것도 없는 사람들이었다.

"뒤로 빼야지." 잠시 후 그가 제안했다. "후진 기어를 넣고."

"하지만 **바퀴**가 빠졌다니까요!"

그가 망설였다.

"시도해서 나쁠 건 없겠죠." 그가 말했다.

발정기의 고양이처럼 울부짖는 경적이 최고조에 달했고, 나는 돌아서서 잔디밭을 가로질러 집으로 향했다. 한 차례 뒤를 힐끗 돌아보았다. 웨이퍼• 같은 달이 개츠비네 집 위로 환히 반짝이며 여전히 빛나는 그의 정원에서 들려오는 웃음소리와 소음보다 더 오래 살아남아 밤을 예전과 다름없이 아름답게 만들어주고 있었다. 그러다 이제 창문과 커다란 문에서 갑자기 공허감이 흘러나오더니 현관에 서서 한 손을 든 채 정중한 작별 인사를 보내는 집주인의 모습에 완벽한 고독을 안겨주었다.

지금까지 쓴 것을 다시 읽어보니 몇 주 간격을 두고 벌어진 삼일 밤 동안의 사건 말고는 내가 빠져 있던 게 없는 것 같은 인상을 준 듯하다. 실상은 그 반대로, 그 일들은 그저 다사다난한 여름에 일어난 가벼운 사건에 불과했고, 시간이 훨씬 더 많이 흐른 뒤까지도 나는 그보다는 나의 개인사에 훨씬 더 깊이 빠져 있었다.

나는 대부분의 시간 동안 일을 했다. 태양이 내 그림자를 서쪽으로 드리우는 이른 아침이면 뉴욕 남쪽••의 하얀 틈새를

---

• 얇고 바삭하게 구운 과자.

서둘러 통과해 프로비티 신탁회사로 향했다. 나는 다른 직원들이나 젊은 채권 판매인들과 서로 이름을 부를 만큼 친하게 지냈고, 어둡고 붐비는 식당에서 함께 작은 돼지고기 소시지와 으깬 감자, 커피로 점심을 먹었다. 저지시티●●●에 살며 경리과에서 일하는 여자와 짧게 연애하기도 했다. 하지만 그녀의 오빠가 내게 못마땅한 눈길을 보내기 시작했고, 그래서 그녀가 7월에 휴가를 떠났을 때 관계를 조용히 정리해버렸다.

저녁은 보통 예일 클럽에서 먹었는데, 어떤 이유에선지 그때가 하루 중 가장 우울한 시간이었다. 그러고는 위층 도서실로 가서 한 시간 동안 성실하게 투자와 증권에 대해 공부했다. 클럽에는 대개 소란스러운 사람 몇 명이 얼쩡거렸지만 절대 도서실로 들어오지 않았고, 그래서 공부하기 딱 좋은 장소였다. 그러고는 밤이 부드러우면 한가로이 매디슨가를 거닐다가 오래된 머리 힐 호텔을 지나 33번가로 넘어간 다음 펜실베이니아역으로 갔다.

나는 뉴욕이 좋아지기 시작했다. 밤의 짜릿하고 모험적인 느낌, 끊임없이 명멸하는 남녀와 자동차들이 한시도 가만히 있지 못하는 눈동자에 안겨주는 만족감이 좋아진 것이다. 나는 5번가를 걸으며 군중 속에서 낭만적인 여자들을 골라내고

---

●●   로어맨해튼을 가리킨다.

●●●   미국 뉴저지주의 도시.

는 곧장 그들의 삶으로 들어가는 상상을 즐겼는데, 그 사실을 알게 되거나 못마땅해하는 사람은 아무도 없을 것이었다. 때로는 마음속으로 그들을 따라서 숨겨진 거리의 모퉁이에 있는 그들의 아파트까지 갔고, 그러면 그들은 돌아서서 나에게 미소를 보내고는 문을 열고 따스한 어둠 속으로 사라져버리곤 했다. 대도시에 마법과도 같은 황혼이 내리면 나는 때로 사무치는 외로움을 느꼈고 다른 사람들에게서도 그랬다. 창문 앞에서 어정거리며 식당에서 혼자 식사할 수 있는 시간이 되길 기다리는 가난한 젊은 사무원들, 황혼이 내리는 동안 밤과 인생에서 가장 마음에 사무치는 순간들을 낭비하고 있는 그 젊은 사무원들에게서도 말이다.

다시 8시가 되어 40번대 거리의 어두운 골목길에 극장가로 향하는 택시들이 웅웅거리는 소리를 내며 다섯 줄로 늘어서 있을 때면 나는 마음 한구석이 푹 꺼지는 듯한 기분이었다. 택시 안의 형체들은 기다리는 동안 서로 몸을 기댔고, 노래하는 목소리와 나에게는 들리지 않는 농담을 듣고 웃는 소리가 들려왔으며, 담뱃불은 택시 안에서 난해한 원을 그렸다. 나 또한 환락 속으로 서둘러 들어가 그들과 친밀한 흥분을 나눈다고 상상하며, 나는 그들의 행운을 빌어주었다.

나는 한동안 조던 베이커를 보지 못하다가 한여름에 다시 만났다. 처음에는 그녀와 이곳저곳을 다니며 우쭐한 기분이 들었는데, 그녀가 골프 챔피언이어서 다들 그녀를 알아보았기 때문이다. 그러다가 그 이상의 감정이 들기 시작했다. 실제로 사랑에 빠진 것은 아니었지만 일종의 애정 어린 호기심을 갖게 된 것이다. 그녀가 세상을 향해 드러내는 심드렁하고 거만한 얼굴은 무언가를 숨기고 있었다. 대부분의 허식은 처음부터 그렇지는 않더라도 결국 무언가를 숨기게 되는 법이니까. 그리고 어느 날 나는 그게 무엇인지 알게 되었다. 우리가 워릭에서 열린 하우스 파티에 함께 갔을 때 그녀는 빌린 차를 지붕을 열어놓은 채로 빗속에 세워두고는 거짓말을 했다. 그러자 갑자기 그날 밤 데이지의 집에서는 생각나지 않던 그녀에 관한 이야기가 떠올랐다. 그녀가 처음으로 중요한 골프 토너먼트에 나갔을 때 신문에 실릴 뻔한 소동이 일어났었다. 준결승 경기 때 나쁜 위치에 있는 공을 다른 곳으로 옮겼다는 의혹이 제기된 것이다. 그 사건은 스캔들로 번질 뻔하다가 사그라들었다. 캐디가 자신의 발언을 철회했고, 또 다른 유일한 목격자는 자기가 잘못 보았을지도 모른다고 시인했다. 그 후로도 그 사건과 그 이름은 내 마음속에 남아 있었다.

  조던 베이커는 영리하고 약삭빠른 사람을 본능적으로 피했다. 이제 와서 보니 그것은 그녀가 규범에서 어긋난 행동을 하는 것은 생각조차 할 수 없는 상황에서 더 안심했기 때문이다. 그녀는 구제 불능이라고 해도 될 만큼 부정직했다. 불리한 입장에 서는 것을 견디지 못했고, 그랬기에 세상에 드러낸 냉담하고 무례한 미소를 유지하면서도 건강하고 의기양양한 육체의 요구를 만족시키고자 아주 어렸을 때부터 속임수를 받아들였던 것 같다.

그것이 나에게 큰 문제가 되지는 않았다. 여자의 부정직함은 그렇게 심하게 탓할 것이 못 되니까. 나는 유감스러웠지만 대수롭지 않게 여기고는 곧 잊었다. 우리가 자동차 운전에 대해 기이한 대화를 나눈 것은 바로 그 하우스 파티에 간 날이었다. 그녀가 어떤 일꾼들에게 너무 바싹 붙여 차를 모는 바람에 펜더가 한 남자의 외투 단추를 탁 치면서 그 대화가 시작되었다.

"운전 실력이 형편없군요." 내가 항의했다. "더 조심하든지, 아니면 아예 운전대를 잡지 말아야겠어요."

"조심하고 있어요."

"아니, 그렇지 않아요."

"흠, 그럼 남들이 조심하겠죠." 그녀가 가볍게 말했다.

"그게 이거랑 무슨 상관이죠?"

"그들이 알아서 비킬 거라는 말이에요." 그녀가 고집했다. "사고는 혼자 내는 게 아니잖아요."

"당신처럼 부주의한 사람을 만나면 어쩌려고요."

"그러지 않기를 바라야죠." 그녀가 대답했다. "나는 부주의한 사람이 정말 싫어요. 그래서 당신을 좋아하는 거고요."

햇빛에 혹사당한 잿빛 눈이 앞을 똑바로 응시하고 있었지만 그녀는 방금 의도적으로 우리의 관계를 변화시킨 것이었고, 잠시 나는 그녀를 사랑한다고 생각했다. 하지만 나는 느린 사람이다. 생각이 많고 욕망에 제동을 거는 내면의 규칙으로 가득하다. 나는 우선 고향에 두고 온 여자와의 뒤엉킨 관계에서 확실히 벗어나야 한다는 것을 알았다. 한 주에 한 번씩 편지를 쓰며 '사랑하는 닉이'라는 서명까지 하고 있었지만, 내 머릿속에 떠오르는 것이라고는 그 여자가 테니스를 칠 때 윗입술에 맺히는 희미한 콧수염 같은 땀방울뿐이었다. 그럼에도 자유의 몸이 되려면 둘 사이에 존재하는 암묵적인 합의를 요령 있게 깨야만 했다.

사람은 누구나 자신이 가장 기본적인 미덕을 적어도 하나쯤은 갖추었으리라고 짐작하는데, 나의 경우에 그것은 정직함이다. 나는 그동안 내가 알아온 몇 안 되는 정직한 사람 가운데 한 명이다.

제4장




일요일 아침에 마을 해변을 따라 교회 종이 울리는 동안 세상의 잘난 사람들과 그들의 정부들이 개츠비의 집으로 돌아와 그의 잔디밭을 유쾌하게 반짝이며 돌아다녔다.

"그 사람은 밀주업자래요." 개츠비의 칵테일과 개츠비의 꽃 사이의 어딘가를 오가며 젊은 여자들이 말했다. "언젠가 자기가 폰 힌덴부르크\*의 조카이자 악마의 육촌이라는 사실을 알아낸 남자를 죽인 적도 있대요. 장미 한 송이만 꺾어줘요, 여보. 그리고 저기 저 크리스털 잔에 마지막 한 방울까지 따라줘요."

언젠가 나는 그해 여름 개츠비의 집에 온 사람들의 이름을 기차 시간표의 여백에 적어본 적이 있다. 이제는 오래되

---

● 독일의 군인이자 정치가인 파울 폰 힌덴부르크(1847~1934).

어 접힌 곳이 다 닳은 시간표로, 맨 윗부분에는 "이 시간표는 1922년 7월 5일까지 유효함"이라고 적혀 있다. 하지만 회색으로 변한 이름들은 여전히 알아볼 수 있는데, 나의 개괄적 설명보다는 이 이름들을 말하는 게 개츠비에 대해 아무것도 모르면서도 환대를 받고 그에게 교묘한 찬사를 보내던 사람들의 인상을 더 분명히 해줄 것 같다.

이스트에그에서는 체스터 베커 부부와 리치 부부, 그리고 내가 예일대에 다닐 때 알았던 번슨이라는 남자, 또한 지난여름 메인주에서 익사한 닥터 웹스터 시빗이 왔다. 혼빔 부부와 윌리 볼테어 부부, 늘 구석에 모여 있다가 누구든 가까이 오면 염소처럼 코를 들어 올리던 블랙벅 일가도 있었다. 그리고 이즈메이 부부와 크리스티 부부(더 정확히는 휴버트 아워바크와 크리스티 씨의 부인), 또 사람들 말로는 어느 겨울날 오후에 별이유도 없이 머리가 목화처럼 하얗게 변해버렸다는 에드거비버도 있었다.

내가 기억하기로는 클래런스 엔다이브도 이스트에그에서 왔다. 그는 딱 한 번 왔는데, 하얀 니커보커스•를 입은 채 정원에서 에티라는 놈팡이와 싸움을 벌였다. 롱아일랜드에서 더 먼 곳에서는 치들 부부, O. R. P. 슈레이더 부부, 조지아주의 스톤월 잭슨 에이브럼 부부, 피시가드 부부, 리플리 스넬

●  무릎 아래에서 졸라매는 헐렁한 반바지.

부부가 왔다. 스넬은 교도소에 들어가기 사흘 전에 그곳에 왔는데, 너무 취해서 자갈이 깔린 진입로에 드러누워 있다가 그만 율리시스 스웨트 부인의 차에 오른손을 치이고 말았다. 댄시 부부도 왔고, 예순을 훌쩍 넘긴 S. B. 화이트베이트도 왔으며, 모리스 A. 플링크, 해머헤드 부부, 담배 수입업자인 벨루가와 그의 여자아이들도 왔다.

웨스트에그에서는 폴 부부, 멀레디 부부, 세실 로벅과 세실 쇼언, 주 상원 의원인 걸릭, '필름스 파 엑설런스'를 장악한 뉴턴 오키드, 에크호스트, 클라이드 코언, 돈 S. 슈워츠(아들), 아서 매카티가 왔는데, 모두 어떤 식으로든 영화와 관련된 자들이었다. 그리고 캐틀립 부부와 벰버그 부부, 또 나중에 아내를 목 졸라 죽인 바로 그 멀둔의 형제인 G. 얼 멀둔도 왔다. 프로모터인 다 폰타노도 왔고, 에드 리그로스와 제임스 B. ('로트것(Rot-Gut)•') 페럿, 드 종 부부, 어니스트 릴리도 왔다. 그들은 도박을 하러 온 것이었는데, 페럿이 어슬렁거리며 정원으로 나오면 돈을 다 잃었으니 이튿날 그의 회사인 '연합철도'의 주가가 올라야만 할 거라는 뜻이었다.

클립스프링어라는 남자는 그곳에 너무 자주 와 있어서 일명 '하숙인'으로 통했다. 그에게 다른 집이 있기나 했는지 모르겠다. 연극 쪽 인사들로는 거스 웨이즈, 호러스 오도너번,

---

• '다른 술을 섞은 저질 위스키'를 뜻한다.

레스터 마이어, 조지 덕위드, 프랜시스 불이 왔다. 또한 뉴욕에서는 크롬 부부, 백히슨 부부, 데니커 부부, 러셀 베티, 코리건 부부, 켈러허 부부, 듀어 부부, 스컬리 부부, S. W. 벨처, 스머크 부부, 지금은 이혼한 젊은 퀸 부부, 타임스스퀘어에서 지하철 앞으로 뛰어들어 자살한 헨리 L. 팰머토가 왔다.

베니 매클레너핸은 늘 여자 넷과 함께 왔다. 늘 다른 사람이었지만 서로 너무 똑같아서 아무래도 예전에 왔던 사람처럼 느껴졌다. 이름은 잊었다. 재클린이나 콘수엘라, 아니면 글로리아나 주디 혹은 준이었을 것이다. 그들의 성은 꽃이나 달의 이름을 따 듣기 좋거나 위대한 미국인 자본가들의 성을 따 근엄했는데, 그녀들을 밀어붙였다면 자신들이 그 자본가들의 친척이라고 고백했을 것이다.

이 사람들 외에도 그곳에 적어도 한 번은 왔던 게 기억나는 포스티나 오브라이언, 베데커 가문의 딸들과 전쟁 때 코를 잃은 젊은 브루어, 앨브럭스버거 씨와 그의 약혼녀인 하그 양, 아디타 피츠피터스, 한때 미국 재향 군인회 회장이었던 P. 주잇 씨, 클로디아 히프 양과 그녀의 운전기사로 알려진 남자, 우리가 공작이라고 불렀고 그 이름을 그때 알았더라도 지금은 잊어버린 어떤 왕자가 있었다.

이 모든 사람이 그해 여름 개츠비네 집에 왔었다.


7월 말의 어느 날 아침 9시, 개츠비의 화려한 자동차가 돌투성이 진입로를 휘청거리며 올라와 우리 집 문 앞에 서더니 세 가지 음으로 이루어진 선율의 경적을 울려댔다. 비록 내가 그의 파티에 두 번이나 갔고 그의 쾌속 모터보트도 탔으며 다급한 초대에 응해 그의 해변을 자주 이용하기도 했지만, 그가 나를 방문한 것은 그때가 처음이었다.

"안녕하시오, 친구. 오늘 나랑 점심이나 같이 먹읍시다. 내 차로 같이 가면 좋을 것 같아요."

그는 미국인 특유의 재주 좋은 동작으로 차의 대시보드 위에서 균형을 잡고 있었다. 나는 그런 동작이 젊은 시절에 무언가를 드는 일을 해보지 않아서 생겨난 결과라고, 심지어는 우리가 벌이는 불안하고 우발적인 게임의 형체 없는 고상함으로 인해 생겨난 결과라고도 생각한다. 이런 특성은 격식을 차리는 그의 태도 사이사이에 안절부절못하는 모습으로 계속 나타나고 있었다. 그는 절대 가만히 있는 법이 없었다. 늘 발로 어딘가를 톡톡 치거나 안달하며 손을 쥐었다 폈다 했다.

그는 내가 감탄하며 그의 차를 쳐다보는 모습을 보았다.

"멋진 차죠. 안 그래요, 친구?" 내가 차를 더 잘 볼 수 있도록 그가 차에서 뛰어내렸다. "전에 본 적이 있지 않나요?"

물론 본 적은 있었다. 누구나 본 적이 있을 것이다. 짙은 크림색에 니켈이 번쩍이고, 무시무시하게 기다란 차체 여기저기에 의기양양한 모자 상자와 만찬용 상자와 공구 상자가 불룩 튀어나와 있으며, 십여 개의 태양을 반사하는 미로 같은 앞유리들이 연이어 늘어선 차였다. 여러 겹의 창 뒤에 있는 녹색 가죽으로 된 온실 같은 곳에 앉아 우리는 시내로 출발했다.

나는 지난달에 그와 아마도 대여섯 차례 정도 이야기를 나누고는 실망스럽게도 그에게 별로 할 말이 없다는 사실을 알게 되었다. 그래서 그가 어떤 알 수 없는 중요 인물일 거라는 첫인상은 서서히 사라졌고, 이제는 그저 옆집의 화려한 여관 주인이 되어 있을 뿐이었다.

그러다가 당황스럽게도 그의 차를 타게 된 것이다. 웨스트 에그 빌리지에 도착하기도 전에 개츠비가 우아한 문장으로 말하다 말고 캐러멜 색깔의 양복 무릎 쪽을 애매하게 탁탁 치기 시작했다.

"이봐요, 친구." 그가 갑자기 말을 꺼냈다. "그런데 나에 대해 어떻게 생각해요?"

약간 당황한 나는 그런 질문에 걸맞게 대체로 얼버무리는 대답을 늘어놓기 시작했다.

"음, 내 인생에 대해 좀 이야기해줄게요." 그가 중간에 끼어들었다. "나에 대한 온갖 소문 때문에 나를 오해하는 건 원치 않으니까."

그러니까 그는 자기 집 홀에서 오가는 대화에 양념이 되어준 그 기이한 비난들을 알고 있었던 것이다.

"신께 맹세코 진실만을 말하죠." 그가 진실이 아니면 천벌을 받겠다는 듯이 갑자기 오른손을 들었다. "나는 중서부의 어느 부잣집 아들로 태어났어요. 부모님은 모두 돌아가셨죠. 미국에서 자랐지만 교육은 옥스퍼드에서 받았는데, 오랜 세월 선조들이 모두 그곳에서 교육받았으니까요. 집안 전통이죠."

그가 나를 곁눈질했다. 그러자 나는 조던 베이커가 왜 그가 거짓말을 하고 있다고 믿었는지 알 수 있었다. 그는 "교육은 옥스퍼드에서 받았는데"라는 말을 아주 급하게 했는데, 꼭 그 말을 삼키는 것 같기도 했고, 그 말이 목에 걸린 것 같기도 했다. 그 말 때문에 예전에 성가신 일이 벌어지기라도 했던 것처럼 말이다. 이런 의심이 들자 그의 말 전체가 산산조각 나버렸고, 결국 그에게 조금은 사악한 구석이 있을지도 모르겠다는 생각이 들었다.

"중서부 어디 출신이죠?" 내가 무심하게 물었다.

"샌프란시스코요."

"그렇군요."

"가족이 모두 세상을 뜨는 바람에 상당히 많은 돈을 물려받게 되었죠."

일족이 갑자기 절멸한 기억이 여전히 뇌리에서 떠나지 않기라도 하듯 그의 목소리는 엄숙했다. 잠시 나는 그가 나를 놀리고 있는 게 아닌가 의심이 들었지만 그를 힐끗 쳐다보고는 그런 게 아니라고 확신했다.

"그 후로 나는 파리나 베네치아나 로마 같은 유럽의 모든 수도에서 젊은 라자*처럼 지냈어요. 보석, 주로 루비를 수집하고, 커다란 사냥감을 사냥하고, 그림을 좀 그렸죠. 오직 나만을 위한 그런 일들을 하며 오래전에 일어난 아주 슬픈 일을 잊으려 노력했어요.”

나는 그 믿기지 않는 이야기에 웃음이 터지려는 것을 간신히 참았다. 닳아 해질 만큼 너무 진부한 이야기라 터번을 두른 ‘등장인물’이 몸의 모든 구멍으로 톱밥을 흘리며 불로뉴의 숲**에서 호랑이를 쫓는 이미지 말고는 아무것도 떠오르지 않았다.

“그러다 전쟁이 터진 거요, 친구. 나로서는 큰 위안인 셈이어서 죽으려고 아주 애를 썼지만 목숨이 마법에 걸리기라도 했는지 원. 전쟁이 시작되었을 때는 중위로 임관했죠. 아르곤 숲***에서는 남은 기관총 부대를 이끌고 너무 앞서나가는 바람에 보병대와의 거리가 800미터 벌어지고 말았는데, 보병대는 진군할 수가 없는 상황이었어요. 우리 백삼십 명은 루이스식 경기관총 열여섯 정을 들고 거기서 이틀 밤낮을 머물렀는데, 마침내 진군해 온 보병대는 거기 쌓인 시체 더미 사이에서 독일군 세 개 사단의 휘장을 발견했죠. 나는 소령으로

---

● 　인도의 왕자나 왕을 뜻하는 말.

●● 　프랑스 파리 서쪽의 대공원.

●●● 　프랑스 동북부 삼림지대로, 제1차 세계대전 때의 격전지였다.

승진했고, 연합군의 모든 정부에서 훈장을 받았어요. 심지어 몬테네그로, 아드리아해에 있는 그 작은 몬테네그로 정부에서도 말이에요!"

작은 몬테네그로! 그는 목소리를 높여 그 이름을 말하더니 고개를 끄덕였다. 미소를 지으며. 그것은 몬테네그로가 겪은 고난의 역사를 이해하고 몬테네그로 사람들의 용감한 투쟁에 공감하는 미소였다. 또 몬테네그로의 작고 따뜻한 마음에서 이런 찬사를 끌어낸 일련의 국가적 상황을 대단히 높이 평가하는 미소였다. 나의 불신은 이제 매혹 속으로 가라앉고 말았다. 잡지 십여 권을 급히 훑어보는 듯한 기분이 들었다.

그는 호주머니에 손을 넣어 리본이 달린 금속 하나를 꺼내더니 내 손바닥에 떨어뜨렸다.

"그게 바로 몬테네그로에서 받은 거요."

놀랍게도 그것은 진품처럼 보였다. "오르데리 디 다닐로, 몬테네그로, 니콜라스 렉스*라는 글자가 원형으로 새겨져 있었다.

"뒤집어봐요."

"제이 개츠비 소령." 나는 그것을 소리 내 읽었다. "그의 비범한 용기를 기리며."

"내가 늘 들고 다니는 게 여기 또 있어요. 옥스퍼드 시절의

---

● '다닐로 훈장, 몬테네그로, 니콜라스 국왕'을 뜻한다.

기념품이죠. 트리니티 쿼드*에서 찍은 거예요. 왼쪽에 있는 남자는 동커스터 백작입니다."

블레이저를 입은 젊은이 대여섯 명이 아치길에서 어정거리는 모습을 찍은 사진으로, 아치 사이로 수많은 첨탑이 보였다. 지금보다 많이는 아니고 조금 젊어 보이는 개츠비가 손에 크리켓 배트를 들고 서 있었다.

그렇다면 모두 사실인 셈이었다. 갑자기 대운하에 있는 그의 저택에서 불타오르듯 빛나는 호랑이 가죽이 보였고, 그가 루비 상자를 열고 그 깊은 진홍빛으로 괴로운 마음의 상처를 달래는 모습이 보였다.

"오늘 큰 부탁을 하나 하려고 해요." 만족스러운 표정으로 기념품들을 주머니에 넣으며 그가 말했다. "그래서 나에 대해 좀 알려주어야 할 것 같다고 생각했죠. 나를 그냥 어떤 보잘것없는 사람으로 여기지 않았으면 했거든요. 아시다시피 나는 보통 낯선 이들 사이에서 지내는데, 그건 내게 일어난 슬픈 일들을 잊으려고 여기저기 떠돌기 때문입니다." 그가 망설이다 말했다. "부탁이 무엇인지는 오늘 오후에 듣게 될 겁니다."

"점심때요?"

"아니, 오늘 오후에요. 우연히 알게 된 사실인데 오늘 당신이 베이커 양과 차를 마시기로 했다더군요."

---

● 옥스퍼드 대학교 소속 트리니티 칼리지의 사각형 안뜰을 가리킨다.

"베이커 양과 사랑에 빠지기라도 했다는 말입니까?"

"아뇨, 친구. 그렇지 않아요. 하지만 베이커 양이 친절하게도 당신에게 이 문제에 대해 말해주기로 했죠."

'이 문제'라는 게 무엇인지 조금도 짐작할 수 없었지만 흥미롭다기보다는 귀찮은 기분이 들었다. 나는 제이 개츠비 씨에 대해 의논하려고 조던에게 차를 마시자고 한 게 아니었다. 그 부탁이 완전히 기상천외한 것이리라는 확신이 들었고, 그러자 사람들로 넘쳐나는 그의 잔디밭에 발을 들인 게 잠시 후회되었다.

그는 더 이상 한마디도 하려 하지 않았다. 뉴욕에 가까워질수록 그의 품행은 점점 더 단정해졌다. 우리는 붉은 띠를 두른 외항선이 언뜻 보이는 루스벨트항을 지났다. 그러고는 금박이 빛바랬지만 여전히 손님이 드나드는 1900년대의 어두운 술집들이 늘어서 있는 자갈 깔린 빈민가를 따라 빠르게 달렸다. 그러자 우리 양쪽으로 재의 골짜기가 펼쳐졌는데, 그곳을 지나갈 때 특유의 활력을 띠고 헐떡거리며 주유소 펌프를 당기느라 안간힘을 쓰고 있는 윌슨 부인의 모습이 얼핏 보였다.

우리는 펜더를 날개처럼 펼친 채 빛을 흩뿌리며 애스토리아·의 절반을 통과했다. 절반만 통과했을 뿐인데, 고가철도

---

● 뉴욕시 퀸스 서북부에서 이스트강과 접한 지역.

의 기둥 사이를 휙 돌 때 "드르릉, 드르릉, **왱!**" 하는 익숙한 오토바이 소리가 들리더니 몹시 흥분한 경찰관이 우리와 나란히 달리는 모습이 보였기 때문이다.

"알겠어요, 친구." 개츠비가 외쳤다. 우리는 속도를 줄였다. 개츠비는 지갑에서 하얀 카드 한 장을 꺼내더니 경찰관의 눈앞에서 흔들어 보였다.

"그렇군요." 경찰관이 모자를 살짝 올려 인사하며 말했다. "다음에는 알아보도록 하겠습니다. **실례**했습니다!"

"그게 뭐였죠?" 내가 물었다. "옥스퍼드 사진이었나요?"

"언젠가 경찰국장의 부탁을 들어준 적이 있는데 그 후로 그가 매년 크리스마스카드를 보내오더군요."

거대한 다리 너머로는 철제 기둥 사이로 들어온 햇살이 움직이는 차들 위에서 끊임없이 깜박거렸고, 강 건너편으로는 새하얀 각설탕 더미 같은 도시가 솟아오르고 있었는데, 모두 냄새를 풍기지 않는 돈을 바라는 마음에서 지어진 것이었다. 퀸스버러 다리에서 보는 뉴욕은 늘 처음 보는 도시, 세상의 모든 신비와 아름다움에 대한 최초의 무모한 약속을 간직한 도시다.

꽃을 잔뜩 장식한 영구차가 죽은 이를 실은 채 우리를 지나갔고, 블라인드를 친 마차 두 대와 친구들을 태운 좀 더 명랑한 마차들이 그 뒤를 이었다. 그 친구들은 남동부 유럽 출신 특유의 짧은 윗입술을 드러내며 비극적인 눈으로 우리를 내다보았다. 나는 그들의 우울한 휴일에 개츠비의 멋진 차가 등장했다는 사실이 기뻤다. 블랙웰섬을 건너는 동안 리무진 한 대가 우리를 지나갔는데, 백인 운전기사가 모는 그 차에는 유행을 따른답시고 멋을 부린 흑인 세 명, 그러니까 수컷 둘과 여자 하나가 타고 있었다. 그들이 거만한 경쟁의식을 느끼며 노른자 같은 눈동자를 우리 쪽으로 굴리는 동안 나는 큰 소리로 웃었다.

'이 다리를 건너왔으니 이제 무슨 일이 일어나도 놀랍지 않아.' 나는 생각했다. '무슨 일이 일어나도…….'

심지어 개츠비 같은 존재도 더 이상 특별히 놀라울 게 없었다.


떠들썩한 정오. 선풍기가 잘 돌아가는 42번가의 지하에서 나는 개츠비와 점심을 먹기로 했다. 눈을 깜박거려 바깥 거리의 환한 빛을 몰아내자 대기실에서 다른 남자와 이야기를 나누는 개츠비의 모습이 희미하게 눈에 들어오기 시작했다.

"캐러웨이 씨, 이쪽은 내 친구 울프샤임 씨입니다."

작고 코가 납작한 유대인이 커다란 머리를 들고 나를 쳐다보았는데, 잘 자란 코털이 양쪽 콧구멍에 무성했다. 잠시 후 나는 어스름 속에서 그의 작은 눈을 찾아냈다.

"……그래서 나는 그놈을 한번 쳐다봤지." 울프샤임 씨가 나와 진지하게 악수하며 말했다. "그러고서 내가 어떻게 했을 것 같나?"

"무슨 말씀이신지?" 내가 정중하게 물었다.

하지만 그 말은 나에게 한 것이 아님이 분명한데, 그가 내 손을 놓더니 표정이 풍부한 코를 개츠비에게로 향했기 때문이다.

"나는 캐츠포에게 돈을 건네며 이렇게 말했어. '좋아, 캐츠포. 저놈이 입을 다물기 전까지는 한 푼도 주지 마.' 그러자 그놈이 바로 그 자리에서 입을 다물더군."

개츠비가 우리 둘의 팔을 붙잡고 레스토랑 안으로 들어갔고, 그러자 울프샤임 씨는 새로 꺼낸 말을 삼키고 몽유병에 걸린 듯 멍한 상태에 빠져들었다.

"하이볼 드릴까요?" 수석 웨이터가 물었다.

"훌륭한 레스토랑이로군." 천장에 그려진 장로교의 정령●을 쳐다보며 울프샤임 씨가 말했다. "하지만 나는 길 건너편 레스토랑이 더 좋아!"

"네, 하이볼로 줘요." 개츠비가 대답하고는 다시 울프샤임에게 말했다. "거긴 너무 더워요."

"덥고 비좁지, 그래." 울프샤임 씨가 말했다. "하지만 추억이 많은 곳이야."

---

● 천사를 굳이 '장로교의 정령'이라고 한 것은 그가 그리스도교를 경멸하는 유대인이기 때문이다.

"거기가 어디죠?" 나는 물었다.

"옛 메트로폴."

"옛 메트로폴." 울프샤임 씨가 우울하게 생각에 잠겼다. "죽고 없는 사람들의 얼굴로 가득한 곳이야. 이제는 영영 사라진 친구들의 얼굴로 가득한 곳이지. 거기서 로지 로즌솔이 총에 맞은 밤은 평생 잊지 못할 거야. 우리 테이블에는 여섯 명이 앉아 있었고, 로지는 밤새 엄청나게 먹고 마셨어. 아침이 다가올 무렵 웨이터가 수상쩍은 표정으로 로지에게 다가오더니 바깥에서 누가 이야기를 하고 싶어 한다고 전하더군. 로지가 '알았어' 하고 말하고는 자리에서 일어나려 하기에 내가 그를 다시 의자에 앉혔지.

'할 말이 있으면 그 개자식들한테 여기로 들어오라고 해, 로지. 하지만 여기서 나가는 건 절대 허락하지 않겠어.'

그때가 새벽 4시였으니까 블라인드를 올리면 새벽빛이 보였을 거야."

"그래서 그 사람은 나갔나요?" 내가 순진하게 물었다.

"물론 나갔지." 울프샤임 씨가 분개하며 내 쪽으로 코를 획 내밀었다. "로지는 문간에서 돌아서며 이렇게 말했어. '웨이터가 내 커피 못 치우게 해!' 그러고서 로지가 인도로 나가자 놈들이 그의 빵빵한 배에 총을 세 방 갈기고는 차를 타고 튀어버렸어."

"그중 네 명은 전기의자 형을 당했죠." 내가 그 일을 떠올리며 말했다.

"베커까지 포함해서 다섯 명이었지." 그가 흥미롭다는 듯 내 쪽으로 콧구멍을 돌렸다. "듣자 하니 거래처를 찾고 있다고 하던데."

그 두 문장이 나란히 놓일 수 있다는 사실이 무척 놀라웠다. 개츠비가 나 대신 대답했다.

"아, 아닙니다." 그는 외쳤다. "이 사람이 아니에요."

"아니라고?" 울프샤임 씨는 실망한 듯한 표정이었다.

"이 사람은 그냥 친구예요. 그 문제는 나중에 이야기하자고 말씀드렸잖아요."

"미안하네." 울프샤임 씨가 말했다. "사람을 착각했군."

육즙이 가득한 해시●가 나오자 울프샤임 씨는 옛 메트로폴의 감상적인 분위기는 까맣게 잊은 채 맹렬하고 고상하게 음식을 먹기 시작했다. 그러는 동안에도 그의 눈은 아주 천천히 레스토랑 안을 온통 두리번거렸다. 그는 뒤돌아서 바로 뒤에 앉은 사람들까지 살펴보고서야 레스토랑을 한 바퀴 둘러보는 일을 끝마쳤다. 아마 내가 없었다면 우리 테이블 아래까지 슬쩍 들여다보았을 것이다.

"이봐요, 친구." 개츠비가 내 쪽으로 몸을 숙이며 말했다. "오늘 아침에 차에서 당신을 조금 성나게 한 것 같군요."

---

● 고기와 감자를 잘게 다져서 섞어 만든 요리.

그가 또 그 미소를 지었지만, 이번에 나는 거기에 말려들지 않았다.

"나는 수수께끼를 좋아하지 않아요." 내가 대답했다. "게다가 왜 당신이 원하는 것을 솔직히 털어놓지 않는지 이해가 가질 않는군요. 왜 베이커 양을 통해서 그 이야기를 들어야 하는 겁니까?"

"아, 전혀 부정직한 일은 아니에요." 그가 나를 안심시켰다. "알다시피 베이커 양은 훌륭한 운동선수이고 옳지 않은 일은 절대 하지 않을 사람이니까요."

그는 갑자기 시계를 보더니 자리에서 벌떡 일어나 테이블에 나와 울프샤임 씨를 남겨둔 채 급히 밖으로 나갔다.

"전화를 걸려고 나가는 거야." 개츠비를 눈으로 좇으며 울프샤임 씨가 말했다. "좋은 친구지. 안 그렇소? 얼굴도 잘생긴 데다가 완벽한 신사지."

"네."

"그는 오그스퍼드 출신이라오."

"아!"

"영국에 있는 오그스퍼드 칼리지를 다녔지. 오그스퍼드 칼리지를 아시오?"

"들어봤습니다."

"세계에서 가장 유명한 칼리지 중 하나지."

"개츠비를 아신 지 오래되었나요?" 내가 물었다.

"몇 년 됐소." 그가 흐뭇해하며 대답했다. "반갑게도 전쟁 직후에 그를 알게 되었지. 그런데 한 시간 동안 이야기하고 나니 내가 교양인을 만났다는 걸 알겠더군. 나는 마음속으로 이렇게 생각했소. '집에 데려가서 어머니와 여동생에게 소개해주고 싶은 남자야.'" 그가 잠시 말을 멈추었다. "내 커프스단추를 보고 계시군."

나는 그것을 쳐다보고 있지 않았지만 그가 그렇게 말하자 쳐다보게 되었다. 이상할 만큼 친숙한 상아 단추였다.

"인간의 어금니로 만든 최상품이지." 그가 내게 알려주었다.

"이런!" 나는 단추를 살펴보았다. "정말 흥미로운 발상이로군요."

"음." 그가 셔츠 소매를 외투 아래로 홱 집어넣었다. "그래, 개츠비는 여자에 대해 아주 조심스러운 사람이오. 친구의 아내는 절대 쳐다보지도 않을 위인이야."

이처럼 본능적인 신뢰를 받는 대상이 돌아와 테이블에 앉자 울프샤임 씨는 커피를 홱 들이켜고는 자리에서 일어났다.

"점심 잘 먹었네." 그가 말했다. "그럼 너무 오래 머물러서 두 젊은이에게 미움받기 전에 이만 가보도록 하지."

"그렇게 서두르실 거 없잖아요, 마이어." 개츠비가 별 열의 없이 말했다. 울프샤임 씨는 축복이라도 하듯 손을 들어 올렸다.

"친절하게 말해줘서 고맙네만 나는 세대가 달라." 그가 엄숙하게 말했다. "자네들은 여기 앉아서 스포츠나 젊은 여자들에 대한 이야기를 나누게나. 그리고……." 그가 손을 또 흔들며 다음 단어를 우리의 상상에 맡겼다. "나로 말할 것 같으면 쉰 살이나 먹었으니 더는 자네들 일에 주제넘게 나서지 않겠어."

악수하고 돌아설 때 보니 그의 비극적인 코가 떨리고 있었다. 나는 혹시 내가 그의 기분을 상하게 할 만한 말을 한 것은 아닐까 생각했다.

"저 사람은 가끔 아주 감상적이 될 때가 있어요." 개츠비가 설명했다. "오늘이 바로 그런 날이로군요. 뉴욕 일대에서는 꽤 유명한 인물이죠. 브로드웨이에서 거의 살다시피 해요."

"그런데 뭐 하는 사람인가요? 배우?"

"아뇨."

"그러면 치과 의사?"

"마이어 울프샤임이? 아뇨, 그는 도박사예요." 개츠비는 망설이더니 차분하게 덧붙였다. "1919년에 월드 시리즈 결과를 조작한 바로 그 인물이죠."

"월드 시리즈 결과를 조작했다고요?" 내가 그의 말을 되풀이했다.

그런 발상은 나를 깜짝 놀라게 했다. 1919년에 월드 시리즈 결과가 조작되었다는 사실은 물론 나도 기억하고 있었다. 하지만 그렇더라도 나는 그 일이 그저 어쩌다보니 **일어난** 일, 어떤 불가피한 일련의 사건의 결과 정도라고만 여기고 있었다. 금고를 폭파하는 강도가 그러하듯 한 사람이 한 가지 목적만을 위해 오천만 명의 믿음을 가지고 놀 수 있을 거라는 생각은 해보지도 못했다.

"어쩌다 그런 일을 하게 된 거죠?" 잠시 후 나는 물었다.

"그냥 기회를 잡은 거죠."

"왜 감옥에 가지 않은 건가요?"

"그를 잡아넣을 수는 없어요, 친구. 영리한 사람이거든요."

나는 음식값은 내가 내겠다고 고집했다. 웨이터가 잔돈을 들고 왔을 때 북적이는 실내 건너편에서 톰 뷰캐넌의 모습이 언뜻 보였다.

"잠깐 같이 가시죠." 내가 말했다. "인사해야 할 사람이 있어서요."

톰은 우리를 보자 자리에서 벌떡 일어나 우리 쪽으로 대여섯 걸음 다가왔다.

"그동안 어디 있었던 거야?" 톰이 열성적으로 물었다. "네가 연락이 없어서 데이지는 화가 단단히 났어."

"이쪽은 개츠비 씨, 그리고 뷰캐넌 씨."

두 사람은 짧게 악수했는데, 개츠비는 보기 드물게 긴장하고 당황한 기색을 드러냈다.

"그래서 어떻게 지냈어?" 톰이 나에게 따지듯 물었다. "어쩌다 이렇게 멀리까지 식사하러 온 거지?"

"개츠비 씨랑 점심을 먹으러 나왔어."

나는 개츠비 씨 쪽으로 몸을 돌렸지만 그는 이미 사라진 후였다.

1917년 10월의 어느 날이었죠…….

(그날 오후 조던 베이커는 플라자 호텔 티 가든●의 등받이가 똑바른 의자에 아주 똑바로 앉아 이렇게 말했다.)

……나는 도보와 잔디밭을 오가며 이곳저곳을 걷고 있었어요. 잔디밭을 걸을 때 기분이 더 좋았는데, 그때 신고 있던 영국제 신발 밑창의 고무 돌기가 부드러운 땅에 폭폭 박혔거든요. 새로 산 격자무늬 치마도 바람에 조금 날렸는데, 그럴 때마다 모든 집 앞에 걸린 빨갛고 하얗고 파란 깃발●●이 팽팽해지면서 못마땅하다는 듯이 **쯧, 쯧, 쯧, 쯧** 소리를 냈어요.

가장 큰 깃발과 가장 큰 잔디밭이 있는 곳이 바로 데이지 페이네 집이었어요. 데이지는 나보다 두 살 연상으로 이제 막 열여덟 살이 되었고, 루이빌의 모든 여자애 가운데 단연코 가장 인기가 좋았죠. 데이지는 하얀 옷을 입고 작고 하얀 로드스터●●●를 몰았어요. 데이지네 집에는 하루 종일 전화벨이 울렸고, 캠프 테일러에 근무하는 흥분한 젊은 장교들은 그날 밤 데이지를 독차지할 수 있는 특권을 달라고 요구했죠. "어

---

● 차를 마시는 정원.

●● '성조기'를 뜻한다.

●●● 지붕이 없고 좌석이 두 개인 자동차.

쨌거나 한 시간만!"

그날 아침 데이지네 집 맞은편에 가보니 그녀의 하얀 로드스터가 도로변에 세워져 있었는데, 그녀 옆에는 내가 한 번도 본 적 없는 어떤 중위가 앉아 있더군요. 두 사람은 서로에게 완전히 몰두해 있었고, 그래서 데이지는 내가 1.5미터 거리까지 다가갈 때까지도 나를 보지 못했죠.

"안녕, 조던." 뜻밖에도 데이지가 나를 불렀어요. "잠깐 이리로 와봐."

데이지가 나와 이야기하길 바란다니 우쭐한 기분이 들었어요. 언니뻘 되는 여자 중에서 내가 가장 좋아한 사람이 데이지였거든요. 데이지는 내게 적십자사로 붕대를 만들러 가냐고 묻더군요. 그렇다고 했죠. 그랬더니 그날 자기는 못 간다고 전해줄 수 있겠냐고 하지 않겠어요? 데이지가 말하는 동안 장교는 그녀를 쭉 쳐다보고 있었는데, 젊은 여자라면 누구나 가끔 받고 싶어 하는 그런 시선이었어요. 그 모습이 낭만적으로 보여서 그 후로도 그 일을 기억하고 있죠. 그의 이름은 제이 개츠비였는데, 그 후로 4년이 넘도록 다시 보지 못했어요. 심지어 롱아일랜드에서 만난 후에도 그때 그 사람인지 깨닫지 못했죠.

그때가 1917년이었어요. 이듬해 무렵에는 내게도 남자친구가 몇 명 생겼고 토너먼트에도 나가기 시작해서 데이지를 자주 만나지 못했어요. 데이지는 누구를 만날 때면 늘 자기보다 나이가 조금 많은 사람과 만나더군요. 데이지에 대한 터무니없는 소문이 돌고 있었어요. 어느 겨울밤에 데이지가 해외로 나가는 한 군인에게 작별 인사를 하러 뉴욕에 가려고 짐을 싸다가 어머니한테 들켰다는 거였죠. 데이지는 결국 가지 못했지만, 그러고서 몇 주 동안 가족과 한마디도 나누지 않았대요. 그러고는 더 이상 군인과 놀아나지 않고 아예 군대에 가지 못하는 평발이나 근시인 몇몇 남자하고만 놀아났어요.

이듬해 가을이 되자 데이지는 다시 명랑해졌어요. 그 어느 때보다도 명랑해졌죠. 휴전 이후로는 사교계에 데뷔했고, 아마 2월에는 뉴올리언스 출신 남자와 약혼했던 것 같아요. 그러다가 6월에 시카고의 톰 뷰캐넌과 결혼했는데, 루이빌에서는 한 번도 본 적이 없는 거창한 결혼식이었죠. 톰은 개인적으로 빌린 객차 네 개에 백 명이나 되는 사람을 태우고 왔고, 뮬바크 호텔의 한 층을 통째로 빌린 데다 결혼식 전날에는 데이지에게 35만 달러짜리 진주 목걸이를 선물했어요.

나는 신부 들러리였죠. 결혼 피로연이 열리기 삼십 분 전에 데이지의 방에 갔더니 데이지가 꽃무늬 드레스를 입은 채 6월의 밤처럼 사랑스러운 침대에 누워 있더군요. 원숭이처럼 만취한 채로 말이에요. 한 손에는 소테른*을 들고 한 손에는 편지를 들고 있었어요.

---

● 프랑스 소테른 지역에서 생산되는 디저트 와인.

"축하해줘." 데이지가 중얼거렸어요. "술은 처음 마셔보는데 정말 맛있네."

"왜 그러는 거야, 데이지?"

나는 정말 무서웠어요. 그렇게 취한 여자는 본 적이 없었거든요.

"자, 여기 있어." 데이지는 침대 위에 둔 쓰레기통을 뒤지더니 그 안에서 진주 목걸이를 끄집어냈어요. "아래층으로 들고 가서 아무한테나 줘버려. 사람들한테 데이지의 마음이 변했다고 말해줘. 데이지의 마음이 변했다고 말이야!"

데이지는 울기 시작했어요. 울고 또 울었죠. 나는 밖으로 뛰쳐나가 데이지 어머니의 가정부를 찾아서 데려왔어요. 문을 잠그고 가정부와 함께 찬물을 채운 욕조에 데이지를 집어넣었죠. 데이지는 편지를 놓으려 하지 않았어요. 편지를 들고 욕조로 들어가 손으로 꼭 쥐어서 젖은 공처럼 만들더니 눈송이처럼 산산조각 나는 걸 보고서야 내가 그걸 비눗갑에 내려놓게 해주더군요.

하지만 데이지는 더 이상 한마디도 하지 않았어요. 우리는 데이지에게 암모니아수 냄새를 맡게 하고 이마에 얼음을 갖다 대고는 다시 드레스를 입혔죠. 삼십 분 후에 우리가 방에서 나왔을 때 데이지의 목에는 진주 목걸이가 걸려 있었고 사건은 그것으로 마무리되었어요. 이튿날 5시에 데이지는 조금도 떨지 않고 톰 뷰캐넌과 결혼한 후 남태평양으로 석 달

동안 신혼여행을 떠났죠.

그들이 돌아온 후 샌타바버라에서 만났는데, 남편한테 그렇게 미쳐 있는 여자는 처음 본 것 같았어요. 톰이 잠시라도 방에서 나가면 데이지는 불안하게 주위를 둘러보며 "톰은 어디 갔지?" 하고 말하고는 그가 문간에 나타날 때까지 더없이 얼빠진 표정을 지었죠. 모래밭에 앉아서 그의 머리를 자기 무릎에 한 시간이나 올려놓은 채 손가락으로 그의 눈을 문지르며 헤아릴 수 없는 기쁨에 찬 표정으로 그를 쳐다보곤 했어요. 두 사람이 함께 있는 모습을 보면 감동적이었어요. 매혹된 나머지 조용히 웃음을 터뜨리게 되는 광경이었죠. 그때가 8월이었어요. 내가 샌타바버라를 떠나고 한 주가 지난 어느 날 밤, 톰이 몰던 차가 벤투라 도로에서 왜건을 들이받아 앞바퀴 하나가 떨어져 나가는 사고가 일어났어요. 톰과 함께 있던 여자도 팔이 부러져서 신문에 났죠. 샌타바버라 호텔의 객실 청소부 중 한 명이었어요.

이듬해 4월, 데이지는 딸을 낳은 후 가족과 함께 1년 동안 프랑스로 갔어요. 나는 그들을 어느 봄에 칸에서 한 번 만나고 나중에 도빌에서 다시 만났는데, 그러고서 그들은 시카고로 돌아와서 정착했죠. 알다시피 데이지는 시카고에서 인기가 좋았어요. 두 사람은 행실이 좋지 않은 무리, 하나같이 젊고 돈 많고 제멋대로 구는 이들과 어울렸음에도 데이지의 평판은 더할 나위 없이 훌륭했어요. 아마 술을 마시지 않았기 때문일 거예요. 술고래들 사이에서 술을 마시지 않으면 큰 이점을 누릴 수 있죠. 떠들지 않아도 되고, 게다가 다들 눈이 멀지경이 되어서 보지도 못하고 신경 쓰지도 못할 때를 노렸다가 혼자 약간의 부정행위를 저지를 수도 있으니까요. 어쩌면 데이지는 한 번도 바람을 피우지 않았을지도 모르겠어요. 그럼에도 데이지의 목소리에서는 무언가가 느껴졌어요…….

음, 그런데 육 주 전인가 데이지가 몇 년 만에 처음으로 개츠비의 이름을 듣게 된 거예요. 내가 당신에게 웨스트에그의 개츠비를 아느냐고 물었을 때였죠. 기억하나요? 당신이 집으로 돌아간 후 데이지가 내 방에 들어와서 나를 깨우고는 "어떤 개츠비?" 하고 물었고, 그래서 내가 반쯤 잠든 상태로 그에 대해 말해주자 더없이 이상한 목소리로 자기가 알던 사람이 분명하다고 말했어요. 그제야 나는 그 개츠비를 예전에 데이지의 하얀 차에 타고 있던 장교와 관련지을 수 있었죠.

조던 베이커가 이 이야기를 다 들려준 것은 우리가 플라자 호텔을 떠나고 삼십 분이 지났을 때였고, 그때 우리는 빅토리아•를 타고서 센트럴파크를 달리고 있었다. 해는 영화배우들이 모여 사는 웨스트 50번대 거리의 높은 아파트 너머로 떨어졌고, 벌써 풀밭에 귀뚜라미처럼 모여 있는 아이들의 맑은

---

• 이 인승 사륜마차의 일종.

목소리가 뜨거운 황혼을 뚫고 솟아올랐다.

> 나는 아라비아의 족장
>
> 그대의 사랑은 나의 것
>
> 그대가 잠든 밤에
>
> 나는 그대의 천막 속으로 기어들리라……●

"묘한 우연의 일치로군요." 나는 말했다.

"하지만 전혀 우연의 일치가 아니었어요."

"왜죠?"

"개츠비가 그 집을 산 것은 데이지가 바로 만 건너편에 살기 때문이었으니까요."

그렇다면 그가 6월의 그날 밤에 열망했던 것은 한낱 별들이 아니었던 것이다. 갑자기 그가 무의미하고 찬란한 태내 밖으로 나와 생기를 띤 모습으로 다가왔다.

"그는 알고 싶어 해요." 조던이 말을 이었다. "당신이 어느 날 오후에 데이지를 당신 집으로 초대하고 그때 자기도 들르게 해줄 수 있는지."

그 조심스러운 부탁이 나를 뒤흔들어놓았다. 그는 5년을 기다린 끝에 그 대저택을 구입해 우연히 날아드는 나방들에

---

● 1921년에 유행한 재즈 히트 곡 〈아라비아의 족장〉.

게 별빛을 나누어주고 있었던 것이다. 그리하여 어느 날 오후에 낯선 사람의 정원에 '들를' 수 있게.

"고작 그런 사소한 부탁을 하려고 내게 이 모든 걸 알려주었단 말인가요?"

"그는 걱정하고 있어요. 너무 오랫동안 기다려왔으니까요. 당신 기분을 상하게 할까봐 염려하고 있기도 하고요. 음, 알고 보면 개츠비도 보통 사람이라고요."

뭔가가 마음에 걸렸다.

"왜 당신에게 만남을 주선해달라고 부탁하지 않은 거죠?"

"그 사람은 데이지가 자기 집을 보길 원해요." 그녀가 설명했다. "그런데 당신 집이 바로 옆집이잖아요."

"아!"

"내 생각에 그는 어느 날 밤 데이지가 어쩌다 자기 파티에 오게 되길 은근히 바랐던 것 같아요." 조던이 계속 말했다. "하지만 데이지는 한 번도 오질 않았어요. 그러자 사람들에게 그녀를 아느냐고 무심한 척 물어보기 시작했고, 안다고 대답한 첫 번째 사람이 나였던 거죠. 댄스파티 때 나를 부르러 집사를 보낸 바로 그날 밤이었어요. 그가 그 이야기를 꺼내려고 얼마나 공을 들였는지 당신도 들었어야 하는데. 당연히 나는 뉴욕에서 셋이 같이 점심이나 먹자고 곧장 제안했죠. 그러자 그가 성질을 부리는 것 같더군요.

'조금이라도 이상한 짓은 하고 싶지 않습니다!' 그가 계속

말했어요. '나는 그녀를 옆집에서 만나고 싶어요.'

당신과 톰이 각별한 친구 사이라고 말해주자 계획을 모두 포기하려 하더군요. 그는 톰에 대해서는 별로 아는 게 없어요. 혹시라도 데이지의 이름을 보게 되지 않을까 하는 마음에 시카고 신문을 몇 년 동안 읽었다고 말하긴 하지만요."

이제 날이 어두워져 있었다. 우리가 작은 다리 아래를 지날 때 나는 조던의 황금빛 어깨에 팔을 두르고 그녀를 내 쪽으로 끌어당기며 같이 저녁을 먹지 않겠느냐고 물었다. 갑자기 데이지와 개츠비에 관한 생각은 사라지고, 내 품 안에서 명랑하게 등을 기대고 있는 이 사람, 깔끔하고 강건하고 편협하며 대체로 회의적 태도를 내보이는 이 사람이 그 자리를 대신했다. 어떤 구절이 어떤 의기양양한 흥분과 함께 내 귓가를 때리기 시작했다. '세상에는 쫓기는 자와 쫓는 자, 바쁜 자와 지친 자가 있을 뿐이다.'

"그리고 데이지의 삶에도 무언가가 필요해요." 조던이 내게 중얼거렸다.

"데이지가 개츠비를 만나고 싶어 하나요?"

"데이지는 그 일에 대해 알면 안 돼요. 개츠비는 데이지가 알길 바라지 않거든요. 당신은 그저 차를 마시러 오라며 데이지를 초대하면 되는 거예요."

장벽처럼 늘어선 검은 나무들을 지나자 59번가의 정면이 나왔다. 사각형 덩어리에서 쏟아져 나오는 여리고 창백한 빛이 공원을 비추고 있었다. 개츠비나 톰 뷰캐넌과 달리 나에게는 어두운 처마 끝 장식이나 눈부신 간판을 따라 떠도는 여자의 얼굴이 없었고, 그래서 나는 내 옆의 여자를 끌어당기며 양팔을 조였다. 그녀가 경멸하는 듯한 창백한 입술로 미소를 지어 보였고, 그래서 나는 그녀를 다시 한번 더 가까이 끌어당겼다. 이번에는 내 얼굴 쪽으로.

제5장

그날 밤 웨스트에그의 집으로 돌아왔을 때 나는 우리 집에
불이 난 줄 알고 잠시 걱정했다. 새벽 2시인데도 반도의 모퉁
이 전체가 불빛으로 눈부시게 빛났던 것이다. 불빛은 관목숲
위로 비현실적으로 떨어지고 있었고, 가늘고 길게 늘어진 길
가의 전선까지도 반짝이게 만들고 있었다. 모퉁이를 돌며 나
는 그것이 탑부터 지하실까지 불을 켠 개츠비네 집이라는 것
을 알았다.

처음에는 또 파티가 열린 줄 알았다. 거칠고 떠들썩한 무리
가 결국 '숨바꼭질'이나 '상자 속의 정어리'• 놀이를 하느라
집 전체가 놀이터가 된 줄 안 것이다. 하지만 그렇다고 하기
에는 너무 조용했다. 오직 나무 사이로 부는 바람만이 전선을

---

● 술래잡기의 일종으로, 모두가 술래가 되고 한 사람만 숨는 놀이다.

흔들고 전등을 깜박거리게 해 집 전체가 어둠에 대고 윙크하는 것처럼 보이게 할 뿐이었다. 내가 타고 온 택시가 신음하며 사라지자 개츠비가 자신의 잔디밭을 가로질러 내 쪽으로 걸어오는 모습이 보였다.

"집이 꼭 세계 박람회장 같군요." 내가 말했다.

"그래요?" 그가 집 쪽으로 멍하니 눈길을 돌렸다. "방을 몇 개 둘러보고 있었어요. 코니아일랜드•에 갑시다, 친구. 내 차로 말이에요."

"너무 늦었어요."

"음, 그러면 수영장에 뛰어드는 건 어떨까요? 여름 내내 수영장을 한 번도 사용하지 않았거든요."

"나는 이만 자야겠어요."

"그렇군요."

그는 간절함을 억누른 채 나를 보며 기다렸다.

"베이커 양과 이야기를 나누었습니다." 잠시 후 내가 말했다. "내일 데이지한테 전화를 걸어서 이곳으로 차를 마시러 오라고 초대할 거예요."

"아, 그건 괜찮아요." 그가 무관심한 척 말했다. "당신에게 불편을 끼치고 싶지는 않거든요."

"언제가 좋겠습니까?"

---

• 뉴욕시 브루클린 서남단에 있는 유원지.

"**당신은** 언제가 좋은가요?" 그가 재빨리 내 말을 정정했다. "말했다시피 당신에게 불편을 끼치고 싶지는 않아서요."

"모레는 어떤가요?"

그는 잠시 곰곰이 생각했다. 그러더니 마지못해하며 이렇게 말했다. "잔디를 깎아야 해서요."

우리는 둘이 같이 잔디밭을 내려다보았다. 우리 집의 들쑥날쑥한 잔디밭이 끝나고 그의 더 짙고 잘 관리된 잔디밭이 드넓게 시작되는 경계가 뚜렷이 보였다. 나는 그가 우리 집 잔디를 말하는 것은 아닌가 싶은 생각이 들었다.

"그것 말고도 다른 게 있습니다." 그가 불분명하게 말하고는 머뭇거렸다.

"그럼 차라리 며칠 더 미룰까요?" 내가 물었다.

"아, 그 얘기는 아닙니다. 적어도……." 그는 본론으로 들어가지 못한 채 계속 더듬거렸다. "음, 그러니까…… 음, 이봐요, 친구. 요즘 수입이 그리 많지는 않죠. 안 그래요?"

"별로 많지는 않죠."

이 말에 안심했는지 그는 더 자신감 있게 말을 이었다.

"그럴 것 같았어요. 실례되는 말인 줄 알지만…… 음, 나는 부업으로 작은 사업을 하고 있습니다. 말 그대로 부업이죠. 그래서 말인데, 만일 수입이 그리 많지 않다면…… 당신은 채권을 팔고 있죠. 안 그런가요, 친구?"

"팔려고 노력 중이죠."

"음, 그렇다면 이 일에 흥미가 생길 겁니다. 시간을 많이 들이지 않고도 꽤 큰돈을 만질 수 있는 일이거든요. 아무래도 좀 은밀한 일이긴 하지만."

이제 와서 깨달은 사실인데, 다른 상황에서 벌어진 대화였다면 그 대화가 내 인생의 전환점이 될 수도 있었을 것이다. 하지만 그 제안은 나의 수고에 대한 보답이 분명했고 서투르기까지 했기에 나로서는 그 자리에서 거절하는 것 말고는 다른 방법이 없었다.

"지금은 너무 바빠서요." 나는 말했다. "말씀은 정말 고맙지만 다른 일을 할 짬이 안 납니다."

"울프샤임과 거래할 필요는 없는 일이에요." 그는 내가 점심때 들은 '거래처' 일을 피한다고 생각한 게 분명했지만, 나는 그에게 그런 게 아니라고 확실히 말해주었다. 그는 내가 대화를 이어나가길 좀 더 기다렸지만, 내가 다른 데 정신이 팔려 아무 대답이 없자 마지못해 집으로 돌아갔다.

그날 밤은 나를 약간 어지럽고도 행복하게 했다. 현관으로 들어가는 게 마치 깊은 잠 속으로 걸어 들어가는 것만 같았다. 그래서 그날 밤 개츠비가 코니아일랜드에 갔는지, 집을 현란하게 밝힌 채 몇 시간 동안이나 "방을 둘러보았는지" 나는 모른다. 이튿날 아침 사무실에서 데이지에게 전화를 걸어 차를 마시러 오라고 초대했다.

"톰은 데려오지 마." 나는 그녀에게 주의를 주었다.

"뭐라고?"

"톰은 데려오지 말라고."

"'톰'이 누군데?" 그녀가 아무것도 모르는 척 물었다.

약속한 날에는 비가 쏟아졌다. 11시에 비옷을 걸친 남자가 잔디 깎는 기계를 끌고 와서 우리 집 현관문을 두드리더니 개츠비 씨가 잔디를 깎으라며 보냈다고 했다. 그 말을 듣자 핀란드인 가정부에게 다시 와달라고 부탁하길 깜박했다는 사실이 떠올랐고, 그래서 차를 몰고 웨스트에그 빌리지로 가서 회반죽을 바른 질척거리는 골목을 뒤져 그녀를 찾고서 잔 몇 개와 레몬과 꽃을 샀다.

꽃은 괜히 샀는데, 2시에 개츠비의 집에서 수많은 화병과 함께 온실이 통째로 도착했기 때문이다. 한 시간 후 현관문이 불안하게 열리더니 하얀 플란넬 양복에 은색 셔츠를 입고 금색 넥타이를 맨 개츠비가 급히 들어왔다. 얼굴은 창백했고 눈 밑에는 잠을 못 이룬 흔적이 검게 남아 있었다.

"준비는 잘 되어가고 있나요?" 그가 곧장 물었다.

"잔디는 보기 좋게 잘 깎였죠. 물어보시는 게 그 얘기라면."

"잔디라뇨?" 그가 멍하니 물었다. "아, 잔디밭 말이로군요." 그는 창밖을 내다보았지만 표정으로 보건대 눈에 보이는 게 아무것도 없는 듯했다.

"아주 보기 좋네요." 그가 멍하니 말했다. "어떤 신문을 보니 4시쯤에는 비가 그칠 거라고 하더군요. 《저널》이었던 것 같아요. 차를 마시는 데 필요한 건 다, 다 있나요?"

나는 개츠비를 식료품 저장실로 데려갔다. 거기서 그는 핀란드인 가정부를 조금 책망하는 듯한 눈길로 쳐다보았다. 우리는 델리카트슨 숍에서 구입한 레몬 케이크 열두 개를 함께 자세히 살펴보았다.

"이거면 될까요?" 내가 물었다.

"물론이죠. 되고말고요! 훌륭해요!" 그러고서 그는 공허하게 덧붙였다. "……친구."

3시 반쯤 되자 비는 축축한 안개로 바뀌었고, 이따금 안개 사이로 작은 빗방울이 이슬처럼 떠돌았다. 개츠비는 멍한 눈으로 클레이의 《경제학》을 훑어보다가 부엌 바닥에서 울리는 핀란드인 가정부의 발소리에 깜짝 놀라기도 하고, 보이지는 않지만 걱정스러운 일련의 사건이 바깥에서 벌어지고 있기라도 하듯 이따금 흐려진 창문 밖을 응시하기도 했다. 마침내 그가 자리에서 일어나더니 자신 없는 목소리로 집에 가야겠다고 말했다.

"대체 왜요?"

"차 마시러 아무도 오질 않잖아요. 너무 늦었어요!" 그는 다른 데서 해야 할 바쁜 일이 있어 시간에 쫓기기라도 하는 사람처럼 자기 시계를 쳐다보았다. "하루 종일 기다릴 수는 없습니다."

"바보 같은 소리 말아요. 이제 이 분 후면 4시예요."

그는 마치 내가 떠밀기라도 한 것처럼 비참하게 자리에 앉았고, 그와 동시에 우리 집 쪽 길로 방향을 트는 자동차 소리가 들려왔다. 우리는 둘 다 벌떡 일어났다. 나는 약간 난처한 기분을 느끼며 마당으로 나갔다.

빗방울이 뚝뚝 떨어지는 헐벗은 라일락 나무 아래로 커다란 오픈카 한 대가 진입로를 따라 올라오고 있었다. 차가 멈추었다. 라벤더색 삼각 모자 밑으로 고개를 옆으로 기울인 데이지의 얼굴이 밝고 황홀한 미소를 보이며 나를 내다보고 있었다.

"사랑하는 나의 오빠, 여기가 진짜 오빠가 사는 곳이야?"

기분을 북돋우는 그녀의 찰랑거리는 목소리는 빗속에 뿌려지는 강렬한 강장제 같았다. 나는 잠시 그녀의 오르내리는 목소리에 귀를 기울인 후에야 겨우 입을 열 수 있었다. 축축한 머리카락 한 가닥이 길게 칠해진 파란 물감처럼 그녀의 뺨에 붙어 있었다. 차에서 내리는 걸 도와주려고 잡은 그녀의 손은 반짝이는 빗방울로 젖어 있었다.

"나랑 사랑에 빠진 게로구나." 그녀가 내 귀에 대고 나지막이 말했다. "그게 아니라면 왜 나더러 혼자 오라고 한 거지?"

"그건 래크렌트성•의 비밀이야. 운전기사한테 어디 멀리

---

• 영국계 아일랜드 소설가인 마리아 에지워스(1768~1849)의 동명 소설로, 래크렌트성이 누구의 소유인지 수수께끼를 남기며 끝난다.

가서 한 시간 있다 오라고 해."

"한 시간 후에 돌아와요, 퍼디." 그러고서 그녀는 근엄한 목소리로 중얼거렸다. "저 사람 이름이 퍼디야."

"가솔린 때문에 저 친구 코에 문제가 생기긴 않았겠지?"

"그렇지는 않을걸." 그녀가 농담을 알아듣지 못한 채 말했다. "그건 왜?"

우리는 집 안으로 들어갔다. 정말 놀랍게도 거실에는 아무도 없었다.

"흠, 참 우스운 일이네." 내가 외쳤다.

"뭐가 우스운데?"

그때 누군가가 가볍고도 위엄 있게 현관문을 두드리는 소리가 들리자 그녀가 고개를 돌렸다. 나는 나가서 문을 열었다. 개츠비가 시체처럼 창백한 얼굴로 양손을 저울추처럼 외투 주머니에 찔러 넣은 채 물웅덩이 속에 서서 비극적인 눈빛으로 내 눈을 노려보고 있었다.

그는 양손을 여전히 외투 주머니에 넣은 채 나를 따라 현관으로 들어오더니 인형을 조종하는 줄에 매달리기라도 한 것처럼 재빨리 몸을 돌려 거실로 사라졌다. 그 모습은 조금도 우습지 않았다. 나는 쿵쿵대는 심장의 고동을 의식하며 점점 더 거세게 퍼붓는 비가 들이치는 걸 막고자 문을 닫았다.

삼십 초 동안 아무 소리도 들리지 않았다. 그러더니 거실에서 목메는 듯한 중얼거림과 약간의 웃음소리가 들려왔고, 이어서 데이지의 맑고 꾸민 듯한 목소리가 들려왔다.

"다시 만나게 되어 정말 대단히 기쁘네."

잠시 끔찍한 침묵이 지속되었다. 나는 현관에서 아무것도 할 게 없어서 거실로 들어갔다.

개츠비는 양손을 여전히 주머니에 넣은 채 애써 아주 편한 척하며, 심지어 지루한 척하며 벽난로 선반에 몸을 기대고 있었다. 머리는 너무 뒤로 젖혀서 작동하지 않는 벽난로 선반 시계의 문자판에 닿을 정도였다. 그는 이런 자세를 한 채 곤혹스러운 눈빛으로 데이지를 가만히 내려다보았고, 데이지는 깜짝 놀란 와중에도 우아한 자세로 딱딱한 의자 끝에 앉아 있었다.

"우리는 전에 만난 적이 있어요." 개츠비가 중얼거렸다. 그의 시선이 잠깐 나를 향했고, 입술은 웃으려다 실패한 채 그대로 벌어져 있었다. 다행스럽게도 이 순간 시계가 머리에 눌려 위험하게 기울었고, 그러자 그는 몸을 돌려서 떨리는 손으로 시계를 붙잡아 제자리에 돌려놓았다. 그러고는 뻣뻣한 자세로 앉아 팔꿈치를 소파의 팔걸이에 올린 채 손으로 턱을 괴었다.

"시계를 건드려서 미안해요." 그가 말했다.

내 얼굴은 이제 열대지방에서 타기라도 한 듯 시뻘게져 있었다. 머릿속을 맴도는 수많은 말 가운데 단 한마디의 상투어도 끄집어낼 수 없었다.

"낡은 시계예요." 나는 그들에게 바보처럼 말했다.

잠시 다들 시계가 바닥에 떨어져서 박살 나기라도 했다고 믿은 듯했다.

"우리는 몇 년 동안 만나지 못했어." 데이지가 최대한 사무적인 목소리로 말했다.

"오는 11월이면 딱 5년이 되지."

반사적으로 튀어나온 개츠비의 대답에 우리는 적어도 일 분 동안 다시 침묵에 빠졌다. 내가 주방에서 차를 준비하는 걸 도와달라고 간절히 제안하며 둘을 일으켜 세웠을 때 악마 같은 핀란드인 가정부가 차 쟁반을 들고 왔다.

찻잔과 케이크가 만들어낸 반가운 혼란 속에서 어느 정도 실체감 있는 예의가 생겨났다. 개츠비는 그림자 속으로 들어가서 데이지와 내가 이야기하는 동안 긴장되고 불행한 눈으로 우리를 번갈아 꼼꼼히 쳐다보았다. 하지만 고요하게 있으려고 만난 것이 아니었기에 나는 기회가 생기자마자 핑계를 대며 자리에서 일어났다.

"어디 가는 거예요?" 개츠비가 즉시 불안해하며 물었다.

"곧 돌아올게요."

"가기 전에 할 말이 좀 있어요."

그는 나를 따라 무턱대고 부엌으로 들어와 문을 닫더니 비참한 목소리로 속삭였다. "오, 맙소사!"

"왜 그래요?"

"이건 끔찍한 실수예요." 그가 고개를 좌우로 흔들며 말했다. "끔찍한, 정말 끔찍한 실수라고요."

"당신은 그저 당황했을 뿐이에요." 그러고서 나는 다행히도 이렇게 덧붙였다. "데이지도 당황했어요."

"데이지도 당황했다고요?" 그가 못 믿겠다는 듯이 내 말을 되풀이했다.

"당신만큼이나 말이죠."

"너무 큰 소리로 말하지 말아요."

"당신은 어린애처럼 굴고 있어요." 내가 조바심하며 불쑥 말했다. "그뿐 아니라 무례하기도 하고요. 데이지가 저기 혼자 앉아 있잖아요."

그는 한 손을 들어 내 말을 막더니 잊지 못할 비난이 담긴 표정으로 나를 쳐다보고는 조심스레 문을 열고 거실로 돌아갔다.

나는 뒷문으로 나갔다. 삼십 분 전에 개츠비가 불안해하며 집을 한 바퀴 돌았을 때 그랬던 것처럼. 그러고는 무성한 잎이 우산이 되어주는 거대하고 검은 옹이투성이 나무를 향해 달려갔다. 또다시 비가 쏟아지고 있었고, 개츠비의 정원사가 잘 깎아준 나의 들쑥날쑥한 잔디밭은 작은 진흙탕 늪과 선사시대의 습지로 가득했다. 나무 아래서는 개츠비의 거대한 저택 말고는 볼 게 없었고, 그래서 나는 교회의 첨탑을 쳐다봤다는 칸트처럼 그 저택을 삼십 분 동안 가만히 쳐다보았다. 그 저택은

'복고풍' 대유행의 초기였던 10년 전에 어느 양조업자가 지은 집이었다. 전해지는 이야기에 따르면 그 양조업자는 인근에 있는 작은 집들의 주인들이 지붕을 짚으로 이면 5년 동안 세금을 모두 내주겠다고 약속했다고 한다. 아마도 그들이 거절한 탓에 한 집안을 세우겠다는 그의 계획은 흐지부지되었고, 그 자신도 곧장 몰락하고 말았다. 그의 자손들은 문에서 검은 장례식 화환을 떼기도 전에 그의 저택을 팔아버렸다. 미국인들은 기꺼이 농노가 되려고 하고, 심지어 그러길 열렬히 바라면서도 소작농이 되는 것은 늘 완고히 거부해왔다.

삼십 분 후 다시 해가 나왔다. 식료품점 자동차가 개츠비네 고용인들이 먹을 저녁거리 재료를 싣고 개츠비네 집 진입로를 돌고 있었다. 나는 개츠비가 한술도 뜨지 못할 거라는 확신이 들었다. 가정부 한 명이 저택의 위쪽 창문들을 열기 시작하며 창문마다 잠깐씩 모습을 비치더니 중앙의 커다란 베이•에 몸을 기대고 생각에 잠긴 채 정원 쪽으로 침을 뱉었다. 이제 나도 돌아갈 시간이었다. 아까 비가 내렸을 때는 빗소리가 두 사람이 속삭이는 목소리처럼 들리며 감정이 격해질 때마다 이따금 조금씩 더 크고 거세졌었다. 하지만 비가 그치고 찾아온 새로운 침묵 속에서 나는 그 침묵이 집 안에도 내린 것을 느꼈다.

---

● 방이나 건물에서 살짝 튀어나온 곡선 부분.

나는 부엌에서 낼 수 있는 소리 가운데 스토브를 넘어뜨려 쾅당 소리를 내는 것을 제외한 모든 소리를 낸 후 거실로 들어갔지만, 두 사람은 아무 소리도 듣지 못한 것 같았다. 두 사람은 긴 의자 양 끝에 앉아서 마치 누군가가 어떤 질문을 던졌거나 그 질문이 아직 허공에 떠 있기라도 한 것처럼 서로를 바라보고 있었는데, 이제 어색함이라고는 흔적도 찾아볼 수 없었다. 데이지의 얼굴은 눈물로 얼룩져 있었다. 내가 들어가자 그녀는 자리에서 벌떡 일어나 거울 앞으로 가더니 손수건으로 눈물을 닦기 시작했다. 하지만 개츠비에게는 그저 당황스럽다고 할 수밖에 없는 변화가 일어나 있었다. 그는 말 그대로 눈부시게 빛났다. 한마디 말이나 환희의 몸짓도 없이 그에게서 새로운 행복감이 뿜어져 나와 작은 거실을 가득 채우고 있었다.

"아, 안녕하세요, 친구." 마치 몇 년 만에 만나기라도 한 것처럼 말했다. 나는 잠시 그가 악수라도 청하려는 줄 알았다.

"비가 그쳤어요."

"그런가요?" 그는 내가 무슨 말을 하는지 깨달았다. 그러고는 거실에 들어온 햇살이 작은 종처럼 반짝이는 모습을 보며 일기예보관이나 순환하는 빛의 열광적인 후원자처럼 미소를 짓더니 그 소식을 데이지에게도 전했다. "어떻게 생각해? 비가 그쳤대."

"다행이야, 제이." 괴롭고 애통한 아름다움으로 가득한 그녀의 목소리는 뜻밖에 찾아온 기쁨만을 언급했다.

"당신이랑 데이지가 우리 집에 들렀으면 좋겠어요." 그가 말했다. "데이지한테 집 구경을 시켜주고 싶어서요."

"정말 나도 가도 되는 건가요?"

"물론이죠, 친구."

데이지가 세수하러 위층으로 올라간 사이 개츠비와 나는 잔디밭에서 그녀를 기다렸다. 수건의 꼴을 생각하고는 창피한 기분이 들었지만 이미 늦은 일이었다.

"우리 집 괜찮아 보이죠. 안 그래요?" 그가 물었다. "앞면 전체에 빛이 드는 모습을 좀 봐요."

나는 정말 멋진 모습이라는 데 동의했다.

"그래요." 그는 아치형 문과 네모난 탑을 모두 훑어보았다. "저 집을 사려고 꼬박 3년 동안 돈을 모았죠."

"유산을 받은 줄 알았는데요."

"받았죠, 친구." 그가 반사적으로 대답했다. "하지만 완전히 우왕좌왕하다가, 전쟁 통에 우왕좌왕하다가 거의 다 잃었어요."

그는 자기가 무슨 말을 하는지도 몰랐던 것 같은데, 내가 무슨 일을 하느냐고 묻자 "그건 당신이 알 바 아닙니다"라고 대답했기 때문이다. 그러고서 그는 그것이 부적절한 대답이었음을 깨달았다.

"아, 이런저런 일을 하고 있죠." 그가 대답을 정정했다. "드러그스토어 사업을 하다가 석유 사업도 했어요. 하지만 지금은 둘 다 그만두었죠." 그가 나를 좀 더 유심히 쳐다보았다. "내가 며칠 전 밤에 제안한 일을 생각해보기라도 한 건가요?"

내가 대답하기도 전에 데이지가 집에서 나왔다. 드레스에 두 줄로 달린 황동 단추가 햇빛에 반짝였다.

"**저기** 저 커다란 집이야?" 그녀가 손으로 가리키며 외쳤다. "마음에 들어?"

"아주 마음에 들어. 그런데 어떻게 저런 데서 혼자 살 수 있는 건지 모르겠네."

"흥미로운 사람들로 늘 채워두지, 밤낮으로. 흥미로운 일을 하는 사람들 말이야. 유명 인사들."

우리는 해협을 따라 지름길로 가는 대신 도로로 내려가서 커다란 뒷문을 통해 그의 집으로 들어갔다. 데이지는 황홀하게 중얼거리며 하늘을 배경으로 드러난 봉건시대풍 저택의 실루엣에 감탄하고, 정원에 있는 노랑 수선화의 톡 쏘는 향기와 산사나무와 매화꽃의 거품 같은 향기와 인동덩굴의 연한 금빛 향기에 감탄했다. 그런데 이상하게도 대리석 계단에 이르렀는데도 문을 드나드는 눈부신 드레스의 움직임이 보이지 않았고, 나무에서 새들이 노래하는 소리 말고는 아무 소리도 들리지 않았다.

다들 안으로 들어가 마리 앙투아네트의 음악실과 왕정복고 시대의 살롱을 지날 때, 나는 손님들이 우리가 지나갈 때까지

숨죽이고 있으라는 명령을 받고는 모든 소파와 테이블 뒤에 숨어 있는 듯한 기분을 느꼈다. 개츠비가 '머튼 칼리지• 도서관'의 문을 닫자 올빼미 안경을 쓴 남자가 터트린 유령 같은 웃음소리가 귀에 생생히 들려오는 것만 같았다.

우리는 위층으로 올라갔다. 그러고는 장밋빛과 연보랏빛 실크로 뒤덮이고 새로운 꽃으로 생생하게 장식된 복고풍 침실을 지나고, 파우더 룸과 당구장과 움푹 들어간 욕조가 있는 욕실을 지나 어느 방에 아무렇게나 들어갔는데, 그 방에서는 파자마 차림의 부스스한 남자가 바닥에서 간에 좋은 운동을 하고 있었다. 일명 '하숙인'인 클립스프링어였다. 나는 그날 아침에 그가 열심히 해변을 돌아다니는 모습을 보았다. 마침내 우리는 개츠비의 방에 이르렀다. 침실과 욕실과 애덤••의 서재로 이루어진 그곳에서 우리는 자리에 앉아 개츠비가 벽장에서 꺼내 온 샤르트뢰즈•••를 한 잔씩 마셨다.

그는 데이지에게서 한 번도 눈을 떼지 않았는데, 그녀의 무척 사랑스러운 눈이 보이는 반응의 정도에 따라 집에 있는 모든 것의 가치를 재평가하는 것 같았다. 그녀가 놀랄 만한 모습

---

• 옥스퍼드 대학교 소속 칼리지.
•• 스코틀랜드 출신의 신고전주의 건축가이자 인테리어 디자이너인 로버트 애덤(1728~1792).
••• 증류주에 여러 약초를 첨가한 리큐어.

으로 실재하는 상황에서는 그 어떤 것도 더 이상 실재하지 않는다는 듯, 가끔 그는 자신의 소유물들을 멍한 시선으로 둘러보기도 했다. 한번은 계단에서 굴러떨어질 뻔하기도 했다.

가장 소박한 방은 침실이었다. 칙칙한 순금 화장 도구가 놓인 화장대만 제외하면. 데이지는 기뻐하며 빗을 들고 머리를 매만졌다. 그러자 개츠비가 자리에 앉아 눈을 가리고 웃기 시작했다.

"정말 재미있군요, 친구." 그가 유쾌하게 말했다. "나는 도저히, 아무리 애를 써도……."

그는 분명 두 단계를 거친 후 세 번째 단계로 접어들고 있었다. 당황스러움의 단계와 터무니없는 기쁨의 단계를 거쳐 이제 그녀가 눈앞에 있다는 놀라움에 사로잡혀 있었다. 그는 아주 오랫동안 그 생각에 골몰한 채 시종일관 이 순간을 꿈꾸며 이를 악물고, 말하자면 상상도 할 수 없이 맹렬한 의지로 기다려왔던 것이다. 이제 그 반작용으로 너무 많이 감은 시계처럼 태엽이 풀리며 멈춰가고 있었다.

곧 제정신이 든 그는 거대하고 독특한 캐비닛을 열어 우리에게 보여주었다. 캐비닛 안에는 양복과 실내복과 넥타이가 잔뜩 들어 있었고, 셔츠가 십여 벌씩 벽돌처럼 쌓여 있었다.

"영국에서 옷을 사서 보내주는 사람이 있어요. 각 계절, 봄과 가을이 시작될 때마다 엄선한 옷을 보내주죠."

그는 셔츠 더미를 끄집어내서 하나씩 우리 앞에 던지기 시작했다. 시어 리넨 셔츠, 두꺼운 실크 셔츠, 고급 플란넬 셔츠가 떨어지는 동시에 펼쳐지며 다채롭고도 어지럽게 테이블을 뒤덮었다. 우리가 감탄하는 동안 그는 셔츠를 더 가져왔고, 부드럽고 사치스러운 더미는 더 높이 쌓여만 갔다. 산호색, 애플 그린색, 라벤더색, 옅은 오렌지색의 줄무늬 셔츠와 소용돌이무늬 셔츠와 격자무늬 셔츠에는 인디언블루색으로 모노그램●이 새겨져 있었다. 갑자기 데이지가 목소리를 짜내며 셔츠에 머리를 파묻더니 격렬한 울음을 터뜨렸다.

"정말 아름다운 셔츠야." 그녀가 잔뜩 쌓인 셔츠에 파묻혀 작아진 목소리로 흐느끼며 말했다. "이것들을 보니 슬퍼져. 이렇게, 이렇게 아름다운 셔츠는 지금껏 한 번도 본 적이 없거든."

집을 구경한 후 우리는 저택의 마당과 수영장, 쾌속 모터보트와 한여름의 꽃들을 구경할 예정이었다. 하지만 개츠비네 집 창밖으로 다시 비가 내리기 시작했고, 그래서 우리는 나란히 서서 해협의 물결치는 수면을 바라보았다.

"안개만 아니었다면 만 건너편에 있는 너희 집이 보였을 텐데." 개츠비가 말했다. "너희 집 잔교 끝에는 늘 밤새 초록색 불빛이 켜져 있잖아."

---

● 이름의 첫 글자들을 합쳐 한 글자 모양으로 도안한 것.

데이지가 돌연 개츠비와 팔짱을 꼈지만, 그는 방금 자기가 한 말에 빠져 있는 듯했다. 어쩌면 그 불빛이 지닌 엄청난 의미가 이제 영원히 사라져버렸다는 생각이 들었는지도 모른다. 데이지와 그를 갈라놓은 그 아주 먼 거리와 비교했을 때, 그 불빛은 그녀에게 아주 가까운 것처럼, 그녀를 거의 만지고 있는 것처럼 보였다. 별과 달 사이의 거리만큼이나 가까워 보였다. 이제 그것은 그저 잔교의 초록색 불빛으로 돌아가 있었다. 그에게 마법을 건 대상 중 하나가 줄어든 것이다.

나는 방 안을 돌아다니기 시작하며 어스름 속에서 정체를 잘 알 수 없는 다양한 물건을 살펴보았다. 그의 책상 위 벽에 걸린 커다란 사진이 내 관심을 끌었다. 요트복을 입은 노인의 사진이었다.

"이 사람은 누구죠?"

"그분? 그분은 댄 코디 씨예요, 친구."

어쩐지 어디서 들어본 듯한 이름이었다.

"지금은 돌아가셨죠. 예전에 나의 가장 친한 친구였습니다."

책상 위에는 역시 요트복을 입고 있는 개츠비의 작은 사진도 있었다. 반항적으로 머리를 뒤로 젖힌 모습이었는데, 보아하니 열여덟 살 무렵에 찍은 사진인 듯했다.

"정말 마음에 들어." 데이지가 외쳤다. "올백 머리라니! 올백 머리를 했었다는 얘기는 없었잖아. 요트 얘기도 그렇고."

"이것 좀 봐." 개츠비가 재빨리 말했다. "여기 스크랩해둔

게 아주 많아. 다 너와 관련된 것들이야."

두 사람은 나란히 서서 그것을 살펴보았다. 내가 루비를 보여달라고 부탁하려는 찰나 전화벨이 울렸고, 개츠비는 수화기를 집어 들었다.

"네…… 글쎄, 지금은 얘기하기 곤란합니다……. 지금은 얘기할 수가 없어요, 친구……. 나는 **작은** 도시라고 말했어요……. 작은 도시가 어디를 말하는지 정도는 그 사람도 알아야죠……. 글쎄, 그가 생각하는 작은 도시가 디트로이트라면 그는 우리에게 아무 쓸모도 없는 사람이에요……."

그가 전화를 끊었다.

"**빨리** 이리로 와봐!" 창가에서 데이지가 외쳤다.

여전히 비가 내렸지만 서쪽으로는 어둠이 걷혔고, 바다 위로 분홍빛과 금빛의 거품 같은 구름이 피어올라 있었다.

"저것 좀 봐." 그녀가 속삭이더니 잠시 후 덧붙였다. "저 분홍빛 구름을 하나 가져와서 거기 너를 태우고 여기저기 밀고 다니고 싶네."

이제 나는 떠나려 했지만 그들은 내 말을 들어주지 않았다. 어쩌면 내가 있어야 그들이 단둘이 있다고 느끼는 기분이 더 충만해지는지도 몰랐다.

"좋은 생각이 났어요." 개츠비가 말했다. "클립스프링어를 불러서 피아노를 쳐달라고 합시다."

개츠비는 "유잉!" 하고 외치며 방 밖으로 나가더니 얼마 후

숱이 적은 금발에 뿔테 안경을 쓴, 당황해하고 살짝 지쳐 보이는 젊은이와 함께 돌아왔다. 이제 그는 목 부분이 트인 '스포츠 셔츠'에 흐릿한 빛깔의 즈크 바지를 입고 스니커즈를 신은 단정한 차림이었다.

"저희가 운동을 방해한 건 아닌지요?" 데이지가 공손하게 물었다.

"잠들어 있었어요." 클립스프링어 씨가 갑자기 당황하며 외쳤다. "그러니까, **아까** 잠들어 있었어요. 그러고는 일어나서……."

"클립스프링어는 피아노를 칠 줄 알지." 개츠비가 그의 말을 자르며 말했다. "그렇지, 유잉? 친구?"

"잘 치진 못해요. 실은, 거의 못 친다고 봐야죠. 연습을 전혀 안……."

"아래층으로 내려갑시다." 개츠비가 끼어들었다. 그러고는 스위치를 탁 올렸다. 집 전체가 빛으로 환해지자 잿빛 창문들이 사라졌다.

음악실에 들어서자 개츠비는 피아노 옆에 있는 유일한 등을 켰다. 그는 떨리는 성냥불로 데이지의 담배에 불을 붙여주고는 음악실 저 건너편의 긴 의자에 그녀와 함께 앉았다. 그곳에는 홀에서 들어와 바닥에 반사된 빛 말고는 아무 빛도 없었다.

클립스프링어는 〈사랑의 보금자리〉•를 연주한 후 의자에서 몸을 돌려 불행한 표정으로 어둠 속의 개츠비를 찾았다.

"보시다시피 연습을 전혀 안 했어요. 연주할 수 없다고 말씀드렸잖아요. 연습을 전혀 안······."

"말은 너무 많이 하지 말고, 친구." 개츠비가 명령했다. "연주하게!"

아침에도
저녁에도
   즐겁지 아니한가······

바깥에서는 바람이 거세게 불었고, 해협을 따라 희미한 천둥소리가 들려왔다. 이제 웨스트에그의 모든 불이 켜져 있었다. 사람들을 실은 전철이 빗속을 뚫고 뉴욕에서 집으로 향하고 있었다. 인간의 내면에 심오한 변화가 일어나는 시간이었고, 허공에는 번개 같은 흥분이 일고 있었다.

한 가지는 분명하다네, 그보다 더 분명한 건 없지
부자는 더 부자가 되고 가난뱅이한테는 자식이 생기네

---

● 1920년에 발표된 유행가로, "금박을 입힌 돔이 있는 궁전보다 나은 곳이/바로 사랑의 보금자리/집이라 부를 수 있는 곳"이라는 코러스가 포함되어 있어 현 상황과 아이러니한 대조를 이룬다.

그러는 동안

그러는 사이……


작별 인사를 하러 다가갔을 때 나는 개츠비의 얼굴에 다시
당혹스러운 표정이 떠올라 있는 것을 보았다. 지금 자신이 누
리는 행복이 어떤 성격인지 희미한 의심이 들기라도 한 것처
럼 말이다. 거의 5년에 가까운 세월! 심지어 그날 오후만 해
도 데이지가 그의 꿈에 미치지 못하는 순간들이 분명히 있었
을 것이다. 그것은 그녀의 잘못이 아니라 그의 환상이 지닌
거대한 생명력 때문이었다. 그 환상은 그녀를 넘어섰고 모든
것을 넘어섰다. 그는 창조적인 열정으로 그 환상에 뛰어들어
시종일관 그것의 규모를 키웠고, 자신이 가는 길에 떠도는 모
든 눈부신 깃털을 모아 그것을 장식했다. 아무리 크게 난 불
이나 커다란 생생함도 한 인간이 자신의 유령 같은 마음속에
쌓아둔 것에는 도전하지 못하는 법이다.

내가 지켜보는 동안 그는 미약하긴 해도 분명히 그 상황에
적응했다. 그는 그녀의 손을 잡고 있었고, 그녀가 그의 귀에
대고 낮은 목소리로 뭐라고 말하자 감정이 북받치는 듯 그녀
쪽으로 돌아섰다. 내 생각에 그를 가장 사로잡은 것은 오르내
리는 열띤 온기를 간직한 그 목소리 같았는데, 아무리 꿈꾸어
도 지나치지 않은 목소리였기 때문이다. 그 목소리는 불멸의
노래였다.

두 사람은 나를 잊고 있었는데, 그러다가 데이지가 나를 힐끗 쳐다보고는 손을 내밀었다. 개츠비는 이제 나라는 사람을 전혀 모르는 것 같았다. 나는 다시 한번 그들을 쳐다보았고, 그들도 멀리서 강렬한 활기에 사로잡힌 채 나를 쳐다보았다. 그러고서 나는 그들을 남겨둔 채 음악실을 나와 대리석 계단을 내려가 빗속으로 걸어 들어갔다.

# 제6장

그 무렵 뉴욕에서 온 한 패기만만한 젊은 기자가 아침에 개츠비의 집을 찾아와 그에게 무슨 할 말이 없는지 물었다.

"뭐에 대해 무슨 말을 하라는 겁니까?" 개츠비가 정중하게 물었다.

"글쎄요, 어떤 진술이든 좋습니다."

오 분 동안의 혼란스러운 대화 끝에 드러난 사실에 따르면, 그 남자는 사무실에서 그가 밝히려 하지 않거나 그 자신도 완전히 이해하지 못하는 어떤 사건과 관련해서 개츠비라는 이름이 언급되는 것을 들었다고 했다. 그날은 쉬는 날이었고, 그래서 그는 감탄할 만한 의욕으로 솔선해서 급히 '알아보러' 온 것이었다.

아무렇게나 쏜 총알이었음에도 그 기자의 본능은 적중했다. 개츠비에게 환대받으며 그의 과거에 대한 권위자가 된 수백 명의 사람이 퍼뜨린 개츠비의 악명은 여름 내내 드높아지다가 마침내 뉴스거리가 되기 일보 직전이었다. '캐나다로 연결된 지하 파이프라인'● 같은 현대의 전설이 그에게 들러붙었고, 그가 사는 집이 사실은 집처럼 보이는 배여서 롱아일랜드 해안을 은밀히 오르내린다는 이야기도 끈질기게 계속됐다. 다만 왜 이 지어낸 이야기들이 노스다코타주의 제임스 개츠가 느끼는 만족감의 원천이었는지 설명하기란 쉽지 않다.

제임스 개츠. 그것이 그의 진짜 이름, 혹은 적어도 법률상의 이름이었다. 그는 열일곱 살 때, 자기 경력의 시작을 목격한 바로 그 순간에 이름을 바꾸었다. 그러니까 댄 코디의 요트가 슈피리어호●●에서 가장 교활한 여울에 닻을 내리는 광경을 봤을 때 말이다. 그날 오후 찢어진 초록색 저지에 캔버스 천 바지를 입고 해변에서 빈둥거리던 사람은 제임스 개츠였지만, 노로 젓는 조각배를 빌려 '투올로미'호까지 가서 코디에게 삼십 분 후면 바람에 붙들려 난파하고 말 거라고 알려준 사람은 이미 제이 개츠비였다.

설령 그렇더라도 그는 그 이름을 오랫동안 준비해두었을 것이다. 그의 부모는 꿈도 야망도 없는 실패한 농사꾼이었다.

---

그의 상상력은 절대 그들을 부모로 받아들인 적이 없었다. 롱아일랜드의 웨스트에그에 사는 제이 개츠비는 사실 그가 그리던 자신의 이상적인 모습에서 탄생한 존재였다. 그는 말 그대로 신의 아들이었고, 그리하여 '자기 아버지의' 사업, 즉 거대하고 저속하며 상스러운 아름다움을 섬기는 사업에 종사해야만 했다. 그래서 그는 딱 열일곱 살짜리 소년이 상상력으로 지어낼 법한 제이 개츠비라는 인물을 만들어내고는 그 고안물에 끝까지 충실했던 것이다.

그는 1년이 넘게 슈피리어호 남쪽 기슭에서 조개를 캐고 연어를 잡는 등 음식과 잠자리를 얻을 수 있는 일이면 무엇이든 하며 어려움을 헤쳐나가고 있었다. 점점 단단해져가는 갈색 몸은 반쯤은 지독하고 반쯤은 여유로운 일을 하며 기운을 북돋우는 하루하루를 자연스럽게 살아나갔다. 그는 일찍부터 여자를 알았는데, 그를 망쳐놓았기 때문에 여자들을 경멸하게 되었다. 젊은 여자는 무지해서 경멸했고, 다른 여자들은 극도로 자기도취적인 그가 당연하게 여기는 것들에 대해 히스테리를 일으킨다는 이유로 경멸했다.

하지만 그의 마음은 언제나 사납게 날뛰었다. 밤에 침대에 누우면 더없이 기괴하고 환상적인 상상이 뇌리에 계속 떠올랐다. 세면대 위의 시계가 째깍거리고 달이 바닥에 엉켜 있는 옷들을 축축한 빛으로 흠뻑 적시는 동안, 형언할 수 없이 저속하고 화려한 우주가 그의 머릿속에 저절로 풀려나왔다. 그는 매일 밤 졸음이 밀려와 어떤 생생한 장면을 망각으로 껴안을 때까지 환상의 형태를 더해갔다. 한동안 이런 몽상은 상상력을 발산할 수단이 되어주었다. 그것은 현실의 비현실성에 대한 만족스러운 암시였고, 세상의 반석이 요정의 날개 위에 단단히 세워질 수 있다는 약속이었다.

몇 달 전 그는 미래의 영광을 얻고자 하는 본능에 이끌려 미네소타주 남부에 있는 작은 루터교 대학인 세인트 올라프 칼리지에 들어갔었다. 거기 두 주밖에 다니지 않았는데, 자기 운명의 북소리, 아니 운명 자체에 대한 대학의 지독한 무관심에 실망했고, 학비를 벌기 위해 하던 관리인 일도 경멸했기 때문이다. 그러고는 떠밀리듯 슈피리어호로 되돌아왔고, 댄 코디가 호숫가 얕은 데 닻을 내린 그날도 여전히 무언가 할 일을 찾고 있었다.

당시 쉰 살이었던 코디는 네바다주 은광과 유콘의 금광 등 1875년 이후의 모든 광산 붐의 산물이나 마찬가지인 사람이었다. 그는 자신을 수백만장자로 만들어준 몬태나주의 구리 거래 덕분에 육체적으로 튼튼해졌지만 정신적으로는 유약해져 있었고, 이 사실을 눈치챈 셀 수 없이 많은 여자가 그에게서 돈을 빼내려 했다. 썩 기분 좋지 않은 사회적 파문이 일어남에 따라 신문기자인 엘라 케이는 맹트농 부인●처럼 그의

---

● 프랑스 왕 루이 14세의 두 번째 아내로, 대단한 정치적 영향력으로 악명 높았다.

나약함을 이용해 그를 요트에 태워 바다로 보냈고, 그 일은 1902년의 허풍쟁이 저널리즘의 공유재산이나 마찬가지였다. 리틀걸만에서 제임스 개츠의 운명으로 모습을 드러냈을 때, 코디는 이미 너무 친절한 해안들을 따라 5년 동안이나 항해 하던 중이었다.

노에 기댄 채 난간을 두른 갑판을 쳐다보던 젊은 개츠에게 그 요트는 이 세상의 모든 아름다움과 화려함을 상징했다. 그는 아마 코디에게 미소를 지었을 것이다. 자신이 미소를 지으면 사람들이 좋아한다는 것을 알고 있었을 테니 말이다. 어 쨌든 코디는 그에게 몇 가지 질문을 던졌고(그 와중에 그의 새 이름이 튀어나왔다), 그 결과 그가 머리 회전이 빠르고 야심도 대단히 크다는 사실을 알게 되었다. 며칠 후 코디는 그를 덜루스●에 데려가서 파란색 외투 한 벌과 흰색 즈크 바지 여섯 벌, 그리고 요트 모자를 사주었다. 그러고서 '투올로미'호가 서인도 제도와 바버리 해안●●으로 떠날 때 개츠비도 함께 떠났다.

그는 애매한 역할로 고용되었다. 코디와 함께 있는 동안 승무원, 항해사, 선장, 비서, 심지어 간수 역할까지 번갈아 수행했다. 말짱할 때의 댄 코디는 술 취한 댄 코디가 곧 얼마나 무

---

절제한 행동을 저지를지 잘 알고 있었기에 개츠비에 대한 신뢰를 더 두텁게 함으로써 그런 만일의 사태에 대비하려 했던 것이다. 이런 관계는 5년 동안 지속되었고, 그동안 배는 대륙을 세 번이나 돌았다. 어느 날 밤 보스턴에서 엘라 케이가 배에 타고서 일주일이 지나 댄 코디가 달갑지 않은 죽음을 맞이하지만 않았다면 그 관계는 영원히 지속되었을지도 모른다.

나는 개츠비의 침실에 걸려 있던 댄 코디의 사진을 기억하고 있다. 잿빛 머리와 발그레한 낯빛에 냉정하면서도 공허한 얼굴을 지닌 남자. 그는 미국 역사의 한 시기에 서부 변경 지대의 매음굴과 술집의 야만적인 폭력을 동부 해안에 들여온 선구적인 난봉꾼이었다. 개츠비가 술을 거의 마시지 않는 것도 어떻게 보면 코디의 영향이었다. 때로 즐거운 파티 도중에 여자들이 그의 머리카락에 샴페인을 문지르곤 했지만, 그 자신은 술에 손도 대지 않는 습관을 들였다.

그리고 그가 물려받았다는 돈은 바로 코디의 돈이었다. 2만 5000달러의 유산이었다. 하지만 그는 그 돈을 받지 못했다. 그는 자신에게 불리하게 적용된 법적 장치를 결코 이해할 수 없었지만, 어쨌든 수백만 달러에서 남은 그 돈은 고스란히 엘라 케이에게 넘어가버렸다. 그에게 남겨진 것은 코디에게 받은 대단히 적절한 교육이 전부였다. 제이 개츠비라는 인물의 희미한 윤곽이 가득 채워져 한 인간으로서 실재성을 지니게 된 것이다.

그는 이 모든 이야기를 내게 훨씬 나중에 들려주었는데, 지금 그 내용을 여기 쓴 것은 그의 선조들에 대한 터무니없고 전혀 사실이 아닌 소문들을 일소하기 위해서다. 게다가 그가 내게 이 이야기를 들려준 것은, 내가 그에 대한 모든 말을 믿거나 아무 말도 믿지 말아야 할 순간에 이르러 혼란을 겪고 있을 때였다. 그래서 나는 말하자면 개츠비가 숨을 고르고 있던 이 짧은 휴지기를 이용해 그에 대한 일련의 오해를 없애고자 하는 것이다.

그의 연애 사건과 나와의 관계도 휴지기에 들어간 상태였다. 몇 주 동안 나는 그와 만나지 않았고 전화로 그의 목소리를 들은 일도 없었다. 나는 대체로 뉴욕에서 조던과 돌아다니거나 조던의 노쇠한 숙모의 비위를 맞추며 시간을 보냈다. 하지만 어느 일요일 오후 마침내 그의 집으로 건너가고 말았다. 거기 간 지 이 분도 지나지 않았을 때 누군가가 톰 뷰캐넌을 데리고 술을 마시러 왔다. 당연히 깜짝 놀랐지만, 정말로 놀라운 것은 그때까지 그런 일이 한 번도 일어나지 않았다는 사실이다.

일행 세 명은 말을 타고 있었다. 톰과 슬론이라는 남자, 그리고 전에도 온 적이 있는 갈색 승마복 차림을 한 예쁜 여자였다.

"만나서 반갑습니다." 현관에 선 개츠비가 말했다. "이렇게 들러주셔서 기쁘군요."

마치 그들이 그런 말에 신경 쓰기라도 한다는 듯이!

"앉으세요. 담배나 시가라도 한 대 피우시죠." 그는 재빨리 방을 돌아다니며 종을 울렸다. "마실 것은 곧 준비해드리겠습니다."

그는 톰이 그곳에 왔다는 사실에 몹시 동요하고 있었다. 하지만 그들이 온 이유가 마실 것 때문이라는 사실을 막연히 깨달았기에 마실 것을 대접하기 전까지는 어쨌든 불안해할 수밖에 없었다. 슬론 씨는 아무것도 원하지 않았다. 레모네이드 드릴까요? 아뇨, 괜찮습니다. 샴페인이라도 조금 드릴까요? 고맙지만 아무것도 안 주셔도 괜찮습니다……. 죄송합니다…….

"승마는 즐거우셨나요?"

"이 주변은 도로가 아주 좋더군요."

"아마도 자동차 때문에……."

"네."

개츠비는 참을 수 없는 충동에 사로잡혀 자기를 처음 본 사람 취급하는 톰 쪽으로 고개를 돌렸다.

"전에 어디서 뵌 적이 있는 것 같군요, 뷰캐넌 씨."

"아, 그래요." 톰이 무뚝뚝하면서도 정중히 말했지만 기억하지 못하는 게 분명했다. "맞아요. 그랬었죠. 이제 기억납니다."

"두 주 전쯤이었죠."

"맞아요. 여기 있는 닉과 함께 계셨죠."

"뷰캐넌 부인도 알고 있습니다." 개츠비가 거의 공격적으로 말을 이었다.

"그래요?"

톰이 내 쪽으로 고개를 돌렸다.

"여기 근처에 산다고 했었나, 닉?"

"바로 옆집이야."

"그래?"

슬론 씨는 대화에 끼지 않고 오만하게 의자에 늘어져서 등을 기대고 있었다. 여자도 아무 말이 없었는데, 하이볼 두 잔을 마시고 나자 뜻밖에도 다정하게 변했다.

"다음에 파티를 여시면 우리 모두 올게요, 개츠비 씨." 그녀가 제안했다. "어때요?"

"물론이죠. 와주신다니 기쁩니다."

"고맙군요." 슬론 씨가 전혀 고마워하지 않으며 말했다. "음, 이제 집으로 돌아가야 할 것 같네요."

"그렇게 서두르지 마세요." 개츠비가 그들에게 간청하듯 말했다. 이제 자신을 제어한 그는 톰과 더 있길 원했다. "괜찮으시면, 괜찮으시면 저녁 식사라도 하고 가시죠? 아마 뉴욕에서 다른 사람들도 몇 명 올 겁니다."

"그럼 차라리 **저희** 집에 와서 저녁을 드시는 건 어떨까요." 여자가 열렬한 목소리로 말했다. "두 분 다요."

두 분이라는 것은 나를 포함해서 한 말이었다. 슬론이 자리에서 일어났다.

"이제 갑시다." 그가 말했다. 하지만 그녀에게만 한 말이었다.

"진심으로 하는 말이에요." 그녀가 고집했다. "꼭 오셨으면 해요. 공간도 넓거든요."

개츠비가 내 의향을 묻는 듯한 눈빛으로 나를 쳐다보았다. 그는 가고 싶어 했지만 슬론 씨가 그를 원치 않는다는 사실은 알아차리지 못하고 있었다.

"아무래도 저는 어려울 것 같습니다." 내가 말했다.

"음, 그럼 당신만 오세요." 그녀가 개츠비에게만 집중하며 재촉했다.

슬론 씨가 그녀의 귀에 대고 뭐라고 중얼거렸다.

"지금 가면 늦지 않을 거예요." 그녀가 큰 소리로 주장했다.

"저는 말이 없습니다." 개츠비가 말했다. "군대에 있을 때는 말을 탔지만, 말을 구입한 적은 없거든요. 제 차로 따라가야 겠군요. 그러면 잠깐 실례하겠습니다."

우리는 현관에서 걸어 나왔고, 슬론과 여자는 현관에 남아 한쪽에서 열띤 대화를 나누기 시작했다.

"맙소사, 저자가 진짜 올 모양인가봐." 톰이 말했다. "여자가 자기를 원하지 않는다는 걸 모르나?"

"그녀는 그가 오길 진심으로 바란다고 했잖아."

"그녀는 큰 디너파티를 열 텐데, 저자는 거기 아는 사람이 한 명도 없을 거야." 톰이 얼굴을 찌푸렸다. "저자가 대체 어디서 데이지를 만났는지 모르겠군. 맙소사, 내 생각이 고리타분한 건지 모르겠지만, 요즘 여자들은 너무 싸돌아다녀서 영 마음에 안 들어. 온갖 미친놈들을 다 만나고 다니잖아."

갑자기 슬론 씨와 여자가 계단을 내려오더니 말을 탔다.

"자, 가자." 슬론 씨가 톰에게 말했다. "늦었어. 이제 가야 해." 그러고는 내게 말했다. "그 친구한테 우리가 기다릴 수 없었다고 전해주시겠어요?"

나는 톰과 악수했고 나머지와는 서로 냉담하게 고개만 끄덕였다. 그들이 말을 타고 재빨리 진입로를 달리며 8월의 우거진 나뭇잎 아래로 사라지던 바로 그 순간 개츠비가 모자와 가벼운 외투를 손에 든 채 현관문에서 나왔다.

톰은 데이지가 혼자 돌아다닌다는 사실에 동요한 게 분명했는데, 그다음 토요일에 열린 개츠비의 파티에 그녀를 데리고 나타났기 때문이다. 어쩌면 그의 존재가 그날 저녁을 유난히 답답하게 만들었는지도 모르겠다. 그날 파티는 그해 여름 개츠비가 열었던 파티 가운데 내 기억에 유달리 특별하게 남아 있다. 똑같은 사람들, 적어도 똑같은 종류의 사람들이 있고 똑같이 넘쳐나는 샴페인이 있고 똑같이 각양각색의 소동이 벌어진 파티였지만, 불쾌한 분위기가 감돌았고 전에는 느껴보지 못한 거슬림이 구석구석 배어 있었다. 혹은 어쩌면 나는 단지 그 분위기에 익숙해져서, 그 자체로 완전한 세계이자 자기가 최고라는 의식이 없기에 더할 나위 없이 최고인 웨스트에그를 그 기준이나 그 위대한 인물들과 함께 이미 받아들인 상태였다가, 이제는 데이지의 눈을 통해 다시 보고 있는지도 몰랐다. 스스로 노력을 쏟아부어 익숙해진 것들을 새로운 눈으로 바라보게 되는 것은 언제나 슬픈 일이 아닐 수 없다.

그들은 황혼 녘에 도착했고, 우리가 반짝거리는 수백 명의 사람 사이를 한가로이 거닐고 있을 때 데이지가 장난스럽게 중얼거리는 목소리가 들려왔다.

"이런 광경을 보니 **정말** 흥분돼." 그녀가 속삭였다. "오늘 밤에 내게 키스하고 싶거든 언제든 알려줘, 닉. 기꺼이 해줄 테니까. 그냥 내 이름만 말해. 아니면 초록색 카드를 내밀든지. 내가 지금 초록색 카드를 미리 줄⋯⋯."

"주위를 한번 둘러보세요." 개츠비가 제안했다.

"둘러보고 있어요. 정말 멋진⋯⋯."

"이름을 들어본 사람들의 얼굴이 많이 보일 겁니다."

톰이 오만한 눈으로 군중을 천천히 훑어보았다.

"우리는 별로 많이 돌아다니는 편이 아니라서 말이죠." 톰이 말했다. "실은 여기 내가 아는 사람이 한 명도 없다고 생각하던 참이었습니다."

"아마 저 여자는 아실지도 모르겠군요." 개츠비가 하얀 자두나무 아래 위엄 있게 앉아 있는, 인간이라기보다는 거의 난초 같아 보이는 멋진 여자를 가리켰다. 톰과 데이지는 지금까지 유령이나 마찬가지였던 유명 영화배우를 알아본 것에 뒤

따르는 비현실적인 느낌에 사로잡힌 채 그녀를 응시했다.

"아름다운 분이네요." 데이지가 말했다.

"그녀 위로 몸을 굽히고 있는 저 남자는 그녀가 출연한 영화의 감독입니다."

개츠비는 격식을 차리며 그들을 이 무리에서 저 무리로 데리고 다녔다.

"이쪽은 뷰캐넌 부인…… 그리고 이쪽은 뷰캐넌 씨입니다……." 그는 잠시 망설이다가 덧붙였다. "폴로 선수죠."

"아, 아니에요." 톰이 재빨리 부정했다. "그렇지 않아요."

하지만 그 말의 어감이 개츠비를 즐겁게 한 게 분명한데, 톰은 그날 밤 내내 '폴로 선수'로 불렸기 때문이다.

"유명 인사들을 이렇게 많이 만나본 건 처음이에요." 데이지가 외쳤다. "난 저 남자를 좋아했어요. 이름이 뭐였더라? 코가 약간 푸른 저 사람 말이에요."

개츠비가 그가 누구인지 알려주고는 대수롭지 않은 제작자라고 덧붙였다.

"음, 어쨌든 좋아했어요."

"폴로 선수가 아니었으면 좋겠다는 마음이 살짝 드는군." 톰이 유쾌하게 말했다. "그냥, 그냥 모두에게 잊힌 채 이 유명한 사람들을 구경하기만 하는 편이 낫겠어."

데이지와 개츠비는 춤을 추었다. 그가 추는 우아하고 보수적인 폭스트롯을 보고 놀랐던 기억이 난다. 나는 그때까지 그가 춤추는 걸 한 번도 본 적이 없었다. 그러고서 두 사람은 우리 집으로 느긋하게 걸어가 계단에 삼십 분 동안 앉아 있었고, 그동안 나는 그녀의 부탁으로 정원에서 주위를 살폈다. "불이나 홍수가 날지도 모르니 말이야." 그녀가 설명했다. "아니면 다른 어떤 천재지변이나."

우리가 저녁을 먹으려고 함께 앉아 있을 때 모두에게 잊혔던 톰이 나타났다. "여기 온 다른 사람들이랑 저녁을 먹어도 괜찮을까?" 그가 말했다. "한 친구가 재미난 이야기를 하고 있어서 말이야."

"그렇게 해." 데이지가 상냥하게 대답했다. "주소를 적을 일이 있으면 여기 이 작은 금색 연필을 써……." 그녀는 잠시 주위를 둘러보더니 내게 그 여자가 "진부하지만 예뻐"라고 말했고, 그러자 나는 그녀가 개츠비와 단둘이 보낸 삼십 분을 제외하면 그리 즐거운 시간을 보내지 못했다는 것을 알았다.

우리는 유난히 취한 사람이 특히 많은 테이블에 앉아 있었다. 그것은 나의 잘못이었다. 고작 이 주 전만 해도 나는 개츠비가 전화를 받으러 갔을 때 바로 이 사람들과 즐거운 시간을 보냈다. 하지만 그때는 재미있었던 게 지금은 허공에 부패한 냄새를 풍기고 있었다.

"괜찮아요, 베데커 양?"

내가 부른 여자는 내 어깨에 기대려 애쓰면서도 실패를 거듭하고 있었다. 그녀는 내 질문에 똑바로 앉더니 눈을 떴다.

"뭐어요?"

내일 동네 클럽에서 같이 골프를 치자고 조르던 덩치 크고 무기력한 여자가 베데커 양을 변호했다.

"아, 얘는 이제 괜찮아요. 칵테일 대여섯 잔을 마시면 늘 저렇게 소리를 지르곤 하죠. 이제 그만 마시라고 해야겠어요."

"이제 안 마셔." 비난받은 여자가 공허하게 단언했다.

"우리는 네가 소리치는 걸 듣고는 여기 계신 닥터 시빗에게 '선생님이 도와주셔야 할 사람이 있어요'라고 말했어."

"쟤도 분명 고마워할 거야." 또 다른 친구가 별로 고마워하지 않으며 말했다. "하지만 네가 쟤 머리를 수영장에 집어넣는 바람에 쟤 드레스가 다 젖어버렸어."

"내가 싫어하는 게 있다면, 그건 누가 내 머리를 수영장에 집어넣는 거야." 베데커 양이 중얼거렸다. "언젠가 뉴저지에서 그러다 익사할 뻔했다니까."

"그러니 술에 손을 대지 말아야죠." 닥터 시빗이 받아쳤다.

"선생님이나 잘하세요!" 베데커 양이 격렬히 외쳤다. "손을 떨고 있잖아요. 선생님한테 수술받는 일은 절대 없을 거예요!"

그런 상황이었다. 내가 기억하는 거의 마지막 일은 데이지와 함께 서서 그 영화감독과 스타 여배우를 지켜본 것이다. 두 사람은 여전히 하얀 자두나무 아래에 있었고, 둘의 얼굴은 사이에 낀 창백하고 가느다란 달빛 한 줄기를 제외하면 거의 닿아 있었다. 그가 그날 밤 내내 아주 천천히 그녀 쪽으로 몸을 굽혀 그만큼 가까워진 게 아닌가 싶은 생각이 들었는데, 내가 지켜보는 동안에도 그는 몸을 천천히 굽혀 마지막 남은 거리를 좁히더니 결국 그녀의 뺨에 키스했다.

"나는 저 여자가 좋아." 데이지가 말했다. "사랑스러운 여자 같아."

하지만 그 여자를 제외한 나머지는 데이지의 기분을 상하게 했다. 그렇다는 데는 논쟁의 여지가 없었는데, 그 사실이 몸짓이 아니라 감정으로 드러났기 때문이다. 데이지는 웨스트에그, 즉 브로드웨이가 롱아일랜드의 어느 어촌에 만들어놓은 이 전례 없는 '장소'에 소름이 끼쳤다. 오래된 완곡어법을 짜증스러워하는 날것의 활기에 소름이 끼쳤고, 그곳 주민들을 무(無)에서 무로 이어지는 지름길로 몰아붙이는 너무 강압적인 운명에도 소름이 끼쳤다. 그녀는 자신이 이해하지 못하는 바로 그 단순함에서 무언가 끔찍한 것을 보았다.

나는 자기 차를 기다리는 사람들과 함께 현관 계단에 앉아 있었다. 현관은 어두웠다. 환한 문이 쏟아내는 불빛 1제곱미터만이 부드럽고 어두운 새벽 속으로 일제히 퍼져나가고 있었다. 때로 한 그림자가 위쪽의 파우더 룸 블라인드 너머로 움직이더니 또 다른 그림자에게 자리를 내주었고, 그러고는 보이지 않는 거울 앞에서 립스틱을 칠하고 분을 바르는 그림자의 행렬이 무한히 이어졌다.

"그나저나 그 개츠비라는 자는 대체 누구지?" 톰이 갑자기 물었다. "거물 밀주업자라도 되는 건가?"

"그 말은 어디서 들었어?" 내가 물었다.

"들은 게 아니야. 짐작한 거지. 알다시피 요즘 졸부들 상당수는 그저 거물 밀주업자일 뿐이니까."

"개츠비는 아니야." 내가 무뚝뚝하게 말했다.

그는 잠시 말이 없었다. 진입로의 자갈이 그의 발밑에서 달그락거렸다.

"흠, 동물원의 동물 같은 그 별종들을 한자리에 모으느라 분명 고생깨나 했겠군."

데이지의 회색 안개 같은 모피 칼라가 산들바람에 흔들렸다.

"적어도 우리가 아는 사람들보다는 더 재미있잖아." 그녀가 애써서 말했다.

"당신은 그렇게 재미있어하는 것 같지 않던데."

"뭐, 재미있었어."

톰이 웃음을 터뜨리며 내 쪽으로 고개를 돌렸다.

"아까 그 여자가 데이지한테 찬물로 샤워를 시켜달라고 했을 때 데이지가 지은 표정 봤어?"

데이지가 음악에 맞춰 허스키하고 리드미컬하게 속삭이듯 노래하기 시작했다. 노랫말의 단어 하나하나가 이전에 한 번도 가지지 못했고 앞으로도 가지지 못할 의미를 끌어냈다. 선율의 소리가 커짐에 따라 그녀의 목소리도 콘트랄토처럼 감미롭게 터져 나왔고, 그렇게 목소리가 변할 때마다 그녀의 따스한 인간적 마력이 허공으로 쏟아지다시피 했다.

"초대받지 않은 사람도 많이 와." 그녀가 갑자기 말했다. "그 여자도 초대받은 사람이 아니었어. 사람들이 그냥 밀고 들어오는 건데 그가 너무 예의 바른 사람이라 거부하지 못하는 거야."

"그자가 누구이고 뭐 하는 사람인지 알고 싶군." 톰이 고집했다. "반드시 알아내고야 말 테야."

"그건 내가 지금 바로 알려줄 수 있지." 그녀가 대답했다. "드러그스토어를 몇 개, 아니 아주 많이 소유했대. 자수성가한 사람이야."

미적거리던 리무진이 진입로에 모습을 드러냈다.

"안녕, 닉." 데이지가 말했다.

그녀의 시선은 나를 떠나 불 켜진 계단 꼭대기로 향했다. 그곳의 열린 문으로는 그해의 왈츠곡인 산뜻하면서 애잔한 〈새벽 3시〉가 흘러나오고 있었다. 결국 개츠비가 여는 파티의 바로 그 가벼움에는 데이지의 세계에서는 전혀 찾아볼 수 없는 낭만적 가능성이 도사리고 있었다. 그녀를 다시 안으로 불러들이는 듯한 것은 저 위에서 들려오는 노래의 어떤 부분이었을까? 어둑하고 예측할 수 없는 시간 속에서 이제 어떤 일이 벌어질 것인가? 어쩌면 믿을 수 없을 만큼 놀라운 손님이 도착할지도 모른다. 대단히 진귀하고 경이로운 사람, 진정으로 눈부신 아가씨가 도착해서 개츠비에게 단 한 번의 생생한 시선을 보내는 것으로, 그런 마법과도 같은 한순간의 만남이 이루어지는 것으로 지난 5년 동안의 변함없는 헌신이 완전히 가려질지도 모른다.

그날 밤 나는 늦게까지 머물렀다. 개츠비가 한가해질 때까지 기다려달라고 부탁했고, 그래서 나는 그날도 어김없이 수영하러 나간 무리가 한기와 고양감을 느끼며 어두운 해변에서 저택으로 달려오고 나서 위층 손님방의 불이 모두 꺼질 때까지 정원에 남아 있었다. 마침내 그가 계단을 내려왔다. 햇빛에 탄 얼굴 피부는 유난히 팽팽했고 두 눈은 빛나면서도 지쳐 보였다.

"데이지는 좋아하지 않더군요." 그가 즉시 말했다.

"좋아했고말고요."

"좋아하지 않았어요." 그가 우겼다. "데이지는 즐거운 시간을 보내지 못했어요."

그는 말이 없었고, 나는 그가 이루 말할 수 없이 우울한 상태라고 짐작했다.

"데이지가 너무 멀게만 느껴져요." 그가 말했다. "그녀를 이해시키기가 쉽지 않군요."

"아까 그 춤 얘긴가요?"

"춤이요?" 그는 손가락을 탕 튕기며 자신이 열었던 댄스파티를 모두 지워버렸다. "친구, 춤 같은 건 중요하지 않아요."

그가 데이지에게 바라는 것은 톰에게 가서 "나는 당신을 한 번도 사랑한 적이 없어"라고 말하는 것뿐이었다. 그녀가 그 말로 지난 4년의 세월을 지워버리고 나면 그들은 더 현실적인 대책을 떠올려볼 수도 있을 것이었다. 그중 하나는 그녀가 자유로워진 후 그와 함께 루이빌로 돌아가 그녀의 집에서 결혼식을 올리는 것이었다. 마치 시간을 5년 전으로 되돌린 것처럼.

"데이지는 이해하질 못해요." 그가 말했다. "예전에는 잘 이해했었는데. 우리는 몇 시간이고 앉아서……."

그는 말을 멈추더니 과일 껍질과 버려진 파티 선물과 짓밟힌 꽃이 널브러진 쓸쓸한 길을 왔다 갔다 하기 시작했다.

"나라면 데이지에게 너무 많은 걸 요구하지 않을 겁니다." 내가 과감히 말했다. "지난 일을 되돌릴 수는 없어요."

"지난 일을 되돌릴 수 없다고요?" 그가 믿을 수 없다는 듯이 외쳤다. "아니, 당연히 되돌릴 수 있고말고요!"

그는 거칠게 주위를 둘러보았다. 과거가 이곳 그의 집 그림자 속에, 그의 손을 간신히 피해 간 어딘가에 숨어 있기라도 한 것처럼.

"나는 모든 걸 예전 그대로 되돌려놓을 겁니다." 그가 단호히 고개를 끄덕이며 말했다. "데이지도 알게 될 거예요."

그는 과거에 대해 많은 이야기를 했고, 나는 그것으로 미루어 그가 데이지를 사랑하는 데 들어간 무언가를, 아마도 자신에 대한 어떤 관념을 되찾고 싶어 하는 거라고 이해했다. 그의 삶은 그때 이후로 혼란스럽고 무질서해졌지만, 일단 어떤 출발점으로 돌아가서 다시 모든 것을 천천히 살펴볼 수 있다면 그는 그 무언가를 찾아낼 수 있을 것이었다…….

……5년 전 어느 가을밤, 그들은 낙엽이 지는 거리를 걷다가 나무가 한 그루도 없고 보도가 달빛으로 하얗게 물들어 있는 장소에 이르렀다. 그러고는 그곳에 멈춰 서서 둘 다 상대방 쪽으로 몸을 돌렸다. 1년에 두 번 계절이 변할 때 찾아오는 신비스러운 흥분이 깃든 선선한 밤이었다. 집 안의 조용한 불빛들이 어둠 속으로 콧노래를 부르고 있었고, 별들 사이에서도 동요와 소란이 일었다. 개츠비는 보도블록이 정말로 사다리가 되어 나무 위의 비밀스러운 공간으로 올라가는 모습을 곁눈질로 바라보았다. 혼자라면 거기 올라갈 수도 있을 것이고, 일단 오르고 나면 생명의 젖꼭지를 빨며 비길 데 없는 경이로움의 젖을 꿀꺽꿀꺽 마실 수도 있을 것이었다.

데이지의 하얀 얼굴이 다가오자 그의 심장은 더 빠르게 뛰었다. 그는 이 여자와 키스해서 말로 표현할 수 없는 자신의 이상을 그녀의 사라지기 쉬운 숨결과 영원히 결혼시키고 나면 신의 마음이 그러하듯 자신의 마음이 다시는 장난치며 뛰놀지 않을 것임을 알았다. 그래서 그는 별에 부딪힌 소리굽쇠가 내는 소리에 잠시 더 귀를 기울이며 기다렸다. 그러고는 그녀에게 키스했다. 그의 입술이 닿자 그녀는 그를 위해 데이지 꽃처럼 피어났고, 이상은 현실이 되고 말았다.

그가 말한 모든 이야기를 듣고 나니, 심지어 소름이 끼칠 만큼 감상적인 그의 마음을 접하고 나니 무언가가 떠올랐다. 오래전에 어딘가에서 들은 도무지 잡히지 않는 리듬, 잃어버린 말들의 파편이. 잠시 어떤 구절이 내 입안에서 형태를 갖추려 애썼고 내 입술은 말문이 막힌 사람의 입술처럼 벌어졌다. 마치 그게 깜짝 놀란 상황에서 한 줄기 숨을 내뱉는 것보다 더 힘든 일이라도 된다는 듯이. 하지만 내 입에서는 아무 소리도 나오지 않았고, 내가 거의 떠올린 구절은 영원히 전할 수 없는 말이 되고 말았다.

제7장

개츠비에 대한 나의 관심이 최고조에 이르렀을 무렵, 어느
토요일 밤에 보니 그의 집에 불이 켜져 있지 않았다. 트리말
키오●로서의 그의 경력이 시작했을 때와 마찬가지로 애매하
게 막을 내리고 만 것이다. 자동차들이 기대감에 부푼 채 그
의 진입로로 들어섰다가 아주 잠깐 머물고는 부루퉁하게 떠
나버린다는 사실을 나는 당장은 눈치채지 못하다가 서서히
알아차렸다. 그가 병이라도 걸린 것은 아닐지 모르겠다는 생
각에 사실을 확인하러 그의 집으로 건너가보았다. 악당 같은
얼굴을 한 낯선 집사가 문간에서 수상쩍다는 듯이 나를 곁눈

●  로마 작가 가이우스 페트로니우스의 소설 《사티리콘》에 등장하는 인물로, 퇴폐
   적인 만찬을 연 것으로 유명하다. '트리말키오'는 《위대한 개츠비》의 제목 후보
   중 하나였다.

질했다.

"개츠비 씨가 아프시기라도 한 건가요?"

"아니요." 그가 잠시 말을 멈추고 꾸물거리더니 마지못해 "선생님"이라고 덧붙였다.

"요즘 보이질 않아서 조금 걱정이 되더군요. 캐러웨이 씨가 찾아왔었다고 전해주세요."

"누구요?" 그가 무례하게 물었다.

"캐러웨이요."

"캐러웨이. 네, 그렇게 전하죠."

그가 갑자기 문을 쾅 닫았다.

우리 집 핀란드인 가정부가 알려준 바에 따르면, 개츠비는 한 주 전에 모든 고용인을 해고하고 대여섯 명의 다른 사람들을 새로 들였는데, 그들은 웨스트에그 빌리지로 가서 상인들에게 매수당하는 일 없이 그때그때 전화로 적당량의 식재료를 주문한다고 했다. 식료품점 배달원 아이는 부엌이 돼지우리 꼴이라는 말을 전했고, 새로 들어온 사람들은 사실 고용인이 아니라는 게 마을의 일반적 여론이었다.

이튿날 개츠비가 전화를 걸어 왔다.

"다른 곳으로 떠나는 건가요?" 내가 물었다.

"아니요, 친구."

"고용인을 모두 해고했다고 들었습니다."

"바깥에 소문을 내지 않을 사람이 필요했거든요. 데이지가 꽤 자주 놀러 와서요. 오후에."

그러니까 데이지가 보낸 못마땅한 눈길 한 번에 대상(隊商)이 머물던 거대한 숙소 전체가 카드로 만든 집처럼 폭삭 무너지고 만 것이다.

"새로 들인 사람들은 울프샤임이 도와주고 싶어 한 사람들이에요. 모두 형제자매죠. 예전에 작은 호텔을 운영한 적도 있어요."

"그렇군요."

그는 데이지의 부탁으로 전화한 것이었다. 내일 그녀의 집으로 점심을 먹으러 가겠느냐고 물어보려고. 베이커 양도 올 거라고 했다. 삼십 분 후에는 데이지가 직접 전화를 걸어 왔는데, 내가 간다고 했더니 안도하는 듯했다. 분명 뭔가가 있었다. 하지만 나는 그들이 이번 기회를 이용해 소동을 벌일 거라고는 생각하지 못했다. 특히 개츠비가 정원에서 대략 알려준 그 다소 괴로운 소동을 벌일 거라고는.

이튿날은 찌는 듯이 무더웠다. 여름의 거의 마지막 날이면서도 분명 가장 더운 날이었다. 기차가 터널을 빠져나와 햇살 속으로 들어가자 내셔널 비스킷 컴퍼니의 뜨거운 사이렌 소리만이 부글부글 끓는 정오의 고요를 깨뜨리고 있었다. 객차의 밀짚 좌석은 불붙기 직전이었다. 내 옆에 앉은 여자는 한동안 고상하게 땀을 흘리며 하얀 셔츠 드레스를 적시더니 손에 쥔 신문이 땀에 젖자 절망적인 외침을 내뱉으며 체념하듯 깊은 열기 속으로 몸을 던졌다. 그녀의 지갑이 바닥에 탁 떨어졌다.

"아, 이런!" 그녀가 헐떡거리며 말했다.

나는 지친 몸을 굽혀 지갑을 주운 후 슬쩍할 생각이 없다는 것을 알려주고자 지갑의 끄트머리를 잡고 팔을 쭉 뻗은 채 그녀에게 돌려주었다. 그럼에도 그녀를 포함한 근처의 모두가 나를 수상쩍게 여겼다.

"덥군요!" 차장이 낯익은 얼굴들을 향해 말했다. "대단한 날씨예요……! 아, 덥다……! 더워……! 너무 덥구나……! 손님은 안 더우신가요? 안 더우세요? 네……?"

내 정기승차권은 그의 손에서 검은 때를 묻힌 채 돌아왔다. 하긴 그가 누구의 상기된 입술에 키스했는지, 누구의 머리가 그의 가슴 쪽 잠옷 주머니를 축축하게 만들었는지 이런 열기 속에서 누가 신경이나 쓰겠는가!

……개츠비와 내가 문간에서 기다리는 동안 뷰캐넌네 집 현관을 통해 불어온 희미한 바람에 전화벨 소리가 실려 왔다.

"주인어른의 시체라고요?" 집사가 송화구에 대고 고함을 쳤다. "죄송합니다, 부인. 하지만 도와드릴 수가 없군요. 오늘 정오는 너무 뜨거워서 거기 손을 댈 수가 없어요!"

실제로 그가 한 말은 "네…… 네…… 알겠습니다"였다.

그는 수화기를 내려놓고 살짝 번들거리는 얼굴로 우리에게 다가와서는 우리의 뻣뻣한 밀짚모자를 받았다.

"부인께서 응접실에서 기다리고 계십니다!" 그가 불필요하게 응접실 쪽을 가리키며 외쳤다. 이런 무더위 속에서는 쓸데없는 몸짓 하나하나가 일상에 대한 모독이나 마찬가지였다.

차양으로 잘 가려져 그늘진 방은 어둡고 서늘했다. 데이지와 조던은 거대한 긴 의자에 누워 있었다. 노래하듯 불어오는 선풍기의 미풍에 하얀 드레스가 날리지 않게 누르고 있는 둘의 모습은 은빛 우상 같았다.

"움직이질 못하겠네." 두 사람이 함께 말했다.

조던이 햇빛에 탄 피부에 하얗게 분을 바른 손을 잠시 내 손에 얹었다.

"그런데 운동선수 토머스 뷰캐넌 씨는?" 내가 물었다.

그와 동시에 현관에서 걸걸하고 허스키한 목소리를 낮춘 채 전화하는 그의 목소리가 들려왔다.

개츠비는 진홍빛 카펫 중앙에 서서 매혹된 눈으로 주위를 둘러보고 있었다. 데이지가 그를 지켜보며 감미롭고 신나는 웃음을 터뜨렸다. 그녀의 가슴에서 별안간 분가루가 약간 공중에 날렸다.

"소문에 따르면." 조던이 속삭였다. "지금 전화를 건 사람은 톰의 애인이라는군요."

우리는 아무 말도 하지 않았다. 현관에서 들려오는 목소리는 짜증이 섞인 채 더 커져갔다. "그럼 좋아. 그 차는 자네한테 팔지 않겠어…… 자네한테 그래야 할 의무는 없으니까……. 그리고 점심시간에 나를 이렇게 성가시게 하는 건 도저히 참을 수가 없어!"

"수화기를 내려놓고 저러는 거야." 데이지가 냉소적으로 말했다.

"아니, 그렇지 않아." 내가 그녀에게 장담했다. "저건 진짜 거래야. 어쩌다보니 그 일에 대해 알게 되었거든."

톰이 문을 활짝 열어젖히더니 잠시 커다란 몸집으로 문을 막고 있다가 급히 응접실로 들어왔다.

"개츠비 씨!" 그가 반감을 잘 숨긴 채 넓적한 손을 내밀었다. "반갑습니다…… 닉……."

"시원하게 마실 거나 한 잔씩 만들어줘." 데이지가 외쳤다.

톰이 다시 방에서 나가자 데이지는 일어나 개츠비 쪽으로 가더니 그의 얼굴을 끌어내리고 입에 키스했다.

"내가 사랑하는 거 알지?" 그녀가 중얼거렸다.

"여기 숙녀가 계시다는 사실을 잊은 모양이지." 조던이 말했다. 데이지는 숙녀가 어디 있느냐는 듯이 주위를 둘러보았다.

"너도 닉한테 키스하든가."

"정말 점잖지 못한 여자라니까!"

"나는 그래도 상관없어!" 데이지가 외치더니 벽돌 벽난로 위에서 탭 댄스를 추기 시작했다. 그러다가 날이 무덥다는 사실을 기억해내고는 죄를 짓기라도 한 것처럼 긴 의자로 가서 앉았고, 바로 그때 갓 세탁한 옷을 입은 보모가 어린 여자애를 데리고 응접실로 들어왔다.

"사랑-하는 우리-딸." 데이지가 낮은 목소리로 노래하며 두 팔을 내밀었다. "사랑하는 엄마한테 오렴."

보모가 마지못해 놓아주자 아이는 급히 방을 가로지르더니 엄마의 드레스에 수줍게 몸을 파묻었다.

"사랑-하는 우리-딸! 엄마가 네 귀여운 금발에 분을 묻혔네? 자, 일어나서 인사해야지. 안녕-하세-요."

개츠비와 나는 차례로 몸을 숙여 아이가 주저하며 내민 작은 손을 잡았다. 그러고서 개츠비는 놀란 표정으로 아이를 계속 쳐다보았다. 그전에는 아이가 존재한다는 사실을 정말로 믿지 않은 모양이었다.

"점심 먹기 전에 옷 갈아입었어요." 아이가 간절하게 데이지 쪽으로 돌아서며 말했다.

"그건 엄마가 너를 자랑하고 싶어서 그런 거야." 데이지가 아이의 작고 하얀 목에 있는 단 하나의 주름에 얼굴을 갖다댔다. "너는 엄마의 꿈이야. 완벽하고 귀여운 나의 꿈."

"네." 아이가 차분하게 대답했다. "조던 이모도 하얀 드레스를 입었네요."

"엄마 친구들은 마음에 들어?" 데이지가 아이를 돌려세워 개츠비를 향하게 했다. "다들 멋지지 않니?"

"아빠는 어디 있어요?"

"애는 자기 아빠를 안 닮았어." 데이지가 설명했다. "나를 닮았지. 내 머리카락이랑 내 얼굴 모양을 쏙 빼닮았어."

데이지가 긴 의자에 편안히 앉았다. 보모가 한 발 앞으로 나오더니 손을 내밀었다.

"이리 오렴, 패미."

"잘 가, 내 딸!"

가정교육이 잘된 아이는 내키지 않는다는 듯이 뒤를 힐끗 쳐다보고는 보모의 손에 끌려 문밖으로 나갔고, 바로 그때 톰이 얼음을 가득 채워 달그락거리는 진 리키● 네 잔을 앞에 든 채 돌아왔다.

개츠비가 자기 잔을 받아 들었다.

"정말 시원해 보이네요." 그가 눈에 띄게 긴장한 모습으로 말했다.

우리는 진 리키를 게걸스럽게 쭉 들이켰다.

"어디선가 읽었는데 태양이 매년 더 뜨거워지고 있다더군." 톰이 상냥하게 말했다. "조만간 지구가 태양에 빠져버릴 것만 같아. 아니, 잠깐만. 그 반대였던가. 태양은 매년 더 식어가고 있대."

톰이 개츠비에게 제안했다. "밖으로 나갑시다. 집 구경을 시켜드리고 싶군요."

나는 그들과 함께 베란다로 나갔다. 열기 속에 정체된 초록

● 진 베이스에 라임과 탄산수를 섞어 만든 칵테일.

빛 해협에서는 작은 돛단배 한 척이 더 상쾌한 바다 쪽으로 천천히 기어가고 있었다. 개츠비의 눈이 잠시 그것을 좇았다. 그러다가 개츠비는 손을 들어 만 건너편을 가리켰다.

"바로 맞은편이 우리 집입니다."

"그렇군요."

우리는 눈을 들어 장미 화단과 뜨거운 잔디밭, 그리고 삼복 더위가 내리쬐는 해안을 따라 널브러진 수초 찌끼를 보았다. 돛단배의 하얀 날개가 드넓게 펼쳐진 파랗고 서늘한 하늘을 배경으로 천천히 움직이고 있었다. 그 앞으로는 대양이 부채 꼴 모양으로 펼쳐져 있고 축복받은 섬들이 널려 있었다.

"저거 재미있겠군." 톰이 고개를 끄덕이며 말했다. "저 친구 랑 한 시간쯤 배를 타고 놀면 좋겠어."

우리는 열기를 막기 위해 역시 어둡게 해둔 식당에서 점심을 먹었고 차가운 에일과 함께 어딘가 불안한 유쾌함을 마셨다.

"우리, 오늘 오후에는 뭘 하지?" 데이지가 외쳤다. "그리고 내일은? 또 앞으로 이어질 30년 동안은?"

"우울한 소리 하지 마." 조던이 말했다. "가을이 와서 날이 상쾌해지면 삶이 처음부터 다시 시작될 테니까."

"하지만 너무 덥잖아." 데이지가 곧 눈물을 쏟을 듯한 얼굴로 우겼다. "게다가 모든 게 너무 혼란스러워. 다 같이 시내로 나가자!"

그녀의 목소리는 열기를 뚫고 나가려 이리저리 몸부림치면서 그 무의미함에 형태를 부여하려 애썼다.

"마구간을 차고로 개조한다는 말은 들어봤죠." 톰이 개츠비에게 말하고 있었다. "하지만 차고를 마구간으로 개조한 사람은 내가 처음일 겁니다."

"시내로 나가고 싶은 사람 없어?" 데이지가 집요하게 물었다. 개츠비의 시선이 데이지 쪽으로 미끄러지듯 옮아갔다. "아." 그녀가 외쳤다. "당신은 정말 멋져."

두 사람의 눈이 마주쳤고, 둘은 그곳에 단둘이 있는 것처럼 서로 응시했다. 데이지는 간신히 시선을 테이블 쪽으로 떨구었다.

"당신은 늘 멋져 보여." 그녀가 거듭 말했다.

데이지는 개츠비를 사랑한다고 말한 셈이었고, 톰 뷰캐넌은 그 사실을 알아차렸다. 톰은 경악했다. 그러고는 입을 살짝 벌린 채 개츠비를 쳐다보다가 마치 오래전에 알았던 누군가를 방금 알아보기라도 한 것처럼 다시 데이지를 쳐다보았다.

"당신은 광고에 나오는 그 남자를 닮았어." 데이지가 천진난만하게 말을 이었다. "왜, 광고에 나오는 그 남자 있잖아……."

"좋아." 톰이 재빨리 끼어들었다. "시내로 나가지 못할 이유는 전혀 없지. 자, 다들 시내로 나가자고."

톰이 자리에서 일어났다. 그의 시선은 여전히 개츠비와 데이지 사이를 획획 오가고 있었다. 아무도 움직이지 않았다.

"어서!" 톰이 약간 성질을 부렸다. "도대체 왜들 그러는 거야? 시내로 나갈 거면 지금 출발하자고."

그는 애써 자제하느라 떨리는 손으로 잔을 들고 남은 에일을 입술로 가져갔다. 데이지의 목소리에 우리는 자리에서 일어나 타는 듯이 뜨거운 자갈이 깔린 진입로로 나갔다.

"다들 그냥 바로 갈 거야?" 그녀가 이의를 제기했다. "그냥이렇게? 떠나기 전에 담배 한 대 피우고 싶어 할 사람이 있을지도 모르는데?"

"다들 점심 내내 담배를 피웠잖아."

"아, 좀 즐기자." 데이지가 톰에게 애원했다. "말다툼하기에는 너무 더워."

톰은 대답하지 않았다.

"당신 뜻대로 해드리지." 데이지가 말했다. "가자, 조던."

그들이 준비하러 위층에 올라가 있는 동안 우리 남자 셋은 뜨거운 자갈을 발로 이리저리 굴리며 거기 서 있었다. 서쪽 하늘에는 이미 은빛 초승달이 걸려 있었다. 개츠비가 무슨 말을 꺼냈다가 마음을 바꾸고 입을 다물었지만, 톰은 벌써 휙 돌아서서 기대감에 찬 표정으로 그를 쳐다보고 있었다.

"그래서 여기 마구간이 있다고요?" 개츠비가 간신히 물었다.

"이 길로 400미터 정도 쭉 가면 나오죠."

"아."

잠시 침묵.

"대체 왜 시내로 나가겠다는 건지." 톰이 갑자기 난폭하게 내뱉었다. "여자들 머릿속에 든 생각이란……."

"마실 것 좀 가져갈까?" 위층 창문에서 데이지가 외쳤다.

"내가 위스키를 좀 가져오지." 톰이 대답했다. 그러고는 안으로 들어갔다.

개츠비가 내 쪽으로 뻣뻣하게 돌아섰다.

"이 집에서는 아무 말도 할 수가 없어요, 친구."

"데이지의 목소리에는 조심성이 없어요." 내가 말했다. "그 목소리에 가득 찬 건……." 나는 망설였다.

"데이지의 목소리는 돈으로 가득 차 있죠." 그가 불쑥 내뱉었다.

바로 그거였다. 나는 그 사실을 그제야 비로소 깨달았다. 데이지의 목소리는 돈으로 가득 차 있었다. 그 목소리 안에서 오르내리는 무궁무진한 매력, 짤랑이는 소리, 노래하는 심벌즈의 정체는 바로 그것이었다……. 하얀 궁전 저 높은 곳에 있는 왕의 딸, 그 황금빛 공주…….

톰이 1리터짜리 술병을 수건으로 싸면서 집 밖으로 나왔고, 뒤이어 데이지와 조던이 메탈릭 클로스 재질의 작고 꼭 끼는 모자를 쓰고 가벼운 케이프를 팔에 걸친 채 따라 나왔다.

"다들 내 차로 가실까요?" 개츠비가 제안했다. 그러고는 뜨거워진 녹색 가죽 시트를 만져보았다. "차를 그늘에 세워둘 걸 그랬군요."

"수동 기어인가요?" 톰이 물었다.

"그렇습니다."

"흠, 그럼 당신이 내 쿠페를 몰고, 내가 당신 차를 몰고 시내로 가죠."

그 제안이 개츠비를 불쾌하게 한 것 같았다.

"기름이 부족한 것 같은데요." 그가 반대 이유를 댔다.

"기름은 넘쳐요." 톰이 거칠게 말했다. 그러고는 계기판을 쳐다보았다. "그리고 기름이 떨어지면 드러그스토어에 들르면 되죠. 요즘에는 드러그스토어에서 뭐든 살 수 있으니까."

누가 봐도 부적절한 이 말 뒤에 잠시 침묵이 이어졌다. 데이지는 눈살을 찌푸리며 톰을 쳐다보았고, 개츠비의 얼굴에는 뭐라 설명하기 힘든 표정이 지나갔다. 분명 낯설지만 어렴풋이 알 것도 같은, 오직 누군가의 말로만 들어본 것 같은 표정이었다.

"자, 데이지." 톰이 데이지를 개츠비의 차 쪽으로 밀며 말했다. "내가 이 서커스 마차로 당신을 모시도록 하지."

그가 차 문을 열었지만 그녀는 그가 두른 팔에서 빠져나갔다.

"당신은 닉이랑 조던을 태우고 가. 우리는 쿠페를 타고 따라갈게."

그녀는 개츠비에게 가까이 다가가 손으로 그의 외투를 만졌다. 조던과 톰과 나는 개츠비의 차 앞좌석에 올라탔고, 톰이 익숙하지 않은 기어를 망설이듯 조작하자 차는 숨 막힐 듯한 열기 속으로 쏜살같이 나아갔다. 개츠비와 데이지를 보이지 않는 저 뒤에 남겨둔 채.

"봤어?" 톰이 물었다.

"보긴 뭘 봐?"

그는 조던과 내가 그동안 다 알고 있었다는 사실을 깨닫고는 나를 날카롭게 쳐다봤다.

"너는 내가 아주 멍청한 줄 아나보지. 안 그래?" 그가 넌지시 말했다. "어쩌면 그럴지도 몰라. 하지만 가끔 내게는 앞으로 무엇을 할지 알려주는, 거의 예지력에 가까운 능력이 생길 때가 있지. 아마 너는 믿지 않겠지만, 과학이라는 것은……."

그가 잠시 말을 멈추었다. 방금 눈앞에서 벌어진 뜻밖의 사건이 그를 이론적 심연에 빠지기 직전의 상황에서 끌어올린 것이다.

"그 친구에 대해 좀 조사를 해봤지." 톰이 말을 이었다. "이럴 줄 알았다면 좀 더 깊이 조사해볼 수도 있었는데……."

"영매한테라도 가봤다는 말이에요?" 조던이 익살스럽게 물었다.

"뭐라고?" 그가 웃음을 터뜨린 우리를 어리둥절해하며 쳐다보았다. "영매라니?"

"개츠비에 대해 말이에요."

"그게 무슨 소리야! 아니, 그러지 않았어. 그자의 과거에 대해 좀 조사를 해봤다는 말이야."

"그럼 그가 옥스퍼드 출신이라는 사실을 알아냈겠군요." 조던이 거들듯이 말했다.

"옥스퍼드 출신이라니!" 톰이 못 믿겠다는 듯이 말했다. "퍽이나 그러겠다! 핑크색 양복을 입은 인간이 옥스퍼드는 무슨."

"그래도 옥스퍼드 출신이에요."

"뉴멕시코에 있는 옥스퍼드겠지." 톰이 경멸하듯 콧방귀를 뀌었다. "아니면 그 비슷한 어디이거나."

"이봐요, 톰. 그렇게 속물처럼 굴 거면 대체 왜 그를 점심 식사에 초대한 거죠?" 조던이 뿌루퉁하게 물었다.

"데이지가 초대한 거야. 우리가 결혼하기 전부터 알던 사이라는군. 둘이 어디서 만났는지 누가 알겠어!"

이제 우리는 술이 깨면서 모두 짜증을 내고 있었고, 그런 사실을 인지하면서 한동안 말없이 달렸다. 그때 도로 저쪽에서 닥터 T. J. 에클버그의 빛바랜 눈이 시야에 들어오자 나는 기름이 부족하다던 개츠비의 경고가 떠올랐다.

"시내까지 갈 만큼은 있어." 톰이 말했다.

"하지만 바로 저기 정비소가 있잖아요." 조던이 반대했다. "이런 찜통더위 속에 오도 가도 못하는 신세가 되고 싶진 않아요."

톰이 성마르게 양쪽 브레이크를 밟았고, 차는 윌슨 정비소 간판 아래에서 갑자기 정지하며 먼지를 일으켰다. 잠시 후 주인이 정비소에서 나오더니 멍한 눈으로 차를 응시했다.

"기름 좀 넣어주시지!" 톰이 거칠게 외쳤다. "우리가 왜 차를 세웠다고 생각하나? 경치를 감상하려고?"

"몸이 안 좋아요." 윌슨이 전혀 움직이지 않으며 말했다. "하루 종일 그렇네요."

"대체 무슨 일이야?"

"완전히 지쳐버렸어요."

"그럼 내가 직접 넣을까나?" 톰이 물었다. "아까 전화할 때는 멀쩡한 것 같더니만."

윌슨은 문설주 그늘을 간신히 벗어나 가쁜 숨을 몰아쉬며 기름 탱크의 뚜껑을 열었다. 햇빛 속에서 보니 얼굴이 핼쑥했다.

"점심시간을 방해할 생각은 없었어요." 그가 말했다. "하지만 돈이 너무 궁한 상황이라 당신이 그 낡은 차를 어떻게 할 건지 궁금했거든요."

"이 차는 어떤가?" 톰이 물었다. "지난주에 산 건데."

"멋진 노란색 차로군요." 윌슨이 손잡이를 잡아당기며 말했다.

"사고 싶나?"

"좋은 기회네요." 윌슨이 희미하게 미소를 지었다. "이 차는 됐습니다. 하지만 다른 차로는 돈을 벌 수 있을 거예요."

"갑자기 돈은 왜 필요한 거야?"

"여기서 너무 오래 살았어요. 이제 떠나고 싶습니다. 마누라와 저는 서부로 가고 싶어요."

"당신 부인도?" 톰이 깜짝 놀라며 외쳤다.

"마누라는 10년째 그러고 싶다고 말해왔어요." 그가 잠시 펌프에 기대 쉬면서 손차양으로 햇빛을 가렸다. "이제는 원하든 원치 않든 가게 될 겁니다. 제가 데려갈 거예요."

쿠페가 한차례 먼지를 일으키며 누군가가 휙 흔든 손과 함께 우리 옆을 휙 지나갔다.

"얼마 주면 되지?" 톰이 거칠게 물었다.

"지난 이틀 동안 수상쩍은 사실을 눈치챘거든요." 윌슨이 말했다. "그것 때문에 떠나려는 겁니다. 차 문제로 성가시게 해드린 것도 그것 때문이고요."

"얼마 주면 되나니까?"

"1달러 20센트요."

사정없이 퍼붓는 열기로 정신이 혼란스러워진 나는 잠시 불쾌한 순간을 넘기고서야 윌슨이 아직 톰을 의심하지 않고 있다는 사실을 깨달았다. 윌슨은 머틀이 또 다른 세상에서 자신과 분리된 삶을 살았다는 사실을 알아냈고 그 충격으로 몸까지 아팠던 것이다. 나는 윌슨을 응시했고, 그러고는 그것과 유사한 사실을 알아낸 지 한 시간도 채 지나지 않은 톰을 응시했다. 그러자 사람 간의 지능 및 인종의 차이는 아픈 사람과 건강한 사람의 차이에 비하면 아무것도 아니라는 생각이 들었다. 윌슨은 너무 아파서 죄라도 지은 사람처럼, 용서할 수 없는 죄라도 저지른 사람처럼 보였다. 어떤 가련한 소녀가 아이를 가지게 만들기라도 한 것처럼 말이다.

"그 차는 당신에게 넘기도록 하지." 톰이 말했다. "내일 오후에 받을 수 있을 거야."

그곳 부근은 환한 오후에도 늘 사람 마음을 살짝 불안하게 했고, 이제 나는 뒤에 무언가가 있다는 경고라도 받은 것처럼 고개를 돌렸다. 잿더미 너머로 닥터 T. J. 에클버그의 거대한 눈이 계속 망을 보고 있었는데, 하지만 잠시 뒤 나는 6미터도 떨어지지 않은 곳에서 또 다른 눈이 기이할 만큼 강렬한 빛을 내뿜으며 우리를 쳐다보고 있다는 사실을 깨달았다.

정비소 위쪽 창문 중 하나의 커튼이 살짝 옆으로 젖혀져 있었고, 그 사이로 머틀 윌슨이 우리 차를 내려다보고 있었다. 그녀는 너무 몰두한 나머지 누가 자신을 주시하고 있다는 사실도 의식하지 못했고, 천천히 현상되는 사진에서 피사체가 하나둘 나타나듯 얼굴에 여러 감정이 연이어 나타나고 있었다. 그녀의 표정은 기이할 만큼 낯익었다. 여자들의 얼굴에서 종종 보아온 표정이었지만, 머틀 윌슨의 얼굴에 나타난 표정은 무의미하고도 불가사의하게 보였다. 그러다가 나는 질투 섞인 공포로 휘둥그레진 그녀의 눈이 톰이 아니라 조던 베이커를 향하고 있다는 사실을 깨달았다. 조던 베이커가 톰의 아내인 줄 안 것이다.

단순한 정신이 겪는 혼란만큼 커다란 혼란도 없다. 그곳을 떠나는 동안 톰은 뜨거운 채찍이 내려치는 듯한 공포에 사로잡혀 있었다. 한 시간 전만 해도 안전하게 잘 지켜지고 있던 아내와 정부가 느닷없이 그의 통제를 벗어나고 있었던 것이다. 데이지를 앞지르고 윌슨을 영원히 뒤로하려는 이중의 목적으로 그는 본능적으로 액셀을 밟았다. 우리는 애스토리아를 향해 시속 80킬로미터의 속도로 달렸고, 마침내 고가철도의 거미 다리 같은 철제 기둥 사이로 느긋하게 달리는 파란색 쿠페가 눈에 들어왔다.

"50번가 주변의 커다란 영화관들이 시원해요." 조던이 제안했다. "나는 다들 떠나고 난 뉴욕의 여름날 오후가 정말 좋아요. 어딘지 모르게 아주 육감적인 데가 있거든요. 온갖 기묘한 과일들이 손에 떨어지기라도 할 것처럼 무르익었달까."

'육감적'이라는 단어는 톰의 마음을 더 불안하게 하고 말았지만, 그가 뭐라고 항의하기도 전에 쿠페가 멈춰 서면서 데이지가 우리에게 차를 나란히 대라는 신호를 보냈다.

"어디로 가지?" 데이지가 외쳤다.

"영화는 어때?"

"너무 더워." 그녀가 불평했다. "당신들이나 가. 우리는 차로 돌아다니다가 나중에 합류할 테니." 그녀가 애써 가벼운 재치를 부렸다. "어느 모퉁이에서 만나. 담배 두 개비를 동시에 피우고 있는 사람이 있다면 그게 바로 나일 거야."

"여기서 그 문제로 언쟁을 벌이고 있을 수는 없어." 트럭이 뒤에서 욕지거리하듯 경적을 울려대자 톰이 조바심하며 말했다. "나를 따라서 센트럴파크 남쪽, 플라자 호텔 앞으로 와."

톰은 몇 번이나 고개를 돌려 그들의 차가 따라오는지 살폈고, 그들이 교통신호에 걸려 지체하면 다시 보일 때까지 차의 속도를 늦추었다. 내 생각에 톰은 그들이 옆길로 휙 달아나 자신의 인생에서 영영 사라질까봐 두려웠던 것 같다.

하지만 그들은 달아나지 않았다. 그리고 우리는 플라자 호텔 스위트룸의 응접실을 빌린다는 다소 이해하기 어려운 선택을 했다.

결국 우리를 그 방으로 몰고 간 그 끈질기고 떠들썩한 논쟁의 내용이 무엇이었는지는 기억나지 않는데, 논쟁을 벌이는 동안 내 속옷이 축축한 뱀처럼 다리를 휘감은 채 기어 올라오고 간간이 땀방울이 등을 타고 서늘하게 흘러내렸던 육체적 기억만은 지금도 생생하다. 그 발상은 욕실 다섯 개를 빌려서 냉수욕을 하자는 데이지의 제안에서 비롯되어 '민트 줄렙•을 마실 장소'로 더욱더 구체적인 형태를 띠게 되었다. 우리는 저마다 그것이 '말도 안 되는 생각'이라고 거듭 말했다. 우리는 당황한 종업원에게 동시에 말을 쏟아냈고, 그러고는 우리가 아주 괴상하게 굴고 있다고 생각하거나, 그렇게 생각

---

• 버번위스키에 설탕과 소다수, 민트 잎 등을 넣어 만든 칵테일.

하는 척했다……

방은 크면서도 숨 막힐 듯 답답했고, 벌써 4시였지만 창문을 열어도 들어오는 것은 공원의 뜨거운 관목숲에서 휙 불어오는 바람뿐이었다. 데이지는 거울로 가더니 우리에게 등을 돌린 채 서서 머리를 매만졌다.

"아주 멋진 스위트룸이네." 조던이 경의를 표하며 속삭이자 다들 소리 내 웃었다.

"다른 창문도 열어." 데이지가 돌아보지도 않은 채 명령하듯 말했다.

"이미 다 열었어."

"그럼 전화해서 도끼라도 갖다달라고……"

"가장 좋은 건 더위를 잊는 거야." 톰이 성마르게 말했다. "덥다고 투덜대면 열 배는 더 더워지거든."

톰이 위스키 병에서 수건을 풀고는 병을 테이블에 올려놓았다.

"데이지를 그냥 내버려두지 그래요, 친구?" 개츠비가 말했다. "시내로 나오고 싶어 한 사람은 당신이잖아요."

잠시 침묵이 흘렀다. 못에 걸려 있던 전화번호부가 바닥에 탁 떨어지자 조던이 "어머, 실례" 하고 속삭였다. 하지만 이번에는 아무도 웃지 않았다.

"내가 주울게요." 내가 나섰다.

"내가 줍죠." 개츠비가 끊어진 줄을 살펴보더니 흥미롭다는 듯 "흠!" 하고 중얼거리고는 전화번호부를 의자 위로 던졌다.

"그게 당신의 잘난 말버릇이로군. 안 그래요?" 톰이 신랄하게 말했다.

"뭐가 말이죠?"

"말끝마다 붙이는 그 '친구'라는 말 말이오. 대체 어디서 주워들은 거요?"

"이봐, 톰." 데이지가 거울에서 돌아서며 말했다. "그렇게 인신공격이나 할 거면 나는 이곳에 일 분도 더 머무르지 않겠어. 전화해서 민트 줄렙에 넣을 얼음이나 좀 갖다달라고 해."

톰이 수화기를 들자 압축되어 있던 열기가 폭발하듯 소리가 터져 나왔고, 우리 귀에 아래층 무도회장에서 울려 퍼지는 멘델스존의 거창한 〈결혼행진곡〉이 들려왔다.

"이 무더위에 결혼하는 사람이 있다니!" 조던이 음울하게 외쳤다.

"하지만…… 나도 6월 중순에 결혼했잖아." 데이지가 그 사실을 기억해냈다. "6월의 루이빌에서! 실신한 사람도 있었어. 실신한 게 누구였더라, 톰?"

"빌럭시." 톰이 퉁명스럽게 대답했다.

"빌럭시라는 남자였지. '블록스'● 빌럭시. 박스를 만드는 사

───────────

● 장난감 블록을 쌓아서 만든 듯한 실체 없는 가짜 인물임을 뜻한다. 속을 무엇으로든 채울 수 있는 '박스'의 이미지와도 상통한다.

람이었어. 정말이야. 게다가 테네시주 빌럭시 출신이었고."

"사람들이 그 사람을 우리 집으로 데려왔었어." 조던이 부연 설명을 했다. "교회에서 두 집 건너면 바로 우리 집이었으니까. 그런데 그는 삼 주나 머물다가 아빠한테 이제 나가달라는 말을 듣고서야 우리 집을 떠났지. 그다음 날 아빠가 돌아가셨어." 잠시 후 그녀가 덧붙였다. "두 사건이 관련되어 있다는 뜻으로 한 말은 아니고."

"나는 멤피스 출신의 빌 빌럭시라는 친구를 알고 지낸 적이 있는데." 내가 말했다.

"그 사람은 블록스 빌럭시의 사촌이에요. 나는 그가 떠나기 전에 그의 집안 내력을 모두 알게 됐죠. 지금 쓰고 있는 알루미늄 퍼터도 그가 준 거예요."

결혼식이 시작되면서 음악은 잦아들었고, 이제 창문으로 긴 환호성이 흘러들더니 "와아아!" 하는 외침이 간간이 이어졌다. 마지막으로 춤이 시작되면서 재즈 음악이 터져 나왔다.

"우리는 늙어가고 있어." 데이지가 말했다. "젊었다면 일어나서 춤을 추었을 텐데."

"빌럭시 일을 잊지 마." 조던이 그녀에게 경고했다. "그런데 그 사람을 어디서 알게 된 거죠, 톰?"

"빌럭시?" 그가 애써 정신을 집중했다. "나는 모르는 사람이야. 데이지의 친구였지."

"내 친구 아니야." 데이지가 부정했다. "그때 처음 만났는걸.

그 사람은 당신이 개인적으로 빌린 객차를 타고 왔어."

"글쎄, 빌럭시는 당신을 안다고 말했어. 자기도 루이빌에서 자랐다면서 말이야. 아사 버드가 마지막 순간에 그를 데려와 서는 남는 자리가 있느냐고 물었지."

조던이 미소를 지었다.

"아마 차를 공짜로 얻어 타고 고향에라도 가는 길이었나보 죠. 나한테는 예일 대학 시절 당신네 클래스의 회장이었다고 말했어요."

톰과 나는 멍하니 서로를 쳐다보았다.

"빌럭시가?"

"애초에 우리 클래스에는 회장 같은 게 없었어……"

개츠비가 불안하게 발로 바닥을 탁탁 치자 톰이 갑자기 그 를 눈여겨보았다.

"그나저나 개츠비 씨, 당신이 옥스퍼드 출신이라고 들었소 만."

"꼭 그런 건 아닙니다."

"아니요, 그럴 리가요. 분명 당신이 옥스퍼드 출신이라고 들었소."

"네, 거기 다니긴 했죠."

잠시 침묵. 그러고는 의심과 모욕이 뒤섞인 톰의 목소리가 들려왔다.

"빌럭시가 예일 대학에 다니던 무렵에 당신은 옥스퍼드를 다니셨나보군."

또다시 잠시 침묵. 웨이터가 노크하고는 으깬 민트와 얼음을 들고 들어왔지만, 그가 "감사합니다" 하고 말하며 조용히 문을 닫고 나갈 때까지도 침묵은 깨어지지 않았다. 마침내 이 엄청나고도 사소한 문제에 대한 해명이 이루어지려는 순간이었다.

"거기 다녔다고 말했잖습니까." 개츠비가 말했다.

"그랬죠. 하지만 언제 다녔는지가 궁금하군요."

"1919년이었는데, 다섯 달밖에 다니지 않았어요. 그래서 옥스퍼드 출신이라고 딱 잘라 말하지 못하는 겁니다."

톰은 자신이 느끼는 불신이 우리 얼굴에도 비치고 있는지 보려고 주위를 힐끗 둘러보았다. 하지만 우리는 모두 개츠비를 쳐다보고 있었다.

"휴전 후 몇몇 장교에게 그런 기회가 주어졌죠." 개츠비가 말을 이었다. "우리는 영국이나 프랑스에 있는 어느 대학이든 갈 수 있었습니다."

나는 자리에서 일어나 그의 등을 두드려주고 싶었다. 전에도 경험했던 그에 대한 완전한 믿음이 되살아난 것이다.

데이지가 희미하게 미소를 지으며 자리에서 일어나 테이블로 갔다.

"위스키나 따, 톰." 그녀가 명령하듯 말했다. "내가 민트 줄렙을 만들어줄 테니까. 그럼 바보 같은 기분을 좀 잊을 수 있을 거야……. 이 민트 좀 봐!"

"잠깐 기다려." 톰이 딱딱거렸다. "개츠비 씨한테 하고 싶은 질문이 하나 더 남았거든."

"물어보시죠." 개츠비가 정중하게 말했다.

"그래서 당신은 대체 우리 집안에 어떤 분란을 일으키려는 거요?"

마침내 속 시원히 털어놓고 이야기하게 되자 개츠비는 오히려 만족스러워했다.

"분란을 일으키고 있는 건 저 사람이 아니야." 데이지가 절망적인 얼굴로 두 사람을 번갈아 쳐다보았다. "당신이 분란을 일으키고 있는 거라고. 제발 조금이라도 자제력을 지녀봐."

"자제력이라니!" 톰이 못 믿겠다는 듯이 그 말을 되풀이했다. "어디서 굴러먹다 왔는지도 모를 인간이 자기 마누라랑 사랑을 나누어도 그냥 가만히 내버려두는 게 요즘 유행인가 보군. 글쎄, 만일 그런 얘기라면 나는 거기서 좀 빼줘……. 요즘 사람들은 가정생활과 가족제도를 비웃다가 결국 모든 것을 없애버리는 지경에 이를 테고, 그러다 흑인과 백인의 결혼까지 허용하게 될 거야."

열정적으로 횡설수설하다 얼굴이 상기된 그는 문명의 마지막 보루에 서 있는 사람이 자기 혼자뿐이라는 사실을 깨달았다.

"여긴 백인뿐인데요." 조던이 중얼거렸다.

"내가 별로 인기가 없다는 건 나도 알아. 나는 성대한 파티를 열지 않으니까. 친구를 한 명이라도 사귀려면 자기 집을 돼지우리로 만들어야 하나보더군. 현대사회에서는 말이야."

나도 다른 사람들처럼 화가 났지만 톰이 입을 열 때마다 웃음이 터지려 했다. 정말이지 완벽한, 난봉꾼에서 도덕군자로의 변신이었다.

"**당신**한테 할 말이 있습니다, 친구……." 개츠비가 입을 열었다. 하지만 데이지가 그의 의도를 간파했다.

"제발 그만!" 그녀가 곤혹스러워하며 끼어들었다. "다들 그냥 집으로 돌아가자. 다들 그냥 집으로 돌아가는 게 어때?"

"그거 좋은 생각이야." 나는 자리에서 일어났다. "가자, 톰. 술을 마시고 싶어 하는 사람은 아무도 없어."

"나는 개츠비 씨가 나한테 하려는 말이 뭔지 궁금한데."

"당신 부인은 당신을 사랑하지 않아요." 개츠비가 말했다. "당신을 사랑한 적이 한 번도 없습니다. 데이지는 나를 사랑해요."

"미친 게로군!" 톰이 반사적으로 외쳤다.

개츠비는 너무 흥분한 나머지 자리에서 벌떡 일어났다.

"데이지는 당신을 사랑한 적이 한 번도 없어요. 알겠어요?" 그가 외쳤다. "내가 가난해서, 나를 기다리다 지쳐서 당신과 결혼한 것뿐입니다. 그건 끔찍한 실수였지만, 그래도 그녀는 마음속으로 나 말고는 누구도 사랑한 적이 없어요!"

이 시점에서 조던과 나는 그곳을 떠나려 했다. 하지만 톰과 개츠비는 우리가 남아 있어야 한다고 서로 경쟁이라도 하듯 단호히 고집했다. 마치 둘 다 숨길 게 전혀 없으며, 그들의 감정을 간접적으로 함께 나누는 게 무슨 특권이라도 된다는 것처럼 말이다.

"앉아봐, 데이지." 톰은 아버지 같은 목소리를 내보려 했지만 실패하고 말았다. "대체 그동안 무슨 일이 있었던 거야? 자세한 이야기를 듣고 싶어."

"그동안 무슨 일이 있었는지 내가 말해줬잖아요." 개츠비가 말했다. "지난 5년 동안의 일입니다. 당신은 몰랐겠지만."

톰이 데이지 쪽으로 휙 돌아섰다.

"이 작자를 5년 동안이나 만나고 있었다고?"

"만난 게 아닙니다." 개츠비가 말했다. "아니, 만날 수가 없었죠. 하지만 우리 둘 다 줄곧 서로 사랑하고 있었어요, 친구. 당신은 몰랐겠지만. 나는 가끔 당신이 모른다는 사실을 떠올리며 소리 내 웃곤 했죠." 하지만 그렇게 말하는 그의 눈에는 웃음기가 전혀 없었다.

"아, 겨우 그런 건가." 톰이 성직자처럼 굵은 손가락으로 박자를 맞추더니 의자 등받이로 몸을 젖혔다.

"당신 미쳤군!" 톰의 감정이 격해졌다. "5년 전에 일어난 일에 대해서는 내가 뭐라고 할 수 없지. 그때는 나도 데이지를 몰랐으니까……. 그런데 당신이 어떻게 데이지에게 접근했는지는 죽었다 깨어나도 모를 일이군. 뒷문으로 식료품 배달이라도 했으려나. 하지만 나머지 이야기는 모두 빌어먹을 거짓말이야. 데이지는 결혼했을 때도 나를 사랑했고 지금도 나를 사랑하거든."

"그렇지 않아요." 개츠비가 고개를 저으며 말했다.

"아니, 나를 사랑한다니까. 가끔 멍청한 생각을 품거나 자기가 무슨 짓을 하는지도 모른다는 게 문제이긴 하지만." 톰이 현자인 체하며 고개를 끄덕였다. "게다가 나도 데이지를 사랑해. 이따금 술 마시고 흥청거리며 바보짓을 하긴 해도 결국 늘 제자리로 돌아오고, 마음속에는 늘 데이지에 대한 사랑뿐이지."

"역겨운 인간." 데이지가 말했다. 그러고는 내 쪽으로 돌아섰다. 한 옥타브 낮아진 그녀의 목소리가 소름 끼치는 경멸로 방 안을 가득 채웠다. "우리가 왜 시카고를 떠났는지 알아? 가끔 술 마시고 흥청거린다는 게 어떤 수준이었는지 오빠한테 아무도 말해주지 않았다는 사실이 놀랍네."

개츠비가 다가가서 그녀 옆에 섰다.

"데이지, 이제 다 끝났어." 그가 진지하게 말했다. "이제 그런 건 아무 상관도 없어. 그냥 그에게 진실을 말해. 사랑한 적이 한 번도 없다고 말이야. 그러면 모든 게 영원히 지워져버릴 거야."

그녀는 멍하니 개츠비를 쳐다보았다. "아니…… 어떻게 저런 사람을…… 내가 사랑할 수 있겠어?"

"당신은 저 사람을 한 번도 사랑한 적이 없어."

그녀는 망설였다. 호소하는 듯한 시선이 조던과 나에게 쏠렸다. 이제야 자기가 무슨 짓을 하고 있는지 깨달았다는 듯이. 자기는 그동안 그 어떤 일도 벌일 의도가 없었다는 듯이. 하지만 이미 다 벌어진 일이었다. 되돌리기에는 너무 늦어버린 것이다.

"나는 저 사람을 한 번도 사랑한 적이 없어." 그녀가 눈에 띄게 마지못해하며 말했다.

"카피올라니●에서도?" 톰이 갑자기 물었다.

"그래."

아래층 무도회장에서 웅웅거리는 숨 막히는 음악이 뜨거운 공기를 타고 올라왔다.

"당신 신발이 젖지 않게 하려고 내가 펀치볼●●에서 당신을 안고 내려온 그날도?" 그의 목소리는 허스키했지만 다정함이 담겨 있었다…… "데이지?"

"제발 그만해." 그녀의 목소리는 냉랭했지만 이제 적의는 사라지고 없었다. 그녀는 개츠비를 쳐다보았다. "이제 됐지, 제이." 그녀가 말했다. 하지만 담배에 불을 붙이려는 그녀의

---

● 미국 하와이주 오아후섬 호놀룰루에 있는 공원.

●● 호놀룰루에 있는 분화구.

손은 떨리고 있었다. 갑자기 그녀가 담배와 불붙은 성냥을 카펫 위로 던져버렸다.

"아, 당신은 너무 많은 걸 원해!" 그녀가 개츠비에게 외쳤다. "지금 나는 당신을 사랑하잖아. 그걸로 충분하지 않은 거야? 지나간 일은 나도 어쩔 수가 없어." 그녀가 어쩔 줄 몰라 하며 흐느끼기 시작했다. "한때는 저 사람을 사랑했어. 하지만 당신도 사랑했는걸."

개츠비의 눈이 뜨였다가 감겼다.

"나**도** 사랑했다고?" 그가 되풀이해 말했다.

"그것도 거짓말이야." 톰이 흉포하게 말했다. "데이지는 당신이 살아 있는지도 몰랐어. 그래…… 데이지와 나 사이에는 당신이 절대 알지 못할 일들이 있지. 우리 둘 다 절대 잊지 못할 일들 말이야."

그 말이 개츠비의 몸에 깊은 이빨 자국을 남긴 듯했다.

"데이지와 단둘이 이야기를 나누고 싶군요." 그가 주장했다. "지금 데이지는 너무 흥분한 상태라……."

"단둘이 있게 되더라도 톰을 사랑한 적이 없다고는 말할 수 없어." 그녀가 가련한 목소리로 그 사실을 인정했다. "그건 사실이 아니니까."

"당연히 아니지." 톰이 동의했다.

그녀가 남편 쪽으로 돌아섰다.

"그게 당신한테 중요한 일이라도 되는 것처럼 말하네." 그녀가 말했다.

"당연히 중요하지. 앞으로는 당신을 더 잘 돌봐줄 거야."

"상황을 이해하지 못하시는군." 개츠비가 살짝 당황한 목소리로 말했다. "당신은 이제 더 이상 데이지를 돌봐줄 일이 없을 거요."

"없다고?" 톰이 눈을 크게 뜨며 웃음을 터뜨렸다. 이제야 자제력을 지닐 여유가 생긴 모양이었다. "그건 왜지?"

"데이지는 당신을 떠날 거니까."

"헛소리."

"정말 떠날 거야." 그녀가 눈에 띄게 애쓰며 말했다.

"데이지는 나를 떠나지 않아!" 톰의 말이 갑자기 개츠비를 덮쳤다. "여자 손가락에 끼워줄 반지도 훔쳐야만 하는 상스러운 사기꾼한테 가려고 나를 떠날 일은 절대 없을 거야."

"더는 못 참겠어!" 데이지가 외쳤다. "아, 제발 여기서 나가자."

"그나저나 당신은 대체 정체가 뭐지?" 톰이 갑자기 외쳤다. "마이어 울프샤임이랑 어울려 다니는 패거리 중 한 명이라는 것 정도는 나도 알아. 당신이 하는 일에 대해 조사를 좀 해봤거든……. 내일 좀 더 깊이 알아봐야겠군."

"좋을 대로 하시죠, 친구." 개츠비가 침착하게 말했다.

"당신의 그 '드러그스토어'라는 게 뭔지도 알아냈지." 톰이 우리 쪽으로 돌아서며 재빨리 말했다. "저자와 그 울프샤임이라는 자는 이곳과 시카고의 골목에 있는 드러그스토어를 잔뜩 사들이고서 처방전도 없이 에틸알코올을 팔았어. 그게 저 자가 부리는 작은 속임수 중 하나지. 처음 봤을 때부터 밀주 업자일 것 같았는데, 내 생각이 크게 틀리진 않은 거야."

"그게 어쨌다는 거죠?" 개츠비가 정중하게 말했다. "당신 친구 월터 체이스는 자존심이 없어서 우리 사업에 발을 들였나 보군요."

"그런데 당신은 그가 도움을 요청했을 때 그냥 내쳤지. 안그래? 뉴저지의 감옥에서 한 달 넘게 썩도록 내버려두었어. 맙소사! 월터가 **당신**에 대해 뭐라고 말하는지 당신도 들었어야 하는 건데."

"그는 땡전 한 푼 없이 우리한테 왔죠. 돈을 좀 만지니까 아주 기뻐하던데요, 친구."

"나를 '친구'라고 부르지 마!" 톰이 외쳤다. 개츠비는 아무 말도 하지 않았다. "월터는 당신을 도박 금지법 위반으로 고소할 수도 있었어. 하지만 울프샤임이 겁을 줘서 입을 다물었던 거지."

낯설지만 알 것도 같은 그 표정이 다시 개츠비의 얼굴 위로 나타났다.

"그 드러그스토어 사업은 그저 푼돈이나 버는 일일 뿐이었지." 톰이 천천히 말을 이었다. "하지만 지금은 월터도 두려워서 내게 말하길 꺼리는 뭔가 다른 일을 벌이고 있어."

나는 데이지를 힐끗 쳐다보았다. 데이지는 겁에 질린 채 개츠비와 남편을 번갈아 응시하고 있었다. 그러고서 나는 조던을 힐끗 쳐다보았다. 조던은 눈에 보이진 않지만 마음을 빼앗는 물체를 턱 끝에 올려놓은 채 균형을 잡고 있었다. 그러고서 다시 개츠비 쪽으로 고개를 돌렸다가 그의 표정을 보고는 깜짝 놀라고 말았다. 어디까지나 그의 정원에서 시끄럽게 들려오던 비방의 말을 경멸하는 입장에서 하는 말인데, 그는 마치 '사람이라도 죽인' 듯한 자의 표정을 짓고 있었다. 그 순간 그의 얼굴 표정은 그런 기상천외한 방식으로밖에는 설명할 수 없었다.

그 표정이 지나가자 그는 흥분한 목소리로 데이지에게 말하기 시작했다. 모든 것을 부정하고, 제기되지도 않은 비난에 대해 자신을 변호하면서. 하지만 그가 말할 때마다 그녀는 점점 더 내면으로 움츠러들었고, 그래서 그는 포기하고 말았다. 오후가 미끄러지듯 사라지는 동안 오직 죽은 꿈만이 싸움을 이어나가며 더는 만질 수 없는 것을 만지려 애쓰고 있었다. 불행하지만 자포자기하진 않은 채 방 건너편으로 사라져버린 목소리를 향해 힘겹게 나아가고 있었다.

그 목소리가 다시 집으로 돌아가자고 애원했다.

**"제발,** 톰! 더는 못 참겠어."

겁먹은 눈은 그녀가 이제껏 지닌 의도나 용기가 무엇이었건 그것들이 모두 분명히 사라지고 말았음을 말해주었다.

"둘이 먼저 출발해, 데이지." 톰이 말했다. "개츠비 씨 차로 말이야."

그녀는 이제 놀란 표정으로 톰을 쳐다봤지만 톰은 경멸 어린 관대함을 내보이며 계속 우겼다.

"어서. 저자가 당신을 괴롭히진 않을 거야. 자신의 주제넘고 소소한 애정 행각이 이제 막을 내렸다는 걸 본인도 깨달은 모양이니까."

두 사람은 한마디 말도 없이 휙 나가버리면서 우리가 불쌍히 여길 수도 없는 우연적이고 고립된 존재, 유령 같은 존재가 되고 말았다.

잠시 후 톰이 자리에서 일어나 따지도 않은 위스키 병을 수건으로 싸기 시작했다.

"이거 좀 마실래? 조던? ⋯⋯닉?"

나는 대답하지 않았다.

"닉?" 그가 다시 물었다.

"왜?"

"이거 좀 줄까?"

"아니⋯⋯ 지금 막 생각났는데 오늘이 내 생일이야."

나는 서른 살이었다. 이제 내 앞에는 새로운 10년이 불길하고 험악한 길처럼 쭉 뻗어 있었다.

우리가 톰과 함께 쿠페에 올라 롱아일랜드로 출발한 것은 7시였다. 톰은 의기양양하게 웃음을 터뜨리며 끊임없이 떠들어댔지만, 조던과 나에게 그 목소리는 보도에서 들려오는 이 질적이고 떠들썩한 소리나 머리 위 고가철도의 요란한 소리만큼이나 멀게만 느껴졌다. 인간적 연민에는 한계가 있는 법이어서, 우리는 그들의 비극적인 언쟁이 뒤로 사라져가는 도시의 불빛과 함께 모두 사라지도록 기꺼이 내버려두었다. 서른 살. 새로운 10년 동안의 외로움을 약속하는 나이. 아는 독신 남자의 명단은 짧아지고, 열정이라는 서류 가방 속 빈 공간은 늘어가고, 머리숱은 줄어드는 나이. 하지만 내 곁에는 조던이 있었다. 데이지와 달리 그녀는 거의 다 잊힌 꿈을 해를 넘겨가며 간직하기에는 너무 현명한 사람이었다. 어두운 다리 위를 지날 때 그녀는 창백한 얼굴을 내 외투 어깨에 느긋하게 기댔고, 서른 살이 되었다는 어마어마한 타격은 불안감을 달래주는 그녀의 손길에 천천히 사라져갔다.

그렇게 우리는 서늘해져가는 황혼을 뚫고 죽음을 향해 내달렸다.


재의 골짜기 옆에서 커피와 간식을 파는 젊은 그리스인 미카엘리스가 검시(檢屍)의 주요 증인이었다. 그는 무더위 속에서 5시가 넘을 때까지 낮잠을 자고 일어나 어슬렁거리며 정비소로 갔다가 조지 윌슨이 사무실에서 앓고 있는 모습을 보았다. 윌슨은 옅은 머리카락만큼이나 창백한 얼굴로 온몸을 부들부들 떨 만큼 심하게 앓고 있었다. 미카엘리스는 침대에 가서 누우라고 조언했지만, 윌슨은 그러면 일거리를 많이 놓칠 거라며 거절했다. 이처럼 이웃이 그를 설득하려 애쓰고 있을 때 갑자기 머리 위에서 요란한 소리가 들려왔다.

"마누라를 위층에 가둬두었거든." 윌슨이 차분하게 설명했다. "모레까지 저기 가둬두었다가 함께 떠날 거야."

미카엘리스는 깜짝 놀랐다. 4년 동안 이웃으로 지내면서 지켜봐온 윌슨은 그런 말을 할 법한 인물이 전혀 아니었기 때문이다. 대개 그는 늘 지쳐 보이는 그런 남자 중 하나였다. 일이 없을 때면 문간의 의자에 앉아 길을 지나는 사람이나 자동차를 응시하곤 했다. 누가 말을 걸면 늘 상냥하고도 특색 없는 웃음소리를 냈다. 그는 아내에게 눌려 지내는 남자였지 자력으로 행동하는 남자가 아니었다.

그래서 자연히 미카엘리스는 무슨 일이 일어난 건지 알아내려 했지만 윌슨은 한마디도 하려 하지 않았다. 오히려 자신의 방문객에게 호기심 섞인 의심의 시선을 던지며 어느 날 어느 시간에 무엇을 하고 있었는지 캐묻기 시작했다. 미카엘리스가 슬슬 불편함을 느끼던 바로 그때 어떤 일꾼들이 문을 지나 그의 식당으로 향하고 있었고, 그는 나중에 다시 와야겠다고 생각하며 그 기회를 이용해 자리를 떴다. 하지만 돌아오지 않았다. 별다른 이유가 있는 게 아니라 그냥 잊어버린 모양이었다. 7시가 조금 지나서 다시 밖으로 나왔을 때 그는 아까 그 대화를 떠올렸는데, 정비소 아래층에서 큰 소리로 욕지

거리하는 월슨 부인의 목소리가 들려왔기 때문이다.

"때려봐!" 그녀가 외치는 소리가 들려왔다. "어디 한번 나를 패대기치고 때려보시지, 이 추잡한 겁쟁이 새끼야!"

잠시 후 그녀가 두 손을 흔들고 뭐라 뭐라 외치며 황혼 속으로 뛰쳐나갔다. 그가 문간을 나서기도 전에 상황은 종료되고 말았다.

신문에서 "죽음의 자동차"라고 부른 그 차는 멈춰 서지 않았다. 그 차는 점점 짙어가는 어둠 속에서 튀어나와 잠시 비극적으로 머뭇거리고는 다음 모퉁이를 돌아 사라져버렸다. 미카엘리스는 차의 색깔이 무엇인지도 확신하지 못했다. 처음 마주친 경찰관에게는 차가 연녹색이라고 말했다. 뉴욕으로 향하던 또 다른 차는 정비소에서 90미터를 더 가서야 멈춰 서더니 그곳으로 급히 돌아왔다. 끔찍하게 목숨을 잃은 머틀 윌슨이 검붉은 피와 먼지가 뒤섞인 도로에 무릎을 구부린 채 드러누워 있었다.

미카엘리스와 차의 운전자가 제일 먼저 그녀에게 다가갔다. 하지만 여전히 땀으로 축축한 블라우스를 찢어보니 왼쪽 가슴이 늘어진 채 덮개처럼 흔들리고 있어서 그 아래 있는 심장 소리는 들어볼 필요도 없었다. 입은 활짝 벌어져 있었고 입가는 살짝 찢어져 있었다. 마치 아주 오랫동안 쌓아둔 엄청난 활력을 포기하느라 약간 숨이 막히기라도 했던 것처럼.

아직 현장에서 조금 떨어져 있는데도 차량 서너 대와 모여든 군중이 보였다. "교통사고야!" 톰이 말했다. "잘됐군. 월슨에게도 마침내 작은 일거리가 생기겠어."

톰은 속도를 줄였지만 차를 세울 생각은 전혀 없었다. 그러다가 더 가까이 다가가면서 정비소 문간에 모인 사람들이 무언가에 조용히 몰두한 모습을 보자 반사적으로 브레이크를 밟았다.

"한번 보고 가자." 그가 미심쩍어하며 말했다. "그냥 보기만 하자고."

이제 정비소에서는 공허하게 울부짖는 소리가 끊임없이 흘러나왔고, 우리가 쿠페에서 내려 정비소 문간으로 걸어가자 그 소리는 점차 헐떡거리는 신음 속에 거듭 들려오는 "오, 맙소사!"라는 말로 바뀌었다.

"뭔가 심각한 문제가 생긴 모양인데." 톰이 흥분하며 말했다.

그는 발끝으로 서서 둘러선 사람들의 머리 너머로 정비소 안을 들여다보았는데, 그곳을 밝혀주는 것은 철제 등갓이 씌워진 채 머리 위에서 흔들리는 노란 전등뿐이었다. 그때 그가 목구멍에서 거친 소리를 내뱉더니 힘센 팔을 거칠게 움직이며 사람들을 밀치고 들어갔다.

주의를 주는 중얼거림이 연이어 들려오더니 둘러선 사람들의 원이 다시 닫혔다. 나는 잠시 아무것도 볼 수 없었다. 그러다가 새로 도착한 무리가 대열을 흐트러뜨렸고, 조던과 나는 갑자기 안으로 떠밀려 들어갔다.

머틀 윌슨의 시신은 뜨거운 밤에 오한에 시달리기라도 한다는 듯 담요 두 장에 싸인 채 벽 쪽 작업대에 놓여 있었고, 톰은 우리를 등진 채 꼼짝 않고 서서 시신 위로 몸을 구부리고 있었다. 그의 옆에는 오토바이 경찰관이 땀을 뻘뻘 흘리며 서서 작은 공책에 이름을 썼다 고치길 반복하고 있었다. 처음에 나는 텅 빈 정비소 안에 시끄럽게 울리는 그 신음 섞인 커다란 소리의 진원지를 찾지 못했다. 그러다가 사무실의 높은 문지방 위에 서서 양손으로 문기둥을 붙잡은 채 몸을 앞뒤로 흔들고 있는 윌슨을 보았다. 어떤 남자가 그에게 나지막이 이야기하며 이따금 그의 어깨에 손을 얹으려 했지만 그는 듣지도 보지도 않았다. 그의 시선은 흔들리는 전등에서 천천히 내려와 시신이 놓인 벽 쪽 작업대로 향했다가 다시 전등 쪽으로 휙 돌아갔다. 그러면서 그는 끊임없이 크고 끔찍한 소리를 질러댔다.

"오, 이런, 맙소사! 오, 이런, 맙소사! 오, 맙소사! 오, 이런, 맙소사!"

이윽고 톰이 고개를 휙 들더니 멍한 눈으로 정비소 주위를 둘러본 후 경찰관에게 잘 알아들을 수 없는 말을 중얼거렸다.

"마, 브⋯⋯." 경찰관이 말하고 있었다. "⋯⋯오⋯⋯."

"아니, 로⋯⋯." 남자가 정정했다. "마, 브, 로⋯⋯."

"이봐요!" 톰이 사납게 중얼거렸다.

"로……." 경찰관이 말했다.

"그……."

"그……." 톰이 넓적한 손으로 경찰관의 어깨를 재빨리 툭 치자 경찰관이 고개를 들었다. "왜 그러시오, 형씨?"

"대체 무슨 일이 일어난 겁니까?"

"여자가 자동차에 치였소. 즉사했죠."

"즉사했다라." 톰이 응시하며 그 말을 되풀이했다.

"여자가 도로로 뛰쳐나갔어요. 그 개자식은 차를 멈추지도 않았지."

"차가 두 대 있었어요." 미카엘리스가 말했다. "한 대는 오고 있었고 또 한 대는 가고 있었죠. 아시겠어요?"

"어디로 가고 있었죠?" 경찰관이 날카롭게 물었다.

"각자 반대 방향으로 가고 있었죠. 글쎄, 저 여자가……." 그의 손이 담요 쪽으로 올라가다가 중간에 멈추더니 옆구리 쪽으로 떨어졌다. "저 여자가 도로로 뛰쳐나갔고 뉴욕에서 오던 차는 그녀를 그대로 들이받았어요. 시속 50킬로미터에서 60킬로미터로 달리고 있었습니다."

"이 동네 이름이 뭡니까?" 경찰관이 물었다.

"이름 같은 건 없어요."

잘 차려입은 얼굴이 창백한 흑인 한 명이 가까이 다가왔다.

"노란색 차였어요." 그가 말했다. "커다란 노란색 차. 새 차였죠."

"사고를 목격했소?" 경찰관이 물었다.

"아뇨, 하지만 그 차가 시속 50킬로미터도 넘는 속도로 내 옆을 지나갔죠. 시속 80킬로미터에서 90킬로미터는 되었을 겁니다."

"이리 와서 이름을 알려주시오. 이제 다들 비켜요. 이 사람의 이름을 적어야 합니다."

이 대화의 몇 마디가 사무실 문간에서 몸을 흔들고 있던 월슨의 귀에도 들어간 게 분명했는데, 갑자기 그의 헐떡이는 외침 사이로 새로운 주제가 등장했기 때문이다.

"그게 어떤 차였는지는 내게 말해주지 않아도 돼! 어떤 차였는지 잘 알고 있으니까!"

톰의 외투 아래로 어깨 뒤쪽 근육 덩어리가 팽팽해지는 모습이 보였다. 톰은 재빨리 월슨에게 걸어가더니 앞에 서서 그의 팔 위쪽을 단단히 움켜잡았다.

"정신을 단단히 차려야 해." 톰이 무뚝뚝하면서도 달래는 목소리로 말했다.

월슨의 시선이 톰에게 쏠렸다. 그는 깜짝 놀라며 발끝으로 섰는데, 톰이 똑바로 잡아주지 않았다면 무릎을 꿇고 쓰러지고 말았을 것이다.

"이봐." 톰이 그를 살짝 흔들며 말했다. "나는 좀 전에 뉴욕에서 이곳으로 왔어. 우리가 얘기하던 그 쿠페를 가지고 왔단 말이야. 오늘 오후에 내가 몰던 그 노란색 차는 내 차가 아니야. 알겠나? 그 차는 오후 내내 보질 못했어."

톰의 말을 들을 수 있을 만큼 가까이 있던 사람은 그 흑인과 나뿐이었지만, 경찰관은 그의 말투에서 무언가를 알아차리고는 약간 공격적인 눈빛으로 우리 쪽을 쳐다보았다.

"지금 그게 무슨 말이오?" 경찰관이 물었다.

"나는 이 사람의 친구입니다." 톰이 윌슨의 몸을 손으로 꼭 붙든 채 고개만 돌렸다. "이 사람이 사고를 낸 차를 안다는군요……. 노란색 차였답니다."

어떤 어렴풋한 충동에 이끌린 경찰관이 톰을 수상쩍게 쳐다보았다.

"그럼 당신 차는 무슨 색이오?"

"파란색입니다. 쿠페죠."

"우리는 뉴욕에서 곧장 이곳으로 왔습니다." 내가 말했다.

우리보다 조금 뒤에서 차를 몰던 누군가가 이 사실을 확인해주자 경찰관은 고개를 돌렸다.

"자, 이제 다시 당신 이름을 똑바로 알려주면……."

톰은 윌슨을 인형처럼 들어 올려 사무실로 데려가서 의자에 앉혀놓고는 다시 돌아왔다.

"누가 여기 와서 이 친구 옆에 있어줘야겠는데." 그가 고압적으로 딱딱거렸다. 그러고는 가장 가까이 서 있던 두 남자가 서로를 힐끗 쳐다보더니 마지못해 사무실로 들어가는 모습을 지켜보았다. 그러고서 톰은 사무실 문을 닫고 시선이 작업대 쪽으로 향하지 않도록 애쓰며 계단을 한 칸 내려왔다. 나를 가까이 지나치며 그가 속삭였다. "나가자."

톰은 남의 시선을 의식하며 고압적으로 팔을 내저어 길을 냈고, 우리는 아직도 모여드는 군중 사이를 뚫고 지나가다가 손에 왕진 가방을 든 채 급히 들어오는 의사를 지나쳤다. 말도 안 되는 기대를 품고 삼십 분 전에 사람을 보내 불러온 의사였다.

톰은 천천히 차를 몰다가 모퉁이를 지나자 액셀을 세게 밟았고, 쿠페는 밤을 뚫고 쏜살같이 내달렸다. 잠시 후 그가 낮고 허스키한 목소리로 흐느끼는 소리가 들려왔고, 얼굴에는 눈물이 넘쳐흐르고 있었다.

"빌어먹을 겁쟁이 자식!" 그가 훌쩍이며 말했다. "차를 멈추지도 않았다니."

바스락거리는 검은 나무들 사이로 갑자기 뷰캐넌네 집이 우리를 향해 떠올랐다. 톰은 현관 옆에 차를 세우고 2층을 올려다보았다. 담쟁이덩굴 사이로 불이 켜진 창문 두 개가 꽃처럼 피어나 있었다.

"데이지는 집에 와 있군." 톰이 말했다. 우리가 차에서 내릴 때 그가 나를 힐끗 쳐다보더니 얼굴을 살짝 찌푸렸다.

"닉, 너를 웨스트에그에서 내려줬어야 했는데. 오늘 밤에는 아무것도 할 수가 없겠어."

그에게는 어떤 변화가 일어나 있었다. 말투도 근엄하고 결연했다. 우리가 달빛에 물든 자갈길을 지나 현관으로 걸어가는 동안 그가 활기찬 말 몇 마디로 상황을 정리했다.

"내가 전화로 택시를 불러줄게. 기다리는 동안 조던과 함께 부엌에 가서 저녁을 좀 차려달라고 해. 저녁 생각이 조금이라도 있다면 말이야." 그가 문을 열었다. "들어가자."

"아니, 괜찮아. 하지만 택시는 불러주면 고맙겠어. 나는 밖에서 기다릴게."

조던이 내 팔에 손을 얹었다.

"들어오지 그래요, 닉?"

"아니, 괜찮아요."

나는 속이 좀 메스꺼워서 혼자 있고 싶었다. 하지만 조던은 조금 더 서성거렸다.

"아직 9시 반밖에 안 됐어요." 그녀가 말했다.

나는 죽어도 그 집 안으로는 들어가고 싶지 않았다. 하루 동안 그들 모두에게 질려버렸고, 갑자기 조던도 그렇게 느껴졌다. 그녀도 내 표정에서 그런 기색을 느낀 게 분명한데, 갑자기 홱 돌아서더니 현관 계단을 뛰어 올라가 집 안으로 들어가버렸기 때문이다. 나는 몇 분 동안 두 손으로 머리를 감싼 채 앉아 있었고, 마침내 안에서 전화기를 드는 소리에 이어 택시를 부르는 집사의 목소리가 들려왔다. 나는 정문 옆에서 기다릴 생각으로 집을 등진 채 진입로를 천천히 걸어 내려갔다.

20미터도 채 걸어가지 않았을 때 누가 내 이름을 부르더니 개츠비가 두 덤불 사이에서 길 쪽으로 걸어 나왔다. 그때 나는 아주 기이한 느낌에 빠져 있었던 게 분명한데, 달빛에 빛나는 그의 핑크색 양복 말고는 아무것도 생각할 수 없었기 때문이다.

"여기서 뭘 하는 겁니까?" 내가 물었다.

"그냥 서 있습니다, 친구."

왠지 그것은 비열한 짓처럼 보였다. 그는 곧 그 집을 털 작정인지도 몰랐다. 그의 뒤쪽에 있는 검은 관목숲에서 사악한 얼굴들, 그러니까 '울프샤임의 부하들' 얼굴이 보이더라도 나는 놀라지 않았을 것이다.

"혹시 오는 길에 어떤 사고가 난 것을 보지 못했나요?" 잠시 후 그가 물었다.

"봤어요."

그가 망설이며 말했다.

"그 여자는 죽었나요?"

"네."

"그럴 줄 알았어요. 데이지한테도 그럴 것 같다고 말했죠. 충격은 한꺼번에 다 받는 편이 나아요. 데이지는 꽤 잘 견뎌냈어요."

그가 중요한 것은 오직 데이지의 반응뿐이라는 듯이 말했다.

"웨스트에그에는 샛길로 갔습니다." 그가 계속 말했다. "차는 우리 집 차고에 넣어두었고요. 우리를 본 사람은 없는 듯하지만 물론 확신할 수는 없겠죠."

나는 그에 대한 반감이 너무 커진 나머지 그의 생각이 틀렸다고 말해줄 필요성도 느끼지 못했다.

"그 여자는 누구죠?" 그가 물었다.

"윌슨이라는 여자예요. 남편이 그 정비소 주인이죠. 대체 어쩌다 그렇게 된 겁니까?"

"음, 내가 핸들을 꺾으려 했지만……." 그가 말을 멈추었고, 나는 문득 진실을 직감했다.

"데이지가 운전하고 있었나요?"

"네." 잠시 후 그가 말했다. "하지만 물론 내가 운전했다고 말할 겁니다. 알다시피 우리가 뉴욕을 떠날 때 데이지는 신경이 아주 과민한 상태였는데, 운전하면 마음이 진정될 거라고 생각하더군요. 그런데 우리가 맞은편에서 오는 차와 엇갈릴 때 그 여자가 우리 쪽으로 뛰쳐나왔어요. 모두 순식간에 벌어진 일이지만, 내가 보기엔 그 여자가 우리에게 무슨 말을 걸려고 했던 것 같아요. 우리를 아는 사람으로 여기고서 말이죠. 음, 처음에 데이지는 그 여자를 피해 다른 차 쪽으로 핸들을 꺾었는데, 그러다 겁을 먹고는 다시 핸들을 돌렸어요. 내 손이 핸들에 닿는 순간 충격이 느껴지더군요. 그 여자는 분명 즉사했을 겁니다."

"온몸이 찢겨서······."

"말하지 말아요, 친구." 그가 움찔했다. "어쨌든······ 데이지는 계속 액셀을 밟았어요. 차를 멈추라고 했지만 데이지는 그러지 못했고, 그래서 내가 사이드 브레이크를 당겼죠. 그러자 그녀는 내 무릎 위로 쓰러졌고, 그러고는 내가 차를 몰았어요."

"내일이면 데이지도 괜찮아질 겁니다." 그가 곧 말했다. "나는 그냥 여기서 기다리며 그자가 오늘 오후에 있었던 불쾌한 일로 데이지를 괴롭히지나 않을지 지켜볼 거예요. 데이지는 방에 들어가서 문을 잠그고 있는데, 그자가 어떤 잔혹한 짓이라도 하려고 들면 불을 껐다 켜기로 했죠."

"톰은 데이지를 건드리지 않을 겁니다." 내가 말했다. "지금 데이지는 안중에도 없거든요."

"나는 그자를 못 믿겠어요, 친구."

"얼마나 기다릴 생각입니까?"

"필요하다면 밤새도록. 어쨌든 다들 잠자리에 들 때까지는 기다릴 거예요."

문득 이 사건을 새로운 관점으로 볼 수 있다는 생각이 떠올랐다. 운전한 사람이 데이지라는 사실을 톰이 알아냈다고 해보자. 그는 거기에 어떤 관련성이 있다고 생각할 수도 있다. 그는 어떤 것이든 생각할 수 있다. 나는 집을 바라보았다. 아래층 창문 두세 개가 환히 밝혀져 있었고, 2층에 있는 데이지의 방에서는 분홍색 불빛이 새어 나오고 있었다.

"여기서 기다려요." 내가 말했다. "소란이 일어날 기미가 보이는지 내가 가서 확인하고 오죠."

나는 잔디밭 가장자리를 따라 되돌아가서 자갈길을 조용히 가로지르고는 베란다 계단을 살금살금 걸어 올라갔다. 응접실 커튼이 걷혀 있어서 안을 들여다보니 아무도 없었다. 석 달 전 6월의 그날 밤에 우리가 저녁 식사를 했던 현관을 가로질러 작은 직사각형 불빛이 새어 나오는 곳에 이르렀는데, 아마 식료품 저장실 창문인 듯했다. 블라인드가 내려져 있었지만 창턱에 갈라진 틈이 있었다.

데이지와 톰은 부엌 식탁에 마주 앉아 있었고, 둘 사이에는 차갑게 식은 닭튀김 한 접시와 에일 두 병이 놓여 있었다. 톰은 식탁 너머로 열심히 떠들고 있었고, 진지하게 뻗은 손은 그녀의 손 위에 얹혀 있었다. 이따금 그녀가 얼굴을 들어 그를 쳐다보며 동의의 표시로 고개를 끄덕였다.

그들은 행복해 보이지 않았고, 둘 다 닭튀김이나 에일에는 손도 대지 않은 상태였다. 하지만 불행해 보이는 것도 아니었다. 분명 자연스럽고 친밀한 분위기가 감돌았고, 그 광경을 본 누구라도 그들이 함께 음모를 꾸미는 중이라고 말했을 것이다.

살금살금 현관을 내려오는 동안 내가 탈 택시가 어두운 도로를 더듬으며 집 쪽으로 오는 소리가 들려왔다. 개츠비는 아까 헤어진 그 진입로에서 그대로 기다리고 있었다.

"그쪽은 조용하던가요?" 그가 불안해하며 물었다.

"네, 아주 조용해요." 내가 망설이며 말했다. "당신도 집으로 돌아가서 좀 자는 게 좋겠어요."

그는 고개를 가로저었다.

"데이지가 잠자리에 들 때까지 여기서 기다리렵니다. 잘 가요, 친구."

그는 외투 주머니에 양손을 집어넣고 간절한 몸짓으로 돌아서더니 다시 집을 유심히 쳐다봤다. 마치 나의 존재가 자신의 신성한 경계 근무에 흠집을 내기라도 한다는 듯이 말이다. 그래서 나는 그가 달빛 아래 서서 아무것도 아닌 것을 지켜보도록 내버려둔 채 그곳을 떠났다.

제8장

　나는 밤새도록 잠을 이루지 못했다. 해협에서는 신음하는 듯한 무적(霧笛) 소리가 끊이질 않았고, 나는 반쯤 아픈 상태로 기괴한 현실과 흉포하고 무서운 꿈 사이를 오가며 몸을 뒤척였다. 동이 틀 무렵 택시 한 대가 개츠비네 진입로로 올라가는 소리가 들리자 나는 곧장 침대에서 뛰쳐나와 옷을 입기 시작했다. 그에게 뭔가 말해주어야겠다는, 뭔가 경고해주어야겠다는 기분이 들었다. 아침이 되면 너무 늦을 것이었다.

　잔디밭을 가로지르며 보니 그의 집 현관문은 여전히 열려 있었고, 그는 크게 낙담했거나 무척 졸린 듯한 표정으로 바깥 현관의 테이블에 몸을 기대고 있었다.

　"아무 일도 없었어요." 그가 힘없이 말했다. "계속 기다렸는데, 4시쯤 되자 데이지가 창가로 와서 잠시 서 있더니 불을 끄더군요."

우리는 담배를 찾아 커다란 방들을 뒤지고 다녔는데, 그날 밤처럼 그의 집이 그토록 어마어마하게 크게 느껴진 적도 없었다. 우리는 대형 천막 같은 커튼을 옆으로 걷고서 전등 스위치를 찾아 엄청나게 높고 어두운 벽을 더듬었다. 한번은 유령 같은 피아노 건반 위로 요란한 소리를 내며 넘어지기도 했다. 사방에 먼지가 어마어마하게 넘쳐났고, 방들은 여러 날 동안 환기도 안 한 것처럼 곰팡내를 풍겼다. 나는 낯선 테이블 위에서 담배 상자를 발견했는데, 그 안에는 퀴퀴하고 바싹 마른 담배 두 개비가 들어 있었다. 우리는 응접실의 프랑스식 창문을 활짝 열고 자리에 앉아 어둠 속으로 담배 연기를 내뿜었다.

"당신은 여길 떠나야 해요." 내가 말했다. "분명 그들이 당신 차를 찾아낼 겁니다."

"**지금** 떠나라고요, 친구?"

"일주일 동안 애틀랜틱시티에 가 있든지, 아니면 몬트리올로 올라가 있어요."

개츠비는 그럴 생각이 없었다. 데이지가 어떻게 할지 알기 전까지는 도저히 그녀를 떠날 수 없었던 것이다. 그는 약간의 마지막 희망을 움켜쥐고 있었고, 나는 차마 그를 흔들어 그것을 놓아버리게 할 수 없었다.

그가 댄 코디와 보낸 젊은 시절의 이상한 이야기를 들려준 것은 바로 그날 밤이었다. 내게 그 이야기를 들려준 까닭은

'제이 개츠비'가 톰의 단단한 적의에 부딪혀 유리처럼 산산조각 나버리면서 오랫동안 이어진 은밀한 희가극이 끝나버렸기 때문이다. 그는 이제 무엇이 됐든 거리낌 없이 인정했을 텐데, 그래도 무엇보다 데이지에 관해 이야기하고 싶어 했다.

데이지는 그가 난생처음 만난 '멋진' 여자였다. 그는 숨겨진 다양한 능력을 발휘해 그런 사람들과 만나봤지만 그들과의 사이에는 늘 보이지 않는 철조망이 쳐져 있었다. 그에게 데이지는 몹시 탐나도록 매력적인 여자였다. 그는 처음에는 캠프 테일러의 다른 장교들과 함께 그녀의 집에 찾아가다가 나중에는 혼자 찾아갔다. 그곳은 그를 대단히 놀라게 했다. 그토록 아름다운 집에는 난생처음 가본 것이다. 하지만 그 집이 숨 막힐 만큼 강렬한 분위기를 풍겼던 것은 그곳에 데이지가 살고 있었기 때문이다. 그녀에게 그 집은, 그에게 캠프의 막사가 그러하듯 일상적인 공간이었다. 그 집에는 원숙한 신비스러움이 감돌았다. 위층에는 다른 침실보다 더 아름답고 서늘한 침실이 있을 것만 같았고, 복도에서는 즐겁고 눈부신 일들이 일어나고 있을 것만 같았으며, 이미 라벤더 꽃 속에 파묻혀 퀴퀴한 냄새를 풍기고 있는 로맨스가 아니라 올해 출시된 번쩍이는 자동차처럼 신선하고 생기 있고 향기로운 로맨스가 있을 것만 같았고, 꽃이 시드는 법 없는 댄스파티가 열리고 있을 것만 같았다. 이미 많은 남자가 데이지를 사랑했다는 사실도 그를 흥분시켰다. 그 때문에 그의 눈에 그녀가 더 가치 있게 보였던 것이다. 그는 그 남자들의 존재가 여전히 활기찬 감정의 그림자와 메아리로 온 집 안의 공기에 스며 있음을 느꼈다.

하지만 그는 자신이 데이지의 집에 들어오게 된 게 엄청난 우연임을 알고 있었다. 제이 개츠비로서의 미래가 아무리 찬란한 가능성을 품고 있다 한들 당시의 그는 땡전 한 푼 없고 과거도 없는 젊은이에 불과했으며, 제복이라는 투명 망토는 언제라도 어깨에서 흘러내릴 수 있었다. 그래서 그는 자신에게 주어진 시간을 최대한 활용했다. 얻을 수 있는 것은 게걸스럽고 악랄하게 손에 넣고야 말았다. 결국 10월의 어느 고요한 밤 그는 데이지를 차지했는데, 그럴 수 있었던 것은 그가 그녀의 손을 만질 권리조차 없는 사람이었기 때문이다.

그는 자신을 경멸했을지도 모르는데, 사기를 쳐서 그녀를 차지한 게 분명했기 때문이다. 백만장자라고 거짓말했다는 뜻이 아니라 의도적으로 데이지에게 안도감을 심어주었다는 뜻이다. 그는 자신이 그녀와 비슷한 계층 출신이며 그녀를 충분히 보살펴줄 수 있는 사람이라고 그녀가 믿게 했다. 사실 그에게는 그럴 만한 능력이 없었다. 뒤에서 밀어주는 풍족한 가족도 없었으며, 무정한 정부의 변덕에 따라 세계 어디로든 날려 가버릴 수 있는 형편이었다.

하지만 그는 자신을 경멸하지 않았고, 상황이 그가 생각한 대로 돌아가지도 않았다. 아마도 그는 가질 수 있는 것을 가진 다음 떠날 생각이었을 것이다. 하지만 이제 그는 자신이 성배를 좇는 일에 헌신해왔음을 알게 되었다. 그는 데이지가 특출나다는 것은 알았지만, '멋진' 여자가 얼마나 특출날 수 있는지는 미처 깨닫지 못했다. 데이지는 자신의 부유한 집으로, 자신의 부유하고 풍족한 삶 속으로 사라져버렸고 개츠비에게는 아무것도 남겨놓지 않았다. 그는 그녀와 결혼이라도 한 듯한 기분이었지만, 그게 전부였다.

이틀 후 둘이 다시 만났을 때 어쩐지 배신당한 듯하고 숨이 가빴던 쪽은 개츠비였다. 그녀의 집 현관은 돈을 주고 산 별빛 같은 사치품으로 눈부셨다. 그를 향해 돌아선 그녀의 진기하고 사랑스러운 입술에 그가 키스하는 동안 고리버들로 만든 긴 등받이 의자가 멋지게 삐걱거렸다. 감기에 걸린 그녀의 목소리는 그 어느 때보다도 허스키하고 매력적이었다. 개츠비는 부유함이 가두어 지키는 청춘과 신비를, 수많은 옷의 산뜻함을, 가난한 사람들의 거친 투쟁에서 떨어져 안전하고 자랑스럽게 은처럼 반짝이는 데이지라는 존재를 온몸으로 알아차렸다.

"내가 데이지를 사랑한다는 걸 깨닫고 얼마나 놀랐는지 말로는 설명할 수 없어요, 친구. 한동안 나는 심지어 데이지가 나를 차주길 바라기도 했는데, 데이지는 그러지 않았죠. 데이지도 나를 사랑하고 있었으니까요. 데이지는 나를 유식한 사람으로 생각했는데, 자기가 모르는 걸 내가 알았기 때문이죠……. 음, 어쨌든 그렇게 나는 야망에서 완전히 멀어져 매 순간 더 깊은 사랑에 빠져들었고, 갑자기 야망 따위는 상관하지 않게 되었어요. 데이지에게 내가 앞으로 무슨 일을 할지 말해주며 더 즐거운 시간을 보낼 수 있는데, 대체 큰일을 하는 게 무슨 소용이었겠어요?"

그가 해외로 떠나기 전날 오후, 그는 데이지를 품에 안은 채 오랫동안 조용히 앉아 있었다. 추운 가을날이었다. 방에는 난롯불이 피워져 있었고 그녀의 뺨은 빨갛게 물들어 있었다. 이따금 그녀가 몸을 움직이면 그가 팔의 위치를 살짝 바꾸었고, 한번은 그가 그녀의 검고 빛나는 머리에 키스하기도 했다. 그날 오후는 한동안 그들을 평온하게 해주었다. 마치 다음 날 예정된 긴 이별을 위해 그들에게 깊은 추억을 안겨주기라도 하려는 것처럼. 그들이 서로 사랑한 한 달 동안, 그날 그녀의 입술이 그의 외투 어깨를 말없이 스쳤을 때나 그녀가 잠들어 있기라도 하듯 그가 그녀의 손가락 끝을 부드럽게 만졌을 때만큼 둘이 서로 가까웠거나 깊이 소통한 적은 한 번도 없었다.


그는 전쟁 중에 매우 비범한 능력을 드러냈다. 전선으로 투입되기 전에 이미 대위였고, 아르곤 전투 이후로는 소령이 되어 사단의 기관총 부대를 지휘했다. 휴전 이후로는 귀국하려고 정신없이 애썼지만 어떤 복잡한 문제나 오해로 인해 옥스퍼드로 보내지고 말았다. 그는 이제 걱정에 사로잡혀 있었다. 데이지가 보내오는 편지에 불안한 절망감이 묻어났던 것이다. 그녀는 왜 그가 돌아오지 못하는 것인지 이해하지 못했다. 주변의 압력을 느끼던 그녀로서는 그를 만나 그의 존재를 옆에서 느끼고 싶었고, 자신이 결국 옳은 일을 하고 있다는 확신을 얻고 싶었다.

데이지는 어렸고, 그녀의 인공적인 세계는 난초 향기와 유쾌하고 발랄한 속물의 냄새를 풍겼으며, 그해의 리듬을 결정하는 오케스트라는 인생의 슬픔과 인생이 암시하는 것을 새로운 선율로 압축해서 들려주고 있었기 때문이다. 밤새도록 색소폰이 〈빌 스트리트 블루스〉●의 절망적인 노랫말을 울부짖는 동안 수백 켤레의 금빛과 은빛 신발은 이리저리 움직이며 반짝이는 먼지를 일으켰다. 어둑해져서 차 마실 시간이 되면 방들은 늘 은은하고도 감미로운 열기로 끊임없이 고동쳤고, 무도회장 주변에는 새로운 얼굴들이 슬픈 트럼펫 소리에 날리는 장미 꽃잎처럼 여기저기 떠다녔다.

새로운 계절이 찾아오자 데이지는 또다시 이 황혼의 세계를 누비기 시작했다. 갑자기 하루에 대여섯 명의 남자와 대여섯 번 데이트하는 생활을 재개했고, 새벽이면 구슬 달린 시폰

● 1917년의 인기 곡.

이브닝드레스를 벗어 던져 침대 옆 바닥에서 시들어가는 난초와 뒤엉키게 내버려둔 채 꾸벅꾸벅 졸았다. 그러는 동안에도 그녀의 마음속에서는 이제 결정을 내려야 한다는 외침이 들려오고 있었다. 그녀는 자기 인생이 지금 당장 어떤 형태를 갖추기를 원했다. 그리고 그 결정은 어떤 힘으로, 그러니까 가까운 곳에 있는 사랑이나 돈, 의심의 여지가 없는 현실적 조건으로 이루어져야만 했다.

봄이 한창일 때 톰 뷰캐넌이 나타나면서 그 힘은 형태를 갖추었다. 그의 겉모습과 지위에는 온건한 무게감이 있었기에 데이지는 우쭐한 기분이 들었다. 분명 어떤 갈등과 안도감이 공존하는 상황이었다. 그 편지가 도착했을 때 개츠비는 여전히 옥스퍼드에 있었다.


이제 롱아일랜드에 날이 밝아왔고, 우리는 돌아다니며 아래층의 나머지 창문을 모두 열어 잿빛과 금빛으로 변하는 햇빛으로 집 안을 가득 채웠다. 갑자기 나무 한 그루의 그림자가 이슬에 드리워졌고, 푸른 나뭇잎 사이로 유령 같은 새들이 노래하기 시작했다. 공기 중에 거의 바람이라고도 할 수 없는 느리고 유쾌한 움직임이 일어나며 서늘하고 맑은 하루를 약속하고 있었다.

"데이지가 그자를 사랑했다고는 생각하지 않아요." 개츠비가 창문에서 돌아서며 내게 도전적인 눈길을 보냈다. "어제 오후에 데이지는 무척 흥분한 상태였다는 걸 기억해야만 합니다, 친구. 그자가 그런 이야기를 해서 데이지를 겁먹게 했어요. 내가 무슨 하찮은 사기꾼이라도 되는 양 말하면서 말이죠. 그래서 데이지는 자기가 무슨 말을 하는지도 모르게 된 거예요."

그는 음울한 표정으로 자리에 앉았다.

"물론 신혼 때는 그자를 아주 잠시 사랑했을지도 모르죠. 하지만 그때도 나를 더 사랑했어요. 아시겠습니까?"

갑자기 그가 기이한 말을 내뱉었다.

"어쨌든." 그가 말했다. "그건 개인적인 문제일 뿐이었어요."

그가 가늠할 수 없는 일에 대해 다소 과하게 집착한다고 의심해보는 것 외에 그 말을 달리 어떻게 이해할 수 있을까?

그가 프랑스에서 돌아왔을 때 톰과 데이지는 여전히 신혼여행 중이었고, 그래서 그는 군대에서 받고 남은 마지막 돈을 털어 비참하지만 저항할 수 없는 기분으로 루이빌로 떠났다. 그곳에 한 주 동안 머물며 그는 11월의 밤에 그녀와 함께 발소리를 내며 걸었던 거리를 다시 걸었고, 그녀의 하얀 차를 타고 갔던 외딴 장소들을 다시 찾았다. 데이지의 집이 늘 다른 집들보다 더 신비롭고 즐거워 보였던 것처럼, 비록 그녀는 떠나고 없을지라도 그 도시 자체에 대한 그의 느낌은 서글픈 아름다움으로 가득 차 있었다.

그는 더 열심히 찾았더라면 그녀를 찾을 수 있었을지도 모른다고 느끼며, 그녀를 뒤에 남겨두고 돌아서는 듯한 기분을 느끼며 그곳을 떠났다. 이제 땡전 한 푼 없는 그가 탄 보통 객차는 뜨거웠다. 그는 바깥이 뚫린 연결 통로로 가서 접이식 의자에 앉았다. 정거장이 미끄러지듯 지나가면서 낯선 건물들의 뒷모습이 하나둘 지나갔다. 그러고서 봄의 들판으로 나온 기차는 잠시 노란색 전차와 경주하듯 달렸다. 그 전차에는 언젠가 거리를 걷다가 우연히 그녀의 마법과도 같은 창백한 얼굴을 보았을지도 모를 사람들이 타 있었다.

선로가 구부러지면서 이제 기차는 태양에서 멀어지고 있었고, 태양은 점점 낮게 가라앉았으며 그녀가 살아 숨 쉬던 그 사라져가는 도시 위로 축복의 빛을 퍼뜨리는 듯했다. 그는 공기 한 줄기라도 잡아채려는 듯, 그녀로 인해 사랑스러웠던 그곳의 파편 하나라도 구해내려는 듯 필사적으로 손을 뻗었다. 하지만 그의 흐려진 눈으로 보기에는 이제 모든 게 너무 빨리 지나가고 있었고, 그는 그 도시에서 가장 생생하고 훌륭한 것을 영원히 잃어버리고 말았다는 사실을 깨달았다.

우리가 아침 식사를 마치고 현관으로 나왔을 때는 9시였다. 밤새 날씨가 급격히 변해 있었고 공기 중에 가을 기운이 완연했다. 개츠비의 예전 고용인 중 마지막으로 남은 사람인 정원사가 계단 밑으로 다가왔다.

"오늘 수영장 물을 뺄까 합니다, 개츠비 씨. 곧 낙엽이 지기 시작할 텐데, 그러면 늘 배수관에 문제가 생기거든요."

"오늘은 빼지 말게." 개츠비가 대답했다. 그가 변명이라도 하듯 나를 돌아보았다. "생각해보니 말이에요, 친구. 여름 내내 수영장을 한 번도 사용하지 못했군요?"

나는 내 시계를 쳐다보고는 자리에서 일어났다.

"기차 시간까지 십이 분밖에 안 남았네요."

나는 시내로 가고 싶지 않았다. 일이 손에 잡힐 만한 상태가 전혀 아니기도 했지만, 그보다는 개츠비를 남겨둔 채 떠나고 싶지 않았다. 나는 그 기차를 놓치고 그다음 기차도 놓친 후에야 그곳을 벗어날 수 있었다.

"전화할게요." 마침내 내가 말했다.

"그러세요, 친구."

"정오쯤에 전화하죠."

우리는 천천히 계단을 걸어 내려갔다.

"데이지도 전화할 겁니다." 그는 내가 이 말을 확증해주길 바라기라도 하듯 불안한 표정으로 나를 쳐다보았다.

"그럴 겁니다."

"그럼, 안녕히 가세요."

악수를 나눈 후 나는 그곳을 떠나기 시작했다. 그러다가 산울타리에 이르기 직전에 뭔가가 떠올라서 뒤돌아섰다.

"그 인간들은 다 썩어빠졌어요." 나는 잔디밭 너머로 외쳤다. "그 망할 인간들을 다 합쳐도 당신 한 사람만 못합니다."

그때 그 말을 한 것을 나는 지금까지도 다행으로 여긴다.

내가 그를 칭찬한 것은 그때가 유일한데, 처음부터 끝까지 그를 탐탁지 않게 여겼기 때문이다. 처음에 그는 정중하게 고개를 끄덕였고, 그러고는 다 이해한다는 듯이 환하게 빛나는 미소가 그의 얼굴에 퍼졌다. 마치 우리가 그 사실에 줄곧 한마음 한뜻이기라도 했던 것처럼 말이다. 그의 화려한 핑크색 정장이 흰색 계단을 배경으로 선명하게 튀었고, 그러자 석 달 전에 처음으로 그의 고풍스러운 집을 찾아갔던 그날 밤이 떠올랐다. 잔디밭과 진입로는 그가 부패한 짓을 저질렀다고 추측하는 자들의 얼굴로 넘쳐났었다. 그리고 그는 저 계단에 서서 자신의 부패하지 않는 꿈을 감춘 채 손을 흔들어 작별을 고하고 있었다.

나는 그의 환대에 감사를 표했다. 우리는 늘 그의 환대에 감사하고 있었다. 나도, 다른 사람들도.

"안녕히 계세요." 내가 외쳤다. "아침 잘 먹었어요, 개츠비."


뉴욕에서 나는 한동안 끝도 없는 증권시세표를 작성하느라 애쓰다가 회전의자에 앉은 채 잠이 들고 말았다. 정오 직전에 전화가 울리며 나를 깨웠다. 깜짝 놀라 일어나보니 이마에 땀이 흐르고 있었다. 조던 베이커였다. 그녀는 종종 이 시간에 전화를 걸었는데, 호텔과 클럽과 남의 집을 오가는 불확실한 일정 때문에 내가 그녀에게 연락할 다른 방법이 없었기 때문이다. 보통 전화선을 타고 들려오는 그녀의 목소리는 초록색 골프장에서 사무실 창문으로 날아 들어온 잔디 조각처럼 상쾌하고 시원했지만 그날 아침에는 귀에 거슬리고 건조하게 들렸다.

"데이지네 집에서 나왔어요." 그녀가 말했다. "지금은 헴프스테드에 있는데, 오늘 오후에는 사우샘프턴으로 내려가려고요."

데이지네 집에서 나온 것은 요령 있는 행동이었을지도 모르지만, 나는 그 행동에 짜증이 났고 그녀의 다음 말을 듣고는 머리가 굳어버렸다.

"어젯밤에는 내게 그리 다정하지 않더군요."

"그런 상황에서 그게 뭐가 그렇게 중요합니까?"

잠시 침묵. 그러고는 그녀가 말했다.

"하지만…… 그래도 당신이 보고 싶어요."

"나도 보고 싶군요."

"오늘 오후에 사우샘프턴에 가지 말고 시내로 갈까요?"

"아뇨…… 오늘 오후는 안 될 것 같아요."

"알겠어요."

"오늘 오후는 어렵겠어요. 아무래도 이런저런……."

우리는 그렇게 한동안 이야기를 나누다가 갑자기 말이 뚝 끊겼다. 우리 중 누가 날카로운 딸깍 소리와 함께 수화기를 내려놓았는지는 모르겠지만, 나는 상관하지 않았다. 이 세상에서 다시는 그녀와 이야기할 수 없게 된다 하더라도 그날 그녀와 티 테이블을 사이에 두고 떠들 수는 없었다.

　몇 분 후 나는 개츠비네 집에 전화를 걸었지만 통화 중이었다. 세 번 더 걸어보았다. 마침내 격분한 전화교환원이 알려주길, 그 전화선은 디트로이트에서 걸려 오는 장거리전화를 기다리는 중이라고 했다. 나는 기차 시간표를 꺼내 3시 50분 기차에 작은 동그라미를 쳤다. 그러고는 의자에 등을 기댄 채 생각을 해보려 애썼다. 그때가 딱 정오였다.

　그날 아침 기차가 재의 골짜기를 지날 때 나는 일부러 객차의 반대편에 앉아 있었다. 그곳에는 하루 종일 호기심 많은 군중이 모여 있을 것이었다. 어린 남자애들은 먼지 속에서 검은 얼룩을 찾고 있을 것이고, 어떤 수다쟁이 남자는 무슨 일이 일어났는지 계속 떠들다가 마침내 그 사건이 자신에게도 점점 더 비현실적으로 느껴져서 더 이상 이야기를 할 수 없는 지경에 이를 것이고, 머틀 윌슨의 비극적인 상중 문표(紋標)도 잊히고 말 것이었다. 이제 시간을 조금 거슬러 올라가서 전날 밤 우리가 정비소를 떠난 후 그곳에서 무슨 일이 일어났는지 말해야 할 것 같다.

　사람들은 머틀의 여동생 캐서린이 있는 곳을 찾느라 어려움을 겪었다. 그날 밤 그녀는 금주 규칙을 어긴 게 분명한데, 현장에 도착했을 때는 곤드레만드레 취해서 구급차가 이미 플러싱•으로 떠났다는 말도 이해하지 못했기 때문이다. 사람들이 그 사실을 납득시켜주자 그녀는 곧장 졸도해버렸다. 마치 구급차가 떠난 게 그 사건에서 가장 견딜 수 없는 부분이라도 된다는 것처럼 말이다. 친절을 베풀기 위해서인지 호기심 때문인지 누군가가 그녀를 자기 차에 태우고 언니의 시신이 간 길을 따라가주었다.

자정을 한참 넘긴 시간까지 새로운 군중이 정비소 앞으로 몰려들었고, 그동안 조지 윌슨은 안쪽 소파에 앉아 몸을 앞뒤로 흔들고 있었다. 한동안 사무실 문은 열려 있었고, 정비소에 들어온 사람은 누구든 그 모습을 흘낏 쳐다볼 수밖에 없었다. 마침내 누군가가 창피한 줄도 모르냐며 문을 닫았다. 미카엘리스와 몇몇 다른 사람이 윌슨과 함께 있었다. 처음에는 네다섯 명이었고, 나중에는 두세 명이었다. 시간이 더 흐르자 미카엘리스는 마지막으로 남은 낯선 사람에게 십오 분만 기다려달라고 부탁하고는 자기 가게로 돌아가서 커피 한 주전자를 끓여 왔다. 그러고는 그곳에서 새벽까지 윌슨과 단둘이 있었다.

3시쯤 되자 윌슨의 잘 알아들을 수 없는 중얼거림에도 변화가 일어났다. 좀 더 침착해진 그는 노란색 차에 대해 말하기 시작했다. 그는 그 노란색 차가 누구의 것인지 알아낼 방법이 있다고 단언하더니 한두 달 전에 자기 아내가 얼굴이

---

멍들고 코가 부어오른 채 뉴욕에서 돌아온 적이 있다는 말을 불쑥 꺼냈다.

하지만 그는 자기가 꺼낸 말에 움찔하더니 또다시 신음하는 목소리로 "오, 맙소사!" 하고 외치기 시작했다. 미카엘리스는 어설프게나마 그의 주의를 딴 데로 돌리려 애썼다.

"결혼한 지 얼마나 오래됐죠, 조지? 어서요, 잠시라도 가만히 앉아서 내 질문에 한번 대답해봐요. 결혼한 지 얼마나 오래됐죠?"

"12년."

"아이는 없고요? 어서요, 조지, 가만히 앉아 있어요……. 내가 물었잖아요. 아이는 없어요?"

딱딱한 갈색 풍뎅이들이 흐릿한 전등에 계속 몸을 부딪치고 있었고, 바깥 도로에서 차가 질주하는 소리가 들릴 때마다 미카엘리스는 몇 시간 전에 멈추지 않고 지나간 그 차의 소리가 귓가에 울리는 듯했다. 그는 정비소 안으로 들어가고 싶지 않았다. 시신이 놓여 있던 작업대가 피로 얼룩져 있었기 때문이다. 그래서 사무실 안을 불편한 마음으로 서성거렸고, 아침이 되었을 때는 그곳에 무슨 물건이 있는지 모두 알게 되었다. 그런 와중에 이따금 윌슨 옆에 앉아 그를 더 진정시키려 애썼다.

"가끔 나가는 교회라도 있어요, 조지? 오랫동안 나가지 않은 교회라도 있을 거 아니에요? 내가 교회에 전화해서 목사

님을 불러오면 함께 이야기를 나눌 수도 있을 텐데 말이에요.
안 그래요?"

"교회는 안 다녀."

"이런 때를 위해서라도 교회에 다녀야죠, 조지. 교회에 한
번은 갔을 게 분명해요. 교회에서 결혼하지 않았나요? 들어봐
요, 조지, 내 말 좀 들어봐요. 교회에서 결혼하지 않았나요?"

"아주 오래전 일이지."

대답하려고 노력하느라 몸을 흔들며 타던 리듬이 깨져버렸
다. 잠시 그는 말이 없었다. 그러고는 반쯤은 알고 반쯤은 혼란
스러워하는 예의 그 표정이 희미한 눈동자에 돌아왔다.

"그쪽 서랍 안을 살펴봐." 그가 책상을 가리키며 말했다.

"어떤 서랍이요?"

"저 서랍. 그거."

미카엘리스는 가장 가까운 서랍을 열었다. 그 안에는 가죽
과 은실을 꼬아서 만든 작고 값비싼 개줄 말고는 아무것도
없었다. 보아하니 새것이었다.

"이거요?" 그가 개줄을 든 채 물었다.

윌슨이 쳐다보고는 고개를 끄덕였다.

"어제 오후에 발견했어. 마누라는 뭐라 뭐라 설명하려 했지
만, 나는 그게 어딘가 수상쩍은 물건이라는 걸 알았지."

"그러니까 부인이 그걸 샀다는 말인가요?"

"티슈페이퍼로 싸서 옷장 위에 두었더군."

미카엘리스는 그것이 전혀 이상하다고 생각하지 않았다. 그래서 윌슨에게 그의 아내가 개줄을 살 만한 이유를 십여 개나 말해주었다. 하지만 윌슨은 머틀에게서 비슷한 변명을 들은 적이 있는 모양인지 또다시 "오, 맙소사!" 하고 속삭이듯 말하기 시작했다. 미카엘리스가 더 해주려던 위안의 말 몇 가지는 입안으로 쑥 기어 들어가고 말았다.

　"그렇다면 그놈이 마누라를 죽인 거야." 윌슨이 말했다. 그의 입이 갑자기 딱 벌어졌다.

　"누가 그랬다고요?"

　"찾아낼 방법이 있지."

　"당신은 병적인 상태예요, 조지." 그의 친구가 말했다. "중압감이 너무 커서 자기가 무슨 말을 하는지도 모르는 상태라고요. 아침까지는 가만히 앉아 있는 게 좋겠어요."

　"그놈이 마누라를 죽인 거야."

　"그건 사고였어요, 조지."

　윌슨은 고개를 가로저었다. 그러고는 눈을 가늘게 뜨고 입을 살짝 벌렸는데, 자기가 더 잘 안다는 듯이 내는 "흠!" 하는 소리가 들리는 듯했다.

　"나는 알아." 그가 확실히 말했다. "나는 사람을 잘 믿는 편이고 **누구**에게도 해를 끼칠 생각을 하지 못하지만 일단 뭔가를 알게 되면 확실히 알지. 그건 그 차에 타고 있던 놈의 짓이야. 마누라는 그놈에게 말을 걸려고 뛰쳐나갔는데 그놈이 멈추질 않은 거지."

미카엘리스도 그 장면을 목격했지만 거기에 특별한 의미가 있다는 생각은 들지 않았다. 그는 윌슨 부인이 어떤 특정한 차를 세우려 했다기보다는 남편에게서 도망치고 있는 거라고 생각했다.

"부인이 왜 그런 거죠?"

"도통 알 수 없는 여자니까." 윌슨은 마치 그게 질문에 대한 대답이라도 된다는 듯이 말했다. "아아아……."

그는 다시 몸을 흔들기 시작했고, 미카엘리스는 손에 든 개 줄을 꼬면서 서 있었다.

"내가 전화로 연락해서 불러줄 친구 몇 명은 있겠죠, 조지?"

그것은 허망한 바람이었다. 윌슨에게는 친구가 한 명도 없다는 게 거의 확실했다. 아내 하나 만족시키지 못하는 사람이었으니까. 얼마 후 창문이 빠르게 푸른빛으로 물들며 방 안에 변화가 일어나자, 미카엘리스는 새벽이 머지않았음을 깨닫고 기뻐했다. 5시쯤 되자 전등을 꺼도 될 만큼 바깥이 푸르게 변했다.

윌슨의 멍한 시선이 재의 골짜기 쪽으로 향했다. 작은 잿빛 구름들이 환상적인 형태를 취한 채 희미한 새벽바람에 이리저리 흩날리고 있었다.

"내가 마누라한테 말했지." 긴 침묵 끝에 그가 중얼거렸다. "나는 속일 수 있을지 몰라도 하느님은 못 속인다고. 나는 마누라를 창가로 끌고 갔어." 그는 간신히 자리에서 일어나 뒤쪽 창문으로 걸어가더니 얼굴을 창문에 붙인 채 기대섰다. "그러고는 이렇게 말했지. '네가 무슨 짓을 하고 다니는지 하느님은 알고 계셔. 전부 다 아신다고. 나는 속일 수 있을지 몰라도 하느님은 못 속여!'"

윌슨 뒤에 서 있던 미카엘리스는 윌슨이 닥터 T. J. 에클버그의 두 눈을 바라보고 있는 것을 보고 충격을 받았다. 그 두 눈은 사라지는 밤 속에서 이제 막 그 창백하고 거대한 모습을 드러낸 터였다.

"하느님은 모든 걸 보시지." 윌슨이 거듭 말했다.

"저건 광고판이에요." 미카엘리스가 그를 납득시키려 애쓰며 말했다. 무슨 이유에선지 그는 창문 쪽에서 고개를 돌려 방안을 살펴보았다. 하지만 윌슨은 얼굴을 창유리에 붙인 채 오랫동안 거기 기대서서 황혼 쪽으로 고개를 끄덕이고 있었다.

6시가 되자 미카엘리스는 몹시 지쳤고, 그래서 바깥에서 차가 멈추는 소리가 들려오자 반가운 마음이 들었다. 돌아오겠다고 약속한 간밤의 불침번 중 한 명이었다. 그래서 그는 세 사람이 먹을 아침 식사를 만들었지만 결국 먹은 사람은 미카엘리스와 그 사람뿐이었다. 윌슨은 이제 더 침착해졌고, 미카엘리스는 잠을 자러 집으로 돌아갔다. 네 시간 후 깨어나 급히 정비소로 돌아가보니 윌슨은 사라지고 없었다.

윌슨은 줄곧 걸어 다녔다. 나중에 이동 경로를 추적해보니 루스벨트항으로 갔다가 개즈힐로 가서 샌드위치 한 개를 샀지만 먹지 않았고 커피 한 잔만 마셨다. 피곤해서 천천히 걸은 게 분명한데, 정오가 지나서야 개즈힐에 도착했기 때문이다. 여기까지는 그가 뭘 하며 시간을 보냈는지 설명하는 데 어려움이 없었다. "미친 것처럼 구는" 남자를 봤다는 소년들도 있었고, 그가 도로변에서 자신을 기이한 시선으로 쳐다봤다는 운전자들도 있었다. 그런데 그다음 세 시간 동안은 행적이 묘연했다. 그가 미카엘리스에게 "찾아낼 방법이 있지"라고 말한 것을 실마리로 삼은 경찰은 그가 그 근처의 정비소를 하나씩 찾아다니며 노란색 차에 대해 물었을 거라고 추측했다. 하지만 그를 봤다는 정비소 사람은 한 명도 나타나지 않았다. 아마 그에게는 자신이 알고 싶어 하는 것을 알아낼 더 쉽고 확실한 방법이 있었던 것 같다. 2시 30분이 되었을 때 그는 웨스트에그에서 누군가에게 개츠비네 집으로 가는 길을 묻고 있었다. 그러니 그때쯤 개츠비라는 이름을 알고 있었던 것이다.

2시에 개츠비는 수영복으로 갈아입고서 누구든 전화하면 수영장으로 알려달라는 말을 집사에게 전했다. 그는 여름 동안 손님들을 즐겁게 해주었던 에어 매트리스를 가지러 차고에 들렀고, 운전기사는 매트리스에 공기를 넣는 것을 도와주었다. 그러고서 개츠비는 무슨 일이 있어도 오픈카를 밖으로 꺼내지 말라는 지시를 내렸다. 이상한 지시였는데, 앞쪽 우측 펜더는 수리가 필요한 상황이었기 때문이다.

개츠비는 매트리스를 어깨에 지고 수영장으로 향했다. 그러다가 한 번 멈춰 서서 매트리스 위치를 살짝 조정했고, 운전기사가 도움이 필요한지 물었지만 고개를 내젓고는 얼마 안 있어 노랗게 물들어가는 나무들 사이로 모습을 감추었다.

전화는 한 통도 걸려 오지 않았지만 집사는 낮잠도 자지 않고 4시까지 기다렸다. 전화가 걸려 왔더라도 받을 사람은 이미 없어진 지 오래일 때까지. 개츠비 자신도 전화가 걸려 오리라고는 생각하지 않았던 것 같고, 어쩌면 더는 신경 쓰지 않았는지도 모른다. 만일 그게 사실이라면 그는 그 옛날의 따스한 세계를 이미 잃어버렸다고, 단 하나의 꿈을 품고 너무 긴 세월을 보낸 것에 대해 막대한 대가를 치렀다고 느꼈을 게 분명하다. 장미 한 송이가 얼마나 기괴한 것인지, 이제 막 생겨나기 시작한 풀밭에 떨어지는 햇살이 얼마나 노골적인 것인지 깨달았을 때, 그는 섬뜩한 나뭇잎 사이로 낯선 하늘을 올려다보며 몸을 떨었을 게 분명하다. 새로운 세계, 실재하지 않으면서도 물질적인 세계, 가련한 유령들이 꿈을 공기처럼 들이마시는 세계가 어쩌다 주위를 떠다니고 있었다……. 무질서한 형태의 나무들 사이로 그를 향해 미끄러지듯 다가오는 그 잿빛의 비현실적 형체처럼.

울프샤임의 부하 중 한 명이었던 운전기사가 총소리를 들었다. 나중에 그는 그 소리를 대수롭지 않게 생각했다고 말할 뿐이었다. 나는 기차역에서 곧장 개츠비네 집으로 차를 몰았다. 그러고서 내가 불안해하며 현관 계단을 급히 뛰어 올라가자 그제야 사람들은 뭔가 잘못됐다는 사실을 안 듯했다. 하지만 그때쯤 그들은 이미 알고 있었으리라고 나는 확신한다. 운전기사와 집사와 정원사와 나, 이렇게 우리 넷은 거의 한마디도 하지 않고 급히 수영장으로 내려갔다.

한쪽 배수구에서 새로 들어온 물이 다른 쪽 배수구로 서둘러 흘러가는 동안 수영장 물은 거의 인지할 수 없을 만큼 미미하게 움직이고 있었다. 물결의 흔적이라고도 할 수 없는 미약한 잔물결에 개츠비를 태운 매트리스가 수영장 아래로 불규칙하게 떠가고 있었다. 수면에 물결조차 일으키지 못할 한 줄기의 약한 바람도 뜻하지 않은 짐을 실은 매트리스의 뜻하지 않은 진로를 방해하기에 충분했다. 매트리스는 한데 모여 있는 나뭇잎에 닿자 측량기의 다리처럼 천천히 돌며 수면에 붉그스름한 원을 그렸다.

우리가 개츠비의 시신을 집으로 옮기기 시작한 후에야 정원사는 조금 떨어진 풀밭에서 윌슨의 시신을 발견했다. 그렇게 유혈참극은 막을 내렸다.

제9장

그로부터 2년이 지난 지금, 그날의 나머지 시간과 그날 밤, 그리고 그 이튿날을 떠올려보면 경찰과 사진기자와 신문기자 들이 개츠비네 집 현관문을 끊임없이 드나들던 것밖에 기억나지 않는다. 정문에 밧줄을 쳐놓고 경찰관 한 명이 그 옆에서 구경꾼의 출입을 막았지만, 어린 남자애들은 곧 우리 집 마당을 통해 그 집으로 들어갈 수 있다는 사실을 알아냈다. 그래서 수영장 주위에는 늘 남자애들 몇 명이 모여 입을 떡 벌리고 있었다. 그날 오후 아마 형사인 듯한 누군가가 윌슨의 시신을 내려다보며 분명한 어조로 '미치광이'라는 표현을 사용했는데, 우발적으로 권위를 획득한 그의 목소리가 그 이튿날 조간신문의 기조를 결정했다.

그 기사들 대부분은 끔찍할 만큼 터무니없었고, 형편에 따라 이리저리 둘러대는 수준이었으며, 열광적이고도 허위투성이였다. 검시 때 미카엘리스가 한 증언으로 윌슨이 아내를 의심했다는 사실이 드러났을 때, 나는 사건 전체가 곧 선정적이고 풍자적인 색채를 띠게 될 거라고 생각했다. 하지만 뭔가 할 말이 있었을 캐서린은 단 한마디도 하지 않았다. 그녀는 그 일과 관련해 놀라울 만큼 엄청난 성격을 드러내기도 했다. 고쳐 그린 눈썹 아래로 드러난 단호한 눈빛으로 검시관을 쳐다보며, 언니는 개츠비를 한 번도 만난 적이 없고, 남편과는 더할 나위 없이 행복하게 지냈으며, 그동안 그 어떤 나쁜 짓도 저지른 적이 없다고 맹세한 것이다. 그녀는 자기가 한 말에 완전히 설득된 나머지 그런 의혹이 제기되는 것 자체를 견딜 수 없다는 듯 손수건에 얼굴을 묻고 울음을 터뜨렸다. 그리하여 윌슨은 '슬픔에 정신이 나갔던' 사람으로 격하되었고, 사건은 가장 단순한 형태로 정리되었다. 그리고 지금도 그렇게 남아 있다.

하지만 이런 부분은 사실과 동떨어져 있고 본질과도 무관해 보였다. 나는 개츠비 편이었는데, 그런 사람은 나뿐이었다. 그 대참사 소식을 웨스트에그 빌리지에 전화로 알려준 순간부터 개츠비에 대한 모든 억측과 모든 현실적 질문에 대한 답은 나의 몫이 되고 말았다. 처음에는 그 상황이 놀랍고 혼란스럽기만 했다. 그러다가 개츠비가 자기 집에 누운 채 움직이거나 숨을 쉬거나 말하지 않는 시간이 이어짐에 따라 내가 책임을 져야 한다는 생각이 들었는데, 나 말고는 그 누구도

관심을 보이지 않았기 때문이다. 관심, 그러니까 모두가 최후의 순간에 어느 정도 마땅히 받을 권리를 지니는 그런 강렬한 개인적 관심 말이다.

개츠비가 발견된 지 삼십 분이 지난 후 나는 데이지에게 전화를 걸었다. 본능적으로 아무 망설임 없이 건 전화였다. 하지만 데이지와 톰은 이미 그날 오후 일찍 떠났고, 짐까지 들고 갔다고 했다.

"가는 곳 주소를 남기지 않았나요?"

"네."

"언제 돌아올 거라는 말은요?"

"없었습니다."

"어디 있을지 짐작되는 곳이라도 있나요? 어떻게 하면 연락할 수 있을까요?"

"모르겠습니다. 말씀드릴 수가 없군요."

나는 개츠비를 위해 누군가를 데려오고 싶었다. 그가 누워 있는 방으로 들어가서 그를 이렇게 안심시키고 싶었다. '내가 누군가를 데려올게요, 개츠비. 걱정하지 말아요. 그냥 나만 믿어요. 내가 당신을 위해 누구든 데려올 테니……'

마이어 울프샤임의 이름은 전화번호부에 없었다. 집사가 브로드웨이에 있는 울프샤임의 사무실 주소를 알려주었고, 나는 전화번호 안내 서비스에 전화를 걸어 사무실 전화를 알아냈다. 하지만 그때는 이미 5시가 훨씬 지난 시간이라 아무도 전화를 받지 않았다.

"다시 연결해주시겠습니까?"

"이미 세 번이나 걸었는걸요."

"무척 중요한 일이라서요."

"죄송합니다. 아무도 없는 모양이네요."

나는 응접실로 돌아갔다. 공무를 수행하느라 그곳을 갑자기 채운 그 모든 사람은 우연히 들른 방문객일 뿐이라는 생각이 잠시 들었다. 하지만 그들이 시트를 걷고 충격을 받은 눈빛으로 개츠비를 쳐다보았음에도 그가 항의하는 소리가 내 머릿속에서 끊이질 않았다.

'이봐요, 친구. 나를 위해 누군가를 데려와줘요. 좀 열심히 애써봐요. 나 혼자서는 견디기가 힘들군요.'

누군가가 내게 질문을 해대기 시작했지만 나는 뿌리치고 위층으로 올라가 그의 책상에서 잠겨 있지 않은 서랍을 급히 뒤져보았다. 그는 자기 부모님이 돌아가셨다고 분명히 말한 적이 한 번도 없었다. 하지만 서랍에는 아무것도 없었다. 오직 망각된 폭력의 징표인 댄 코디의 사진만이 벽에서 가만히 내려다보고 있을 뿐이었다.

이튿날 아침 나는 울프샤임에게 쓴 편지를 집사에게 줘서 뉴욕으로 보냈다. 필요한 정보를 물어보는 한편 다음 기차로 급히 와달라고 재촉하는 내용이었다. 편지를 쓰면서도 불필요한 요청이라는 생각이 들었다. 데이지가 정오 전에 전보를 보낼 거라고 확신했던 것처럼, 울프샤임도 신문을 보자마자 출발할 거라는 확신이 들었기 때문이다. 하지만 전보도, 울프샤임 씨도 오지 않았다. 더 많은 경찰과 사진기자와 신문기자 말고는 아무도 오지 않았다. 집사가 울프샤임의 답장을 가지고 돌아왔을 때 나는 그들 모두에 대한 반항심이 들기 시작하면서 개츠비와 나 사이에 냉소적인 연대감이 생겨나는 것을 느꼈다.

친애하는 캐러웨이 씨. 이번 일은 내가 살면서 겪은 가장 끔찍하고도 충격적인 일 중 하나여서 그게 사실이라는 것조차 믿을 수 없을 지경이오. 그 남자가 저지른 그런 미친 행동은 우리 모두에게 많은 생각을 해보게 하는군요. 나는 지금 아주 중요한 일로 발이 묶인 처지라 가볼 수가 없고, 지금으로서는 이 일에 관여할 수도 없소. 만일 나중에라도 내가 할 수 있는 일이 생기면 에드거를 통해 편지로 알려주시오. 이런 소식을 듣고 나면 내가 어디 있는지도 모를 지경이 되어 완전히 녹다운 상태가 되고 만다오.

그럼 이만 줄이며,

마이어 울프샤임

그 아래에는 급히 쓴 추신이 달려 있었다.

장례식 등 일정 알려주시오. 그의 가족에 대해서는 전혀 아
는 바 없소.


그날 오후 전화벨이 울리고 장거리전화 교환원이 시카고에
서 걸려 온 전화라고 말했을 때, 나는 마침내 데이지가 전화
를 걸었다고 생각했다. 하지만 전화기 너머로 들려온 것은 아
주 가늘고 감이 먼 어느 남자의 목소리였다.

"슬래글입니다……."

"네?" 생소한 이름이었다.

"놀라운 소식이죠. 안 그래요? 내가 보낸 전보 받았나요?"

"전보는 받은 게 없는데."

"파크 녀석이 곤경에 빠졌어요." 그가 재빨리 말했다. "장외
시장에서 채권을 넘기다 걸렸습니다. 그들이 바로 오 분 전
에 뉴욕에서 채권 번호를 알려주는 회람을 받은 거죠. 그거에
대해 뭐 아는 거 있어요? 이런 촌 동네에서는 알 수가 없어
서……."

"여보세요!" 내가 숨도 안 쉬고 끼어들었다. "이봐요, 나는
개츠비가 아닙니다. 개츠비 씨는 죽었어요."

전화선 너머로 긴 침묵이 흐르더니 뒤이어 외침이 들려왔
고…… 그러고는 짧게 투덜대는 소리와 함께 전화가 끊겼다.


미네소타주의 어느 마을에서 "헨리 C. 개츠"라고 서명된 전

보가 도착한 것은 개츠비가 죽은 지 사흘째 되는 날이었던 것 같다. 전보에는 발신인이 당장 출발할 예정이니 도착할 때까지 장례식을 연기해달라고만 적혀 있었다.

그는 개츠비의 아버지였다. 그 근엄한 노인은 크게 낙담한 채 어찌할 바를 몰랐고, 따뜻한 9월인데도 긴 싸구려 얼스터 외투로 몸을 둘러싸고 있었다. 몹시 흥분한 나머지 끊임없이 눈물을 쏟았고, 내가 손에서 가방과 우산을 받아 들자 그 손으로 성긴 잿빛 턱수염을 쉴 새 없이 쓸어내렸기에 외투를 벗기느라 애를 먹었다. 그는 금방이라도 쓰러질 듯했고, 그래서 나는 그를 음악실로 데려가 앉히고는 사람을 보내 뭔가 먹을 것을 가져오게 했다. 하지만 그는 먹으려 하지 않았고, 손을 너무 떠는 바람에 손에 든 잔에서 우유를 흘렸다.

"시카고 신문에서 보았소." 그가 말했다. "시카고의 모든 신문에 실렸더군. 보자마자 곧장 출발했다오."

"연락드릴 방법이 없었습니다."

그는 특별히 보는 것 없이 방 안 이곳저곳을 끊임없이 두리번거렸다.

"미치광이 짓이었다지." 그가 말했다. "미치광이가 틀림없소."

"커피 좀 드시겠습니까?" 내가 그에게 권했다.

"전혀 생각 없소. 이제는 괜찮아요. 성함이……."

"캐러웨이입니다."

"음, 이제는 괜찮아요. 지미는 어디 있소?"

나는 그의 아들이 누워 있는 응접실로 그를 데려가서 거기 남겨두고 나왔다. 몇몇 어린 남자애가 계단을 올라와서 홀 안을 들여다보고 있었다. 도착한 사람이 누구인지 말해주자 그들은 마지못해하며 자리를 떴다.

잠시 후 개츠 씨가 문을 열고 나왔다. 입은 조금 벌어져 있었고, 얼굴은 살짝 상기되어 있었으며, 눈에서는 산발적이고 불규칙적으로 눈물이 흘러나왔다. 그는 이제 죽음이 섬뜩하고 놀랍게 다가오지 않을 나이에 이르러 있었다. 이제 처음으로 주위를 둘러보던 그는 높고 화려한 홀과 다른 방들로 연결된 커다란 방들을 보았고, 그러자 그의 슬픔에는 경외감에 가까운 자부심이 섞여 들기 시작했다. 나는 그가 2층 침실로 올라가는 것을 도와주었다. 그가 외투와 조끼를 벗는 동안 나는 그가 올 때까지 모든 장례 절차를 미뤄두었다고 말했다.

"어떻게 하길 원하실지 몰라서요, 개츠비 씨……."

"내 이름은 개츠요."

"……개츠 씨. 시신을 서부로 가져가길 원하실지도 모른다고 생각했습니다."

그가 고개를 가로저었다.

"지미는 언제나 동부를 더 좋아했지. 출세한 곳도 동부였고. 당신은 우리 아들의 친구였소?"

"친한 친구였죠."

"알다시피 앞날이 밝은 아이였소. 나이가 어린데도 머리 회전이 아주 빨랐지."

그가 인상적인 손동작으로 머리를 두드렸고, 나는 고개를 끄덕였다.

"살아 있었으면 큰 인물이 되었을 거요. 제임스 J. 힐● 같은 사람 말이오. 이 나라의 발전에 보탬이 되었을 테지."

"맞습니다." 나는 거북해하며 말했다.

그는 수놓은 침대보를 만지작거리며 침대에서 벗겨내려 애쓰다가 뻣뻣한 자세로 드러누워버렸다. 그러고는 곧장 잠이 들었다.

그날 밤 겁먹은 게 분명한 사람이 전화를 걸었는데, 자기 이름을 밝히기도 전에 내 이름이 뭐냐고 물었다.

"캐러웨이입니다." 내가 말했다.

"아!" 안도하는 목소리가 들려왔다. "저는 클립스프링어입니다."

나도 안도했는데, 개츠비의 무덤에 와줄 친구가 한 명 더 늘어난 것 같았기 때문이다. 나는 신문에 부고를 내서 구경꾼을 잔뜩 끌어들이고 싶지 않았기에 몇몇 사람에게만 개인적으로 전화 연락을 하고 있었다. 그러나 와줄 사람을 찾기란 쉽지 않았다.

"내일이 장례식입니다." 내가 말했다. "3시에 바로 이 집에

---

● '제국의 건설자'라고 불린 미국의 철도 재벌 제임스 J. 힐(1838~1916).

서요. 주위에 오실 만한 분들이 있으면 좀 알려주세요."

"아, 그러도록 하죠." 그가 급히 말했다. "물론 누군가를 만날 것 같지는 않지만, 만나게 되면 꼭 알리겠습니다."

어딘가 의심스러운 말투였다.

"당신은 당연히 오시겠죠."

"음, 그러도록 해야겠죠. 제가 전화한 이유는……."

"잠깐만요." 내가 끼어들었다. "확실히 온다고 말해주시면 어떨까요?"

"글쎄요, 실은…… 사실대로 말씀드리면 저는 지금 그리니치에서 어떤 사람들과 머물고 있는데, 그 사람들이 내일 저와 함께 있고 싶어 해서요. 실은 함께 피크닉 같은 걸 가기로 했습니다. 물론 빠져나오려고 최선을 다해보긴 하겠지만요."

나는 거리낌 없이 "흥!" 하는 소리를 내뱉었는데, 초조하게 말을 이은 것으로 봐서 그도 그 소리를 들은 게 분명했다.

"제가 전화한 이유는 그곳에 두고 온 신발 한 켤레 때문입니다. 혹시 너무 큰 폐가 안 된다면 집사를 시켜서 신발을 보내주실 수 있을까 해서 말이죠. 테니스화인데, 그게 없으면 저는 좀 안절부절못하는 상태가 돼서요. 받을 사람 이름은 B. F. ……."

나는 이름을 다 듣지 못했는데, 곧장 수화기를 내려놓았기 때문이다.

그 후 나는 개츠비에게 어떤 안타까움을 느꼈다. 내 전화를 받은 한 신사는 개츠비가 그렇게 된 것이 자업자득이라는 뜻을 넌지시 비쳤다. 하지만 그것은 내 불찰이었는데, 그는 개츠비가 준 술을 마시고 그 술기운으로 개츠비를 가장 지독하게 조롱하던 사람 중 하나였기 때문이다. 그에게 전화할 생각은 하지도 말았어야 했다.

장례식 날 아침에 나는 마이어 울프샤임을 만나러 뉴욕으로 갔다. 그와 연락을 취하려면 그 방법밖에 없는 듯했다. 엘리베이터 보이가 알려준 대로 '스와스티카• 지주회사'라는 간판이 달린 문을 밀고 들어갔는데, 처음에는 안에 아무도 없는 것 같았다. 하지만 내가 "아무도 안 계십니까" 하고 몇 차례 헛되이 외치자 칸막이 뒤에서 갑자기 말다툼이 벌어졌고, 이내 매력적인 유대인 여자가 안쪽 문에서 나타나더니 적의를 품은 까만 눈으로 나를 뚫어지게 쳐다보았다.

"안에는 아무도 없어요." 그녀가 말했다. "울프샤임 씨는 시카고에 가셨어요."

적어도 첫 번째 말은 분명 거짓이었는데, 안에서 누군가가 〈로저리〉••를 음정도 맞지 않게 휘파람으로 불고 있었기 때

---

• 인도에서 유래된 길상(吉祥)의 징표로, 1920년대 당시에는 독일 나치와 무관하게 사용되었다.

•• 1898년에 에설버트 네빈(1862~1901)이 작곡한 곡으로, 세기의 전환기에 크게 히트했다. '로저리'는 '묵주'를 뜻한다.

문이다.

"캐러웨이가 뵙고 싶어 한다고 전해주세요."

"제가 그분을 시카고에서 모셔 올 수는 없는 노릇이잖아요. 안 그래요?"

바로 그 순간 문 저쪽 편에서 "스텔라!" 하고 외치는 소리가 들렸는데, 틀림없는 울프샤임의 목소리였다.

"책상에 명함을 두고 가세요." 그녀가 재빨리 말했다. "돌아오시면 전해드릴게요."

"하지만 분명 안에 계시잖아요."

그녀가 한 걸음 다가오더니 분개하며 두 손으로 허리께를 비비기 시작했다.

"당신 같은 젊은이들은 밀어붙이기만 하면 언제든 마음대로 여기 들어올 수 있다고 생각하는 모양인데." 그녀가 꾸짖었다. "그런 태도에는 이제 진절머리가 나요. 내가 시카고에 계신다고 하면 시카고에 계신 거예요."

나는 개츠비를 언급했다.

"아아!" 그녀가 나를 다시 훑어보았다. "그러면 잠깐만…… 성함이 뭐라고 하셨죠?"

그녀가 사라졌다. 곧이어 마이어 울프샤임이 문간에 나타나더니 근엄하게 선 채 두 손을 내밀었다. 그는 경건한 목소리로 우리 모두에게 슬픈 시기라고 말하며 나를 사무실로 끌고 들어가서는 내게 시가를 권했다.

"그를 처음 만났을 때가 기억나는군." 그가 말했다. "그때 그는 갓 제대한 젊은 소령이었는데, 전쟁 때 받은 훈장으로 온몸을 뒤덮고 있었지. 돈에 너무 쪼들려서 계속 군복만 입어야 하는 처지였소. 사복을 사 입을 만한 형편이 못 됐으니까. 내가 그를 처음 본 것은 43번가에 있는 와인브레너 당구장에 와서 일자리를 부탁했을 때요. 이틀 동안 아무것도 먹지 못한 상태더군. '가서 나랑 점심이나 먹읍시다.' 내가 말했소. 그는 삼십 분 만에 4달러어치도 넘는 음식을 먹어치웠지."

"그가 사업을 시작하도록 한 게 당신이었나요?" 내가 물었다.

"시작하게 한 정도가 아니지! 내가 그를 만든 거나 다름없소."

"아."

"아무것도 가진 게 없는 그를 내가 시궁창에서 구해 기른 거요. 나는 그가 신사다운 호감형 청년임을 곧장 알아보았고, 오그스퍼드 출신이라는 말을 듣자 쓸모 있는 친구라는 생각이 들었지. 그래서 미국 재향군인회에 가입시켰고, 그는 한때 그곳에서 높은 자리에 오르기도 했소. 그는 곧장 올버니에 이르는 지역을 담당하며 내 의뢰인을 위해 일하기 시작했지. 우리는 매사에 그렇게 아주 친밀한 관계였소." 그가 구근처럼 둥글납작한 손가락 두 개를 들어 올렸다. "늘 함께였지."

나는 이런 동업자 관계가 1919년의 월드 시리즈 조작 사건 때도 이어졌는지 궁금했다.

"이제 그는 죽었습니다." 잠시 후 내가 말했다. "당신은 그의 가장 친한 친구였으니 오늘 오후에 있을 그의 장례식에 당연히 참석하시겠지요."

"나도 가고 싶소."

"그럼 오십시오."

그의 코털이 살짝 떨렸고, 고개를 가로젓는 그의 눈에 눈물이 차올랐다.

"그럴 수가 없소……. 나는 그 일에 관여할 수가 없소." 그가 말했다.

"관여하고 자시고 할 것도 없습니다. 이제 다 끝난 일이니까요."

"사람이 살해당한 일에는 어떤 식으로든 관여하고 싶지 않소. 거리를 두게 된달까. 젊었을 때는 나도 달랐소. 친구가 죽으면 무슨 일이 있어도 끝까지 곁을 지켰지. 감상적이라고 생각할지도 모르겠지만 정말 그랬소. 최후까지 곁을 지켰지."

그가 그 나름의 이유로 오지 않겠다고 결심한 것을 깨닫고서 나는 자리에서 일어났다.

"혹시 대학을 나왔소?" 그가 갑자기 물었다.

잠시 나는 그가 '거래처' 일을 제안하려는 줄 알았지만 그는 그저 고개를 끄덕이며 나와 악수를 나눌 뿐이었다.

"친구가 죽고 나서가 아니라 살아 있을 때 우정을 보여주는 법을 배우도록 합시다." 그가 넌지시 말했다. "친구가 죽은 후에는 모든 걸 그냥 내버려두자는 게 나의 원칙이오."

그의 사무실을 나서니 하늘은 어두워져 있었고, 나는 보슬비를 맞으며 웨스트에그로 돌아왔다. 옷을 갈아입고 옆집으로 가니 개츠 씨가 흥분한 채 홀을 이리저리 왔다 갔다 하고 있었다. 자기 아들과 아들의 재산에 대한 그의 자부심은 계속 커져만 갔고, 이제 그는 내게 무언가를 보여주려 했다.

"지미가 내게 보낸 사진이라오." 그가 떨리는 손으로 지갑을 꺼냈다. "이것 좀 보시오."

그 저택을 찍은 사진으로, 모서리가 닳고 손때를 많이 타서 더러워져 있었다. 그는 사진 속 모든 세세한 부분을 열심히 가리켰다. "이것 좀 보시오!" 그러고는 내 눈에 감탄의 기미가 보이는지 살폈다. 사진을 너무 자주 보여준 나머지 이제 그는 그 저택 자체보다 그 사진을 더 진짜로 느끼는 것 같았다.

"지미가 내게 보낸 거라오. 내 생각에는 아주 멋진 사진 같소. 아주 잘 찍혔어."

"그렇군요. 최근에 아드님을 보신 적이 있나요?"

"2년 전에 나를 찾아와서 내가 지금 살고 있는 집을 사주었지. 물론 지미가 가출했을 때 우리 관계는 끝나고 말았지만, 이제 보니 거기에는 그럴 만한 이유가 있었던 거요. 지미는 자기 앞날이 밝다는 걸 알았던 거지. 성공한 후로는 나에게 아주 관대했소."

그는 사진을 치우기 꺼려지는지 잠시 더 내 눈앞에 들고 있

었다. 그러고서 지갑을 치운 후 주머니에서 '호필롱 캐시디'●
라는 제목의 다 해진 낡은 책 한 권을 꺼냈다.

"이것 좀 보시오. 이건 지미가 어렸을 때 갖고 있던 책이지.
보기만 해도 느낌이 올 거요."

그는 뒤표지를 펼치고는 내가 볼 수 있게 책을 돌렸다. 마
지막 면지(面紙)에는 '스케줄'이라는 인쇄체 단어와 함께
"1906년 9월 12일"이라는 날짜가 적혀 있었다. 그리고 바로
아래에는 다음과 같은 내용이 적혀 있었다.

| | |
|---|---|
| 기상 | 오전 6시 |
| 아령 체조와 벽 타기 | 오전 6:15~6:30 |
| 전기학 공부 등등 | 오전 7:15~8:15 |
| 일 | 오전 8:30~오후 4:30 |
| 야구 및 스포츠 | 오후 4:30~5:00 |
| 웅변술 및 자세 연습 | 오후 5:00~6:00 |
| 발명에 필요한 공부 | 오후 7:00~9:00 |

### 다짐한 것들

새프터스나 [읽기 힘든 이름]에서 시간 낭비하지 말기

---

● 미국 작가 클래런스 E. 멀퍼드(1883~1956)의 소설로, 카우보이 주인공 '호필
롱 캐시디'가 등장하는 연작 중 한 권이다.

금연하고 씹는담배도 끊기

매일 목욕하기

매주 유익한 책이나 잡지 한 권씩 읽기

매주 5달러[줄을 그어 지움] 3달러 저축하기

부모님께 더 잘하기

"나는 이 책을 우연히 발견했다오." 노인이 말했다. "그냥 보기만 해도 느낌이 오지 않소?"

"느낌이 오는군요."

"지미는 출세하려고 마음먹었던 거요. 늘 이런 다짐을 하곤 했거든. 그 애가 정신 수양을 위해 얼마나 바삐 살았는지 아시겠소? 그 점은 늘 대단했지. 한번은 나더러 돼지처럼 먹는다고 말해서 그 애를 두들겨 패준 적도 있다오."

그는 책을 덮기를 주저하며 각 항목을 소리 내 읽고는 간절한 표정으로 나를 쳐다보았다. 내가 그 목록을 베껴 적고 스스로 활용하길 기대하기라도 했던 모양이다.

3시 조금 전에 플러싱에서 루터교 목사가 도착했고, 나는 다른 차가 오는지 보려고 무심결에 창밖을 내다보기 시작했다. 개츠비의 아버지도 마찬가지였다. 시간이 흘러 고용인들이 안으로 들어와 홀에 서서 기다리자 그는 불안하게 눈을 깜박이기 시작하더니 걱정스럽고 자신 없는 목소리로 비를 탓했다. 목사가 몇 번이나 자기 시계를 힐끗 쳐다보았고,

그래서 나는 그를 옆으로 데려가 삼십 분만 더 기다려달라고 부탁했다. 하지만 부질없는 짓이었다. 아무도 오지 않았다.

5시쯤 우리가 탄 세 대의 자동차 행렬이 굵은 가랑비를 맞으며 묘지에 이르러 정문 옆에 멈춰 섰다. 첫 차는 소름 끼칠 만큼 검고 축축한 영구차였고, 그다음은 개츠 씨와 목사와 내가 탄 리무진이었으며, 조금 후에 도착한 차는 네다섯 명의 고용인과 웨스트에그에서 온 우체부가 탄 개츠비의 스테이션왜건이었는데, 세 대 모두 흠뻑 젖어 있었다. 우리가 정문을 통해 묘지로 들어가기 시작했을 때 차 한 대가 멈춰 서더니 누군가가 질척거리는 땅 위로 물을 튀기며 우리를 따라오는 소리가 들렸다. 나는 주위를 둘러보았다. 석 달 전 어느 날 밤에 도서관에서 개츠비의 책들을 보며 경탄하던 올빼미 안경을 쓴 남자였다.

그날 이후로 나는 그를 한 번도 본 적이 없었다. 그가 어떻게 장례식 이야기를 들었는지 모르겠고, 심지어 그의 이름이 뭔지도 모르겠다. 그의 두꺼운 안경 위로도 비가 쏟아졌고, 그는 개츠비의 무덤을 덮어두었던 캔버스 천이 벗겨지는 모습을 보려고 안경을 벗어서 닦았다.

나는 잠시 개츠비에 대해 생각해보려 애썼지만 그는 이미 너무 먼 곳으로 떠나 있었다. 데이지가 조문이나 꽃 한 송이도 보내지 않았다는 사실만 아무 분노 없이 떠올릴 수 있을 뿐이었다. 누군가가 "비를 맞는 망자는 복이 있나니" 하고 어렴풋이 중얼거리는 소리가 들려왔고, 그러자 올빼미 안경이 용감한 목소리로 "아멘" 하고 말했다.

우리는 뿔뿔이 흩어져서 재빨리 빗속을 뚫고 각자의 차로 향했다. 정문 옆에서 올빼미 안경이 내게 말을 걸었다.

"저택에는 갈 수가 없었어요." 그가 말했다.

"다들 마찬가지였습니다."

"말도 안 돼!" 그가 깜짝 놀랐다. "이런, 맙소사! 수백 명이 그 집을 드나들곤 했는데."

그는 안경을 벗어서 다시 바깥쪽과 안쪽을 모두 닦았다.

"천하에 불쌍한 놈." 그가 말했다.


내 기억 속에서 가장 생생한 일 중 하나는 크리스마스 때 대학 예비 학교에서, 나중에는 대학에서 서부로 돌아가던 일이다. 시카고보다 더 멀리 가는 친구들은 12월의 어느 저녁 6시에 오래되고 어둑한 유니언역에 모이곤 했고, 이미 휴가철의 흥겨움에 사로잡힌 몇몇 시카고 친구는 그들에게 서둘러 작별을 고하곤 했다. 이런저런 여학교에서 돌아오던 여학생들의 모피 코트와 얼어붙은 입김을 내뿜으며 나누던 수다도 기억나고, 오래 알고 지낸 사람이 보이면 머리 위로 손을 흔들던 일도 기억난다. 또 "오드웨이네는 갈 거야? 허시네는? 슐츠네는?" 하고 서로의 초대 일정을 맞추어보던 일도 기억나고, 장갑을 낀 손으로 단단히 움켜쥐고 있던 기다란 녹색 기차표도 기억난다. 그리고 마지막으로 탑승구 옆 선로 위에 크리스마스 자체인 것처럼 발랄하게 서 있던 '시카고, 밀워키, 세인트폴 철도'의 칙칙한 노란색 객차들도.

우리가 겨울밤 속으로 빠져나가 진짜 눈, 그러니까 우리의 눈이 우리 옆에 펼쳐지며 창문 가까이서 반짝이기 시작할 때면, 또 위스콘신 간이역의 흐릿한 불빛들이 하나둘 지나갈 때면 갑자기 공기가 날카롭고도 거칠게 팽팽해졌다. 우리는 저녁을 먹고 차가운 연결 통로를 지나 자리로 돌아오는 동안 그 공기를 깊이 들이마셨고, 우리가 이 고장과 하나라는 사실을 기이한 한 시간 동안 말로 표현할 수 없을 만큼 강하게 의식하고서야 다시 그 공기 속으로 완전히 녹아들었다.

그곳이 바로 나의 중서부다. 밀밭이나 대초원이나 사라진 스웨덴 마을이 아니라 내 청춘의 황홀한 귀향 열차, 서리가 내리는 어두운 밤의 가로등과 썰매 방울, 창문 불빛이 눈 위에 만들어낸 호랑가시나무 화환의 그림자가 바로 나의 중서부인 것이다. 그곳의 일부인 나는 그 기나긴 겨울 분위기 덕분에 약간 엄숙하고, 지난 수십 년 동안 가문의 이름이 곧 집 주소였던 도시의 캐러웨이 가문에서 자랐다는 사실 덕분에 약간 자아도취적이다. 이제 나는 이것이 결국 서부의 이야기였다는 사실을 안다. 톰과 개츠비, 데이지와 조던과 나는 모두 서부 사람이었고, 어쩌면 우리는 어떤 공통적 결함 때문에 동부 생활에 미묘하게 맞지 않았는지도 모른다.

동부가 나를 더없이 흥분시켰을 때조차도, 오하이오 너머로 제멋대로 뻗어나가고 부풀어 오른 지루한 도시들, 아이와 아주 늙은 사람을 제외한 모두가 끝없이 서로 꼬치꼬치 캐물어대는 도시들보다 동부가 우월하다는 사실을 더없이 또렷이 의식하고 있었을 때조차도, 동부는 내게 늘 어딘가 왜곡된 곳처럼 느껴졌다. 특히 웨스트에그는 내가 평소보다 더 기이한 꿈을 꿀 때면 여전히 그 꿈속에 모습을 드러낸다. 그곳은 엘 그레코가 그린 밤 풍경처럼 보인다. 시무룩하게 걸려 있는 하늘과 광택 없는 하늘 아래 웅크리고 있는 진부하면서도 기괴한 수백 채의 집. 그림 전경에는 야회복 차림의 엄숙한 남자 네 명이 들것을 든 채 보도를 따라 걸어가고 있고, 들것에는 하얀 이브닝드레스를 입은 술 취한 여자가 누워 있다. 들것 옆으로 삐져나와 달랑거리는 그녀의 손은 보석들로 차갑게 반짝인다. 남자들은 근엄하게 어떤 집으로 방향을 튼다. 잘못 찾아간 집이다. 하지만 그 여자의 이름을 아는 사람은 아무도 없고, 아무도 신경 쓰지 않는다.

개츠비의 죽음 이후 동부는 그런 식으로, 내 시력으로는 도저히 교정할 수 없을 만큼 일그러진 모습으로 나의 뇌리에 계속 떠올랐다. 그래서 바스러질 듯한 낙엽을 태우는 푸른 연기가 공중에 솟아오르고 바람이 빨랫줄에 걸린 젖은 옷을 빳빳하게 얼릴 때쯤 나는 고향으로 돌아가기로 결심했다.

떠나기 전에 해야 할 일이 한 가지 있었는데, 어쩌면 가만히 내버려두는 편이 나을지도 모르는 곤란하고 불편한 일이었다. 하지만 나는 그 일을 정리하고 싶었다. 저 친절하고도 무심한 바다가 내 쓰레기를 쓸어가줄 거라고 그냥 믿어버리고 싶지 않았던 것이다. 나는 조던 베이커를 만나 우리 둘에게 일어난 일과 그 후 내게 일어난 일에 대해 상세하게 또는 에둘러서 말했고, 그녀는 커다란 의자에 완벽히 가만히 누워서 내 말에 귀를 기울였다.

그녀는 골프복을 입고 있었는데, 살짝 의기양양하게 치켜든 턱과 가을 낙엽 같은 색깔의 머리카락, 무릎에 놓인 손가락 없는 장갑처럼 엷은 갈색을 띤 얼굴을 보고서 그녀가 하나의 멋진 삽화처럼 보인다고 생각했던 기억이 떠오른다. 내가 말을 끝내자 그녀는 내 말에 대한 아무런 대꾸 없이 자신이 다른 남자와 약혼했다고 말했다. 물론 그녀가 고개만 까닥하면 결혼할 수 있을 남자가 몇 명 있긴 했어도 여전히 의심스러운 말이었지만, 그래도 나는 놀라는 척했다. 아주 잠시 내가 실수하고 있는 건지도 모르겠다는 생각이 들었는데, 그 문제에 대해 처음부터 끝까지 다시 재빨리 생각해보고는 자리에서 일어나 작별을 고했다.

"그렇기는 해도 당신이 나를 찬 거예요." 조던이 갑자기 말했다. "당신이 나를 전화로 찬 거라고요. 지금은 당신 따위 안중에도 없지만, 그때는 그게 새로운 경험이라 한동안 살짝 어지럽더군요."

우리는 악수했다.

"아, 혹시 그거 기억해요?" 그녀가 덧붙였다. "언젠가 우리가 자동차 운전에 대해 나눈 대화 말이에요."

"글쎄요…… 정확히 기억나진 않는군요."

"나쁜 운전자는 또 다른 나쁜 운전자를 만나기 전까지만 안전하다고 당신이 그랬죠? 흠, 나는 또 다른 나쁜 운전자를 만났던 거예요. 안 그래요? 그러니까 내가 부주의하게도 헛다리를 짚었다는 말이죠. 나는 당신이 정직하고 솔직한 사람인 줄 알았어요. 그게 당신의 은밀한 자부심인 줄 알았다고요."

"나는 서른 살이에요." 내가 말했다. "나 자신을 속이고 그걸 명예로 생각할 나이는 벌써 5년 전에 지났죠."

그녀는 대답하지 않았다. 나는 분노와 그녀에 대한 약간의 사랑과 엄청난 안타까움을 동시에 느끼며 돌아섰다.


10월 말의 어느 오후, 나는 톰 뷰캐넌을 만났다. 그는 특유의 민첩하고 공격적인 발걸음으로 5번가를 따라 내 앞에서 걸어가고 있었다. 가는 길을 방해하는 게 있으면 밀어버리기라도 하려는 듯 두 손은 몸에서 조금 떨어졌고, 머리는 쉴 새 없이 돌아가는 시선에 맞춰 이리저리 획획 움직이고 있었다. 그를 앞지르지 않으려고 속도를 늦춘 바로 그 순간, 그가 걸음을 멈추고 찡그린 얼굴로 보석상의 진열창을 들여다보기 시작했다. 갑자기 그가 나를 보더니 걸어와서 손을 내밀었다.

"왜 그래, 닉? 나랑 악수하기 싫은 거야?"

"그래, 내가 너를 어떻게 생각하는지 알잖아."

"너 미쳤구나, 닉." 그가 재빨리 말했다. "완전히 미쳤어. 대체 왜 그러는 건지 모르겠군."

"톰." 내가 물었다. "그날 오후에 윌슨한테 뭐라고 말한 거지?"

그는 말없이 나를 응시했고, 나는 윌슨의 행적이 묘연했던 시간에 대한 나의 짐작이 맞았다는 걸 깨달았다. 나는 돌아서려 했지만 그가 한 걸음 내디디며 내 팔을 붙잡았다.

"사실대로 말해줬지." 그가 말했다. "우리가 떠날 준비를 하고 있을 때 그가 문 앞으로 찾아왔어. 사람을 시켜서 우리가 집에 없다는 말을 전했는데도 억지로 2층으로 밀고 들어오려 하더군. 그 차의 주인이 누구인지 말해주지 않았다면 나를 죽이고도 남았을 만큼 단단히 미쳐 있었어. 우리 집에 있는 동안 그의 손은 주머니 안에 든 리볼버 권총에서 한시도 떨어지질 않았지……." 그가 반항적으로 말을 멈추었다. "내가 말해줬다고 한들 그게 뭐가 문제지? 다 그자가 자초한 일이야. 그자는 데이지의 눈을 속인 것처럼 네 눈도 속인 건데, 어쨌든 지독한 놈인 게 틀림없어. 개를 치듯이 머틀을 치고서 차를 멈추지도 않았으니까."

그건 사실이 아니라는, 도저히 내 입 밖에 낼 수 없는 사실

하나 말고는 할 수 있는 말이 없었다.

"나는 힘들지 않았을 거라고 생각한다면…… 이봐, 그 아파트를 넘기러 갔을 때 나는 찬장에 놓인 그 망할 개 비스킷 통을 보고 그대로 주저앉아서 어린애처럼 울었어. 맙소사, 정말 끔찍했지……."

나는 그를 용서할 수도, 좋아할 수도 없었는데, 어쨌든 그로서는 자신이 한 일이 모두 정당화된다고 믿고 있었다. 모든 게 너무 무신경하고 뒤죽박죽이었다. 톰과 데이지, 그들은 무신경한 인간들이었다. 그들은 사람을 포함한 모든 것을 다 때려 부숴놓고는 그들의 돈이나 거대한 무신경함, 혹은 그들을 한데 묶어주는 그 무엇으로 도피한 후 그들이 어질러놓은 것을 다른 사람들이 치우게 했다…….

나는 그와 악수했다. 악수하지 않는 것이 오히려 유치하게 느껴졌는데, 갑자기 내가 어린애와 이야기하고 있다는 느낌이 들었기 때문이다. 그러고서 그는 진주 목걸이나 커프스단추를 사러 보석상으로 들어가는 동시에 나의 시골 출신다운 고지식함에서 영원히 벗어났다.

내가 떠날 때도 개츠비의 집은 여전히 비어 있었다. 잔디도 우리 집 잔디만큼이나 길게 자라 있었다. 마을의 택시 운전사 한 명은 개츠비네 집 정문을 지나 차를 잠시 멈추고는 안쪽을 가리키고서야 요금을 받곤 했다. 어쩌면 사건 당일 밤에 데이지와 개츠비를 태우고 이스트에그까지 갔던 게 그 운전사인지도 몰랐고, 그가 그 일에 대해 자기 나름의 이야기를 만들어냈는지도 몰랐다. 나는 그 이야기를 듣고 싶지 않았고, 그래서 기차에서 내릴 때면 그의 택시를 피했다.

나는 매주 토요일 밤을 뉴욕에서 보냈는데, 개츠비가 열었던 그 눈부시고 찬란한 파티가 기억에 너무 생생한 나머지 정원에서 끊임없이 울려 퍼지던 희미한 음악 소리와 웃음소리, 그리고 그의 집 진입로를 오르내리던 자동차 소리가 여전히 귓가에 들려왔기 때문이다. 어느 날 밤 나는 그곳에서 진짜 자동차 소리를 들었고, 자동차의 헤드라이트 불빛이 현관 계단을 비추는 것을 보았다. 하지만 살펴보러 가진 않았다. 아마 지구 반대편에 가 있다가 파티가 끝난 줄도 모르고 찾아온 어떤 마지막 손님이었을 것이다.

마지막 날 밤, 트렁크에 짐을 넣고 자동차는 식료품점에 팔아버린 나는 그곳으로 건너가 거대하고 모순된 실패작인 그 저택을 다시 한번 바라보았다. 하얀 대리석 계단 위로 어떤 아이가 벽돌 조각으로 휘갈겨 쓴 음란한 말이 달빛 아래 선명히 보였고, 나는 대리석을 구두로 문질러 귀에 거슬리는 소리를 내며 그 말을 지웠다. 그러고는 어슬렁거리며 해변으로 내려가 모래 위에 팔다리를 쭉 뻗고 드러누웠다.

해변에 있는 커다란 저택들은 이제 대부분 닫혀 있었고, 해협을 가로지르는 연락선의 어슴푸레하게 움직이는 빛 말고는 그 어떤 빛도 거의 보이지 않았다. 달이 더 높이 떠오르자 없어도 되는 존재인 집들이 차츰 사라지기 시작했고, 그러다 나는 한때 네덜란드 선원들의 눈에 꽃처럼 피어났던 이 오래된 섬의 모습을 서서히 알아차리게 되었다. 신세계의 신선한 초록빛 젖가슴으로서의 모습을 말이다. 이곳에서 사라진 나무들, 개츠비네 집에 자리를 내어준 그 나무들은 한때 모든 인간의 꿈 중에서 가장 위대한 마지막 꿈에 질 나쁜 유혹을 속삭였었다. 그것에 일시적으로 매혹된 순간, 인간은 이 대륙의 존재 앞에서 숨을 죽였을 게 분명하다. 자신이 놀랄 수 있는 최대치에 상응하는 무언가와 역사상 마지막으로 대면한 채 이해하지도 못하고 바라지도 않는 심미적 사색에 강제로 빠져서 말이다.

　나는 그곳에 앉아 오래된 미지의 세계에 대해 곰곰이 생각하다가 개츠비가 데이지네 집 잔교 끝에서 초록색 불빛을 처음 발견했을 때 느꼈을 놀라움을 상상해보았다. 그는 먼 길을 와서 이 푸른 잔디밭에 이르렀고, 이제 그의 꿈은 붙잡지 못할 리 없을 만큼 아주 가까워 보였을 게 분명했다. 그 꿈이 이미 뒤로 지나갔다는 것을, 밤 아래 미국의 어두운 들판이 기복을 이루며 펼쳐진 저 도시 너머의 거대한 어둠 속 어딘가로 사라져버렸다는 것을 그는 알지 못했다.

　개츠비는 그 초록색 불빛을, 해마다 우리의 눈앞에서 멀어져가는 그 절정의 꿈을 믿었다. 그때 그것은 우리를 교묘히 피해 갔지만, 그게 무슨 상관이란 말인가. 내일 우리는 더 빨리 달릴 것이고, 팔을 더 멀리 뻗을 것이다……. 그러다보면 어느 맑은 날 아침…….

그리하여 우리는, 물결을 거스르는 조각배처럼, 끊임없이 과거로 떠밀려 가면서도 계속 앞으로 나아가는 것이다.

1925년 4월 10일에 출간된 《위대한 개츠비》 초판본 표지. 프랜시스 쿠가트의 그림 〈천상의 눈〉을 사용했다.

F. 스콧 피츠제럴드. 1921년에 홍보용으로 사용하기 위해 촬영했다.

## 해설

그럼에도 어쩔 수 없이 위대한 개츠비

《위대한 개츠비》가 미국이 낳은 가장 위대한 소설 중 한 편이라는 데 이견을 제시할 사람은 그리 많지 않을 것이다. 무엇보다도 저자인 F. 스콧 피츠제럴드 자신이 그렇게 생각했다. 지금으로부터 약 100년 전인 1924년 여름, 당시 스물여덟 살에 불과했던 그는 담당 편집자 맥스웰 퍼킨스에게 보낸 편지에서 《위대한 개츠비》의 초고를 두고 "지금껏 쓰인 미국 소설 가운데 가장 위대한 작품 같습니다"라고 자신 있게 말했다.

그러나 《위대한 개츠비》 출간 이후 피츠제럴드가 처한 상황은 '가장 위대한 미국 소설'을 쓴 사람에게 전혀 걸맞은 것이 아니었다. 평단의 반응은 대체로 호의적이었으나 판매량은 그를 낙담하게 할 만큼 저조했다(초판 출간 열흘 후 퍼킨스는 피츠제럴드에게 "판매 상황 불확실 리뷰 훌륭"이라는 내용의 전보를 보냈다). 1쇄 2만 870부는 천천히 팔려나갔으며, 8월이 되어서야 2쇄 3000부를 찍었을 뿐이다. 1926년에 영국판이 출간되고 1934년에 모던 라이브러리판이 출간된 것을 제외하면 그의 생전에 더 이상의 《위대한 개츠비》 중쇄는 없었다. 이전의 두 장편소설, 즉 그에게 부와 명예와 아내 젤다까지(스콧의 경제력과 능력을 불신하던 젤다는 《낙원의 이쪽》 출간이 결정되고서야 결혼을 결심했고, 《낙원의 이쪽》의 엄청난 인기로 부부에게 쏟아진 관심에 힘입어 미국 최초의 '플래퍼'로 등극하게 된다) 동시에 안겨준 첫 장편소설 《낙원의 이쪽》과 오늘날에는 가장 저평가되는 작품임에도 불구하고 그의 생전에 가장 많이 팔려나간 두 번째 장편소설 《아름답고 저주받은 사람들》에 비하면 실패작이나 다름없었다. 그와 함께 창창하던 피츠제럴드의 인생도 서서히 내리막길로 접어들었다. 점점 더 심해진 음주와 나쁜 소비 습관, 외도 등은 피츠제럴드 부부의 결혼 생활을 파탄으로 몰아갔고, 급기야 젤다는 1930년부터 시작된 신경쇠약과 발작 증상으로 정신 요양 시설과 정신병원을 지속적으로 출입하게 되었다.

끊임없이 빠져나가는 돈과 끊을 수 없는 술……. 그것이 피츠제럴드가 처한 상황이었다. 마흔 살이 된 직후에는 자살을 시도했다가 실패한다. 1937년에는 병원비 등으로 엄청나게 쌓여버린 빚을 갚고 우울증도 떨치고자 할리우드로 가서 새 출발을 다짐한다. 이때 가십 칼럼니스트 실라 그레이엄과 만나며 잠시 술도 끊고 새 장편소설 작업도 시작하지만 결국 몇 년 후 그레이엄의 아파트에서 심장마비로 죽음을 맞이하고 만다. 1940년 12월 21일, 《위대한 개츠비》가 출간된 지 16년도 채 지나지 않았을 때다. 《위대한 개츠비》2쇄의 재고는 그때까지도 창고에서 고요히 잠든 채 먼지만 쌓여가고 있었다.

하지만 그의 사후 거의 곧장 시작된 재평가와 함께 《위대한 개츠비》는 여러 판본으로 여러 독자와 다시 만나기 시작했고(이를테면 젤다가 발견하고 편집자 에드먼드 윌슨에게 보낸 뒤 출간된 미완의 마지막 장편소설 《마지막 거물》에도 《위대한 개츠비》가 함께 실렸고, 제2차 세계대전 때는 무려 15만 부가 진중문고로 무료 배포되기도 했다) T. S. 엘리엇, 거트루드 스타인, 이디스 워튼 등의 극찬과 더불어 학자들, 비평가들의 다양한 분석이 뒤따랐다. 피츠제럴드가 예전에 썼던 "기록 소설"이 아닌 "**새로운** 무언가, 비범하고 아름다우며 단순하고도 복잡한 패턴을 지닌 무언가를 쓰고 싶다"라는 심정으로 심혈을 기울인 작품인 만큼 짧은 분량에도 불구하고 사람마다 시대마다 해석은 달라질 수밖에 없다.

《위대한 개츠비》는 우선 낭만적이고 비극적인 사랑 이야기의 외양을 갖추고 있지만, 그것은 말 그대로 겉보기일 뿐이다. 작품 안에서 실제로 엿보이는 것은 한 인물의 개인사를 뛰어넘는 제1차 세계대전 직후 '재즈 시대'의 다양한 풍경, 사회경제적 계급 간의 충돌, 진짜와 가짜의 문제, '아메리칸드림'이라는 이데올로기의 상실 같은 복합적인 주제다. 이 모든 것은 전성기 피츠제럴드의 뛰어난 필력에 힘입어 "단순하고도 복잡한 패턴"으로 짜여 있어, 마치 그가 동경했던 T. S. 엘리엇의 〈황무지〉처럼 한 편의 빼어난 장시(長詩)를 방불케 하며, 그 마법의 핵심에는 '개츠비'라는 불가사의한 인물이 자리한다. 그렇다면《위대한 개츠비》는 어떤 점에서 "단순하고도 복잡한 패턴"으로 짜여 있는가? 또 개츠비는 본질적으로 어떤 존재이며, 그의 어떤 점이《위대한 개츠비》자체를 '위대한' 작품으로 격상시키는가?

## 단순하고도 복잡한 패턴

소설의 '단순한' 구성은 우선 여러 종류의 대립 혹은 대조를 통해 나타난다. 가장 먼저 두드러지게 나타나는 것은 공간적인 측면, 즉 '웨스트에그'와 '이스트에그'의 대조다. 언뜻 보기에는 "똑같은 외형"을 지닌 "거대한 달걀 모양을 한 이 두 지역"은 실은 "모양과 크기를 제외하면 모든 점에서 다르다". "최신 유행을 덜 따르는 쪽인 웨스트에그"에는 화자이자 필자인 닉 캐러웨이와 제이 개츠비가 산다. 그리고 그 건너편, "최신 유행을 따르는 이스트에그의 새하얀 궁전들"에는 톰 뷰캐넌과 데이지 뷰캐넌 부부가 산다. 그 두 지점 사이를 "잔교의 맨 끝에서 아주 작게 빛나는 초록색 불빛 한 점"이 만들어내는 가느다란 선이 간신히 잇고 있다. 적어도 '이쪽'에서

'저쪽'을 영원히 동경하는 개츠비에게는 그러하다.

이외에도 소설에서 중요하게 등장하는 배경으로는 저 화려한 뉴욕과 뉴욕으로 가는 길에 자리한 '재의 골짜기'가 있다. 재의 골짜기에는 조지 윌슨과 머틀 윌슨 부부가 산다. 쉽사리 연결되지 않을 듯한 이 모든 지점은 톰과 머틀의 외도라는 설정을 통해 선명히 이어지게 되는데, 이로써 19세기 혹은 그 전부터 미국에서 부와 인맥을 쌓아온 전통적 부유층인 뷰캐넌 부부가 상징하는 '올드 머니(old money)', 내세울 것이라고는 하나도 없지만 아메리칸드림을 실현하며 벼락부자가 된 개츠비가 상징하는 1920년대의 '뉴 머니(new money)', 가난에서 도저히 벗어날 길이 없는 자본주의의 노예인 윌슨 부부가 상징하는 '노 머니(no money)'의 대립 구도가 형성된다. 《위대한 개츠비》라는 상징적 기계는 기본적으로 이 지점들을 오가며 작동된다(혹은 거칠게 말하면 '올드 머니'가 '노 머니'를 이용해 거슬리는 '뉴 머니'를 제거하며 '올드 머니'로서의 지위를 지키는 모습을 보여준다).

여기까지 보면 그리 복잡할 게 없어 보이는 구성은, 하지만 들여다보면 들여다볼수록 복잡해진다. 우선 대립되는 것으로 설정된 톰과 개츠비를 살펴보자. 톰은 "어떤 면에서는 전국적 유명 인사로, 스물한 살에 그토록 탁월한 정점을 찍는 바람에 그 후로는 모든 것이 용두사미의 기운을 풍기는 그런 부류"로서 "다시는 경험할 수 없는 미식축구 경기의 극적인 흥분을 찾아 영원히 헤맬" 것 같은 느낌을 준다. 예전의 빛나는 영광을 영영 되찾지 못한 채 대리 충족만을 거듭할 뿐이라는 점에서, 톰은 엄청난 경제적 풍요로움과는 별개로 완전히 저주받은 인물이다.

그의 정반대 편에 있는 것처럼 보이는 개츠비는 어떠한가? 그는 "모든 걸 예전 그대로 되돌려놓을 겁니다"라고 자신하는, 시간과 헛된 싸움을 벌이지만 본인은 결코 그렇게 믿지 않는 극도로 낭만적인 인물이다. 그도 큰돈을 벌었지만, 그가 그 돈으로 매일 "세계 박람회장"처럼 집을 밝히고 파티를 여는 것은 오직 데이지, 혹은 데이지로 상징되는 잃어버린 과거를 되찾기 위해서다. 닉에 따르면, "그의 삶은 그때 이후로 혼란스럽고 무질서해졌지만, 일단 어떤 출발점으로 돌아가서 다시 모든 것을 천천히 살펴볼 수 있다면 그는 그 무언가를 찾아낼 수 있을 것이었다". 시간의 저주에 빠진 인물이라는 점에서 톰과 개츠비는 일맥상통한다. 차이가 있다면 전자는 방황하고 후자는 적극적으로 애쓴다는 점이랄까(개츠비는 여러 면에서 20세기 미국의 신플라톤주의자라고 할 만하다). 그리고 더 큰 틀에서는 이들이 찾아 헤매는 이데아적 '출발점'을 간직한 듯한 도시, 즉 "늘 처음 보는 도시, 세상의 모든 신비와 아름다움에 대한 최초의 무모한 약속을 간직한 도시"인 뉴욕이 이들 뒤에서 공명한다.

닉과 개츠비의 관계는 그보다 훨씬 더 복잡하다. 외지인이 이웃집 사람에 대한 화자가 된다는 설정은 언뜻 에밀리 브론테의 《폭풍의 언덕》에서 록우드와 히스클리프의 관계를 연상시키기도 하는데, 록우드와 달리 닉은 적극적으로 개츠비의 이야기 속으로 뛰어든다. 소설 초입에서 "누군가를 비난하고 싶어질 때면. (……) 이 세상 사람이 다 너처럼 유리한 위치에 서 있지는 않다는 사실을 명심하거라"라는 아버지의 말씀에 따라 닉에게 "모든 판단을 유보하는 경향이" 생겼다고 말하는 것은 객관적 화자로서의 신뢰성을 부여하기 위한 영리한 설정이라고 볼 수 있다. 하지만 닉은 점점 그런 객관성을 저버리는 듯 보인다.

우선 닉은 이상한 정신적, 물리적 결벽증을 지닌 존재다. 그는 동부를 "떠나기 전에 해야 할 일이 한 가지" 있다고 말하는데, "어쩌면 가만히 내버려두는 편이 나을지도 모르는 곤란하고 불편한 일이었다". 하지만 "그 일을 정리하고 싶었다. 저 친절하고도 무심한 바다가 내 쓰레기를 쓸어가줄 거라고 그냥 믿어버리고 싶지 않았던 것이다". 그는 얼핏 옳아 보이면서도 과하다는 인상을 지울 수 없는 이 도덕적 잣대를 남에게도 똑같이 들이댄다. "톰과 데이지, 그들은 무신경한 인간들이었다. 그들은 (……) 그들이 어질러놓은 것을 다른 사람들이 치우게 했다." 그의 이런 '치우기' 혹은 '지우기'는 이보다 훨씬 더 불필요해 보이는 상황에서도 똑같이 일어난다. 개츠비의 저택을 마지막으로 찾아갔을 때 "하얀 대리석 계단 위로 어떤 아이가 벽돌 조각으로 휘갈겨 쓴 음란한 말이 달빛 아래 선명히 보였고, 나는 대리석을 구두로 문질러 귀에 거슬리는 소리를 내며 그 말을 지웠다", 그리고 결정적으로 그는 매키 씨가 의자에서 잠들었을 때 "손수건을 꺼내 들고 오후 내내 신경 쓰이던 마른 비누 거품 자국을 그의 뺨에서 닦아주었다". 처음 읽을 때는 실소를 터뜨리게 하는 대목이지만, 몇 번이고 다시 읽으면 그 이상함은 점점 더 배가된다. 이런 사람이 전하는 말이 절대 사실 그대로일 리 없다는 확신이 짙어지는 것이다.

매키 씨의 비누 거품 자국을 직접 닦아주는 이상한 '신체 접촉' 이후에 더 이상한 일이 벌어진다. 매키 씨와 함께 엘리베이터를 타고 내려와 곧장 집으로 향했어야 할 닉이 어찌 된 영문인지 매키 씨의 방에 있는 것이다. "……나는 그의 침대 옆에 서 있었고, 그는 속옷 차림으로 침대 시트 안에 들어가 양손에 커다란 사진집을 든 채 똑바로 앉아 있었다." 불필요할 정도로 불친절하게 서술되는 이 부분은 무언가를 의도적으로 숨기고 있다는 생각이 들게 한다. 피츠제럴드는, 아니 적어도 닉은 이 부분에서 무언가를 숨기고 있다(피츠제럴드가 실은 '클로짓 게이'였다는 주장은 젤다를 비롯한 여러 지인이 제기한 바 있는데, 어쨌든 그가 자신의 멘토이자 게이로 추정되는 시고니 페이 신부에게서 '데이지 페이'의 성을 가져온 것은 분명한 사실이다. 피츠제럴드는 《낙원의 이쪽》을 시고니 페이 신부에게 헌정하기도 했다). 닉은 이 장면이 펼쳐지는 제2장 끝에서 이미 객관적 화자로서의 지위를 일부 상실한다.

"내가 진심으로 경멸하는 모든 것을 대변한 개츠비"라고 닉은 말한다. "내가 그를 칭찬한 것은 그때가 유일한데, 처음부터 끝까지 그를 탐탁지 않게 여겼기 때문이다"라고도 말한다. 이는 결벽증 환자인 닉이 부패를 지독하게 싫어하기 때문인데, 따지고 보면 닉이 부패에서 완전히 자유로운 것만도 아니다. 그는 말한다. "우리 가문의 실제 시조는 우리 할아버지의 형님이다. 그분은 1851년에 이곳으로 와서 남북전쟁 때 대리인을 내보낸 후 철물 도매업을 시작했고, 지금은 우리 아버지가 그 일을 이어나가고 있다", 그리고 "큰할아버지를 뵌 적은 없지만 내가 그분을 닮았다고 한다". 닉의 큰할아버지가 남북전쟁 때 대리인을 내보냈다는 사실에 주목하자. 닉은 물론 제1차 세계대전에 참전하긴 했지만, 그래도 그분을 '닮은' 인물이다. 닉이 전역 후 동부로 올 수 있었던 것은 결국 아버지가 "1년 동안 재정적 지원을 해주기로 동의"했기 때문이다. 닉이 받는 돈은 누군가가 대신 흘렸을지도 모르는 피의 대가나 마찬가지다. 그는 무의식적으로 그런 사실을 부끄러워하기에 개츠비를 더 경멸한다고 말하는 것일까? 그것은 결국 자기 경멸일까?

하지만 경멸한다고는 해도, 다음과 같은 문장에서 우리는 그가 개츠비를, 마치 연인이 그러하듯 누구보다 더 속 깊이 이해한다는 사실을 알 수 있다.

> 그에게는 무언가 굉장한 것, 삶이 우리에게 선사하는 약속
> 을 민감하게 포착하는 어떤 고양된 감성이 있었다. 마치 1만
> 6000킬로미터 떨어진 곳에서 지진을 기록하는 복잡한 기계
> 와 연결되어 있기라도 한 것처럼 말이다. (……) 그것은 희망
> 을 발견해내는 비범한 재능이자 다른 누구에게서도 보지 못
> 했고 앞으로도 보게 될 것 같지 않은 낭만적인 민첩성이었
> 다. 그렇다, 개츠비는 결국 옳았던 것으로 밝혀졌다.

이런 닉이 개츠비에게서 전해 들은 과거사를 들려주는 대
목에 이르러서는 그가 자기 이야기를 하는 것인지 개츠비 이
야기를 하는 것인지 헷갈릴 지경이다. 이처럼 닉이 모든 면에
서 매우 특수한 성격의 화자이긴 하지만, 그래도 피츠제럴드
가 들려주려는 이야기의 초점이 개츠비에 맞추어져 있다는
사실만은 분명하다. 화자로서 닉이 아무리 특이한 위치에 있
다 하더라도《위대한 개츠비》는 닉을 통해 들려지는 개츠비
의 이야기이지 '닉 개츠비'의 이야기는 아닌 것이다.

이 밖에도 지루하지만 도덕적이고 가족적인 서부와 화려하
지만 엘 그레코의 그림처럼 일그러진 동부를 대립시킴으로
써 진정한 미국적 가치가 어디에 있는지 묻고, 일요일 아침에
교회에 가는 사람들과 개츠비의 집으로 가는 사람들, 교회에

다니는 미카엘리스와 더 이상 그러지 않는 조지 윌슨의 대립을 통해 정신적 가치를 저버린 물질주의 시대의 타락을 강조한다(버려진 광고판인 닥터 T. J. 에클버그의 두 눈이 신의 시선을 대신한다). '활력'이라는 단어로 대변되는 머틀과 나약한 그의 남편이라는 대조를 통해 고정된 성 관념을 뒤집기도 하고, "백인 운전기사가 모는" 차에 탄 "멋을 부린 흑인"을 통해 시대의 변화를 말하기도 하는 등 《위대한 개츠비》에는 수많은 대립과 대조가 여러 상징의 힘을 빌려 촘촘히 짜여 있다.

### 개츠비의 "기괴하고 환상적인" 상상력

이제 이 소설의 핵심 인물인 개츠비에 대해 좀 더 알아볼 차례다. 개츠비는 대체 누구인가? 이미 말했듯이 그는 사회적으로는 '뉴 머니'의 상징이고, 개인적으로는 '낭만성' 혹은 '상상력'의 화신이다. 전자와 후자는 긴밀히 연결되어 있는데, 그가 '뉴 머니'가 된 이유 중 하나가 가난 때문에 잃어버린 데이지와의 '출발점'으로 돌아가기 위해서였기 때문이다.

물론 데이지와의 첫 만남 이전에 이미 '상상력'이 있었다. 원래 '제임스 개츠'였던 그는 열일곱 살 때 스스로 '제이 개츠비'를 창조해냈다. 자신에게 주어진 시간을 거스르기 위해 그는 우선 출생부터 부정한다. "꿈도 야망도 없는 실패한 농사꾼"이었던 부모 아래서 자랐지만 "그의 상상력은 절대 그들을 부모로 받아들인 적이 없었다". 대신 그는 "중서부의 어느 부잣집 아들"로 거듭난다. 다음과 같은 장면은 개츠비의 존재적 본질이 무엇인지 말해준다.

> 밤에 침대에 누우면 더없이 기괴하고 환상적인 상상이 뇌리에 계속 떠올랐다. 세면대 위의 시계가 째깍거리고 달이 바닥에 엉켜 있는 옷들을 축축한 빛으로 흠뻑 적시는 동안, 형언할 수 없이 저속하고 화려한 우주가 그의 머릿속에 저절로 풀려나왔다. (……) 한동안 이런 몽상은 상상력을 발산할 수단이 되어주었다. 그것은 현실의 비현실성에 대한 만족스러운 암시였고, 세상의 반석이 요정의 날개 위에 단단히 세워질 수 있다는 약속이었다.

째깍거리는 '현실의 시계'와 그의 머릿속에 풀려나오는 "현실의 비현실성"이 정확히 대조를 이루고 있다. 그는 후자로 전자를 침묵시킨다. 혹은 그러려고 부단히 애쓴다. 주어진 현실을 지우고 새로운 현실을 창조해내는 일, 그것은 사실상 예술의 영역에 속한다. 개츠비가 보여주는 예술의 수준이 다소 어설퍼서 닉의 비웃음을 살 때가 있긴 해도, 이를테면 개츠비의 저 엄청난 미소, "한없는 안도감을 안겨주는, 평생 네다섯 번밖에는 마주치지 못할 그런 보기 드문 미소"가 보여주듯 그것이 단순한 허황됨에 근거한 예술만은 아니다.

개츠비는 이루지 못한 사랑에 대해서도 똑같은 태도를 보인다. 닉의 집에서 데이지를 거의 5년 만에 다시 만났을 때 당황한 개츠비가 보이는 모습은 의미심장한데, 바로 현실의 저 '고장 난' 시계를 떨어뜨릴 뻔하기 때문이다. 개츠비는 "시계를 건드려서 미안해요"라고 말하고, 셋은 "시계가 바닥에 떨어져서 박살 나기라도 했다고 믿은 듯했다". 그러니까 개츠비의 노력에도 불구하고 시곗바늘은 거꾸로 돌아가지 않는다. 그것은 애초에 "작동하지 않는" 상태였던 것이다. 혹은 이렇게도 말할 수 있겠다. 멈춰 있던 그 시계는 그가 데이지를 만나자마자 다시 째깍거리며 작동하기 시작했다고. 5년 전에 데이지와 키스하며 "현실이 되고 말았"던 이상은 유예기간을 거쳐 다시 현실로 되돌아온다. 희망의 상징 그 자체였던 데이지네 잔교 끝의 초록빛 불빛은 이제 "그저 잔교의 초록색 불빛으로 돌아가 있었다. 그에게 마법을 건 대상 중 하나가 줄어든 것이다".

그렇게 상상력의 노력이 사실상 실패로 돌아가고 말았음에도 피츠제럴드는, 아니 적어도 닉은 개츠비의 환상을 깎아내리지 않는다. 오히려 절대화한다.

> 심지어 그날 오후만 해도 데이지가 그의 꿈에 미치지 못하는 순간들이 분명히 있었을 것이다. 그것은 그녀의 잘못이 아니라 그의 환상이 지닌 거대한 생명력 때문이었다. 그 환상은 그녀를 넘어섰고 모든 것을 넘어섰다. 그는 창조적인 열정으

로 그 환상에 뛰어들어 시종일관 그것의 규모를 키웠고, 자신이 가는 길에 떠도는 모든 눈부신 깃털을 모아 그것을 장식했다. 아무리 크게 난 불이나 커다란 생생함도 한 인간이 자신의 유령 같은 마음속에 쌓아둔 것에는 도전하지 못하는 법이다.

개츠비의 "환상이 지닌 거대한 생명력"이 이렇게 강조되는 까닭은, 그것이 바로 이 소설의 핵심을 담당하기 때문인지도 모른다. 잘 알려져 있다시피 개츠비는 여러 인물을 참조해서 만들어졌지만 그 핵심에는 분명 피츠제럴드 자신이 자리한다.

피츠제럴드는 젤다를 만나기 전 이미 사교계 명사였던 '지네브라 킹'을 만나 서로 사랑에 빠졌지만, 지네브라의 아버지는 피츠제럴드에게 "가난한 남자애는 부유한 여자애와 결혼할 생각을 하지 말아야 한다"라고 말하며 둘의 관계를 허락하지 않았다고 한다. 피츠제럴드는 차라리 서부전선으로 가서 죽을 작정으로 입대하지만 바람과는 다르게 앨라배마주의 캠프 셰리든에서 복무하게 되고, 거기서 젤다와 만난다. 피츠제럴드는 젤다와 결혼한 후에도 지네브라를 잊지 못하고, 심지어 훗날 할리우드에 가서도 그녀에게 연락을 취한다.

적어도 이 부분만 놓고 보면 데이지는 지네브라이며 개츠비는 피츠제럴드다. 피츠제럴드의 친구인 존 필 비숍에 따르면, 피츠제럴드는 비평가들이 자신과 개츠비의 여러 유사점을 전혀 인식하지 못한 것에 대해 특히 분개했다고 한다. 자신을 재창조함으로써 과거를 되돌리려 하는 개츠비는 피츠제럴드의 이상이 투영된 인물이다. 그러면 개츠비는 제목대로 정말 '위대한' 존재인 걸까?

## 위대한(?) 개츠비

오늘날 피츠제럴드가 되살아나서 '개츠비가 대체 왜 위대한 건가요?'라는 독자의 질문을 받는다면 열심히 대답하기보다는 '내 이럴 줄 알았다니까'라며 깊은 한숨을 내쉴 가능성이 크다. 개츠비는 분명 어떤 의미에서 위대하게 그려지기에 그 위대함이 지나치게 축소되어서도 안 되겠지만, 반대로 절대 지나치게 강조되어서도 안 될 것이다. '위대한 개츠비'는 애초에 피츠제럴드 자신보다는 편집자 퍼킨스와 젤다가 선호했던 제목이기 때문이다. 피츠제럴드는 마지막 순간까지도 제목을 바꾸길 원했다.

그는 유독 이 소설의 제목을 쉽게 정하지 못해서, 마지못해 정한 제목인 '위대한 개츠비' 이전에 여러 제목을 염두에 두고 있었다. '잿더미와 백만장자들 사이에서', '트리말키오', '웨스트에그의 트리말키오', '웨스트에그로 가는 길 위에서', '붉은색과 흰색, 그리고 파란색 아래', '황금 모자를 쓴 개츠비', '높이 뛰어오르는 연인' 등이 그것이다. 한마디로 '개츠비'라는 한 인물과 '웨스트에그' 혹은 '잿더미' 등으로 표상되는 사회적 배경 중에서 어디에 초점을 맞추는 게 효과적일지 끝까지 고민했던 것으로 보인다.

고심 끝에 1924년 11월에 '웨스트에그의 트리말키오'로 제목을 정하지만 젤다와 퍼킨스는 '위대한 개츠비'를 더 마음에 들어 했고, 다음 달에 그는 그들의 뜻에 따르기로 한다. 하지만 불과 출간 한 달 전에 다시 '트리말키오'나 '황금 모자를 쓴 개츠비'로 제목을 바꿀 수 있느냐고 묻고, 퍼킨스는 이를 거부한다. 1925년 3월 19일에는 아무래도 '붉은색과 흰색, 그리고 파란색 아래'로 바꾸는 게 좋겠다고 마지막으로 고집했지만 이미 때는 늦어서, 책은 4월 10일에 '위대한 개츠비'라는 제목으로 출간되고 만다.

만일 그가 원했던 대로 《위대한 개츠비》가 '붉은색과 흰색, 그리고 파란색 아래', 즉 '성조기 아래'라는 제목으로 출간되었다면 책의 운명은 바뀌었을까? 그랬다면 당시 독자들은 개츠비 개인보다는 그를 둘러싼 시대적 배경으로서의 미국 자체, 혹은 상실된 아메리칸드림에 더 집중했을지도 모른다(《위대한 개츠비》에 등장하는 다채롭고도 신중하게 선택된 색, 그중에서도 붉은색과 하얀색과 파란색이 어떤 상징을 지니고 있는지 알아보는 것은 또 다른 글을 요구할 텐데, 여기서는 《위대한 개츠비》에서 과연 피츠제럴드가 색을 어떻게 썼고 거기 어떤 상징을 담으려 했는지 생각해보는 것도 흥미로운 독서의 한 방법이 될 거라는 점만 말해두기로 한다). '위대한 개츠비'라는 제목의 외형도 애초에 프랑스

소설가 알랭푸르니에의 《위대한 몬느》의 외형에서 가져온 것이지, 개츠비 자체가 내장한 위대함에서 저절로 탄생한 것은 아니었다. '위대한 개츠비'에서 방점은 언제나 '개츠비'에 찍혔다.

하지만 그럼에도 개츠비는 어쩔 수 없이 위대하다. 저 유명한 마지막 부분을 다시 읽어보자.

> 개츠비는 그 초록색 불빛을, 해마다 우리의 눈앞에서 멀어져 가는 그 절정의 꿈을 믿었다. 그때 그것은 우리를 교묘히 피해 갔지만, 그게 무슨 상관이란 말인가. 내일 우리는 더 빨리 달릴 것이고, 팔을 더 멀리 뻗을 것이다……. 그러다보면 어느 맑은 날 아침…….
> 그리하여 우리는, 물결을 거스르는 조각배처럼, 끊임없이 과거로 떠밀려 가면서도 계속 앞으로 나아가는 것이다.

그러니 좀 더 정확히 말하면, 개츠비만 위대한 게 아니라 개츠비를 위대하게 볼 줄 알고 그에게 동감하는 우리도 위대하다. "물결을 거스르는 조각배처럼, 끊임없이 과거로 떠밀려 가면서도 계속 앞으로 나아가는" 존재, 결국 흐르는 시간 속에서 모든 소중한 것을 상실하게 될 줄 뻔히 알면서도 굴하지 않고 나아가려는 의지와 상상력을 지닌 예술적 존재라면 누구라도.

## 번역에 대하여

《위대한 개츠비》의 문장은 미학적으로 완벽에 가깝다. 이를테면 시와 소설을 자연스럽게 이으려 했음에도 무수히 많은 어색한 봉합선을 드러냈던 첫 장편소설 《낙원의 이쪽》과는 달리, 《위대한 개츠비》에서는 시와 소설이 완전히 일체화되어 있다. 이를테면 다음과 같은 파티의 한 장면을 보라.

> 지구가 비틀거리며 태양에서 멀어지면서 조명은 더 환해지고, 이제 오케스트라가 노란 칵테일 음악을 연주하기 시작하자 오페라 같은 목소리들이 음높이를 한 단계 더 올린다. 웃음은 시시각각 헤퍼져서 술처럼 아낌없이 쏟아지고 유쾌한 말 한마디에도 쉽게 엎질러지고 만다. 무리는 그 구성원이 더 빠르게 변하고, 새로 온 사람으로 부풀어 오르는가 싶더니 금세 흩어졌다가 숨 쉴 새도 없이 다시 모인다. 그곳의 방랑자들, 자신만만한 여자들은 이미 더 힘차고 안정된 사람들 사이를 이리저리 누비고 다니며 짜릿하고 기쁜 한순간이나마 무리의 중심이 되고, 그러고는 승리감에 도취한 채 영원히 변하는 불빛 아래서 급변하는 얼굴과 목소리와 색채 사이를 미끄러지듯 지나다닌다.

웃음을 칵테일에 비유해 그것이 술처럼 '쏟아지고' '엎질러지고' 만다는, 소설에서는 다소 어색할 수도 있는 표현이 능

수능란하게 사용하고 있는 것을 볼 수 있다(참고로 이런 표현도 저자의 '시적' 의도를 살리고자 의역하지 않고 모두 직역했다).

물론 완벽에 가깝다는 것은 어디까지나 원문이 그렇다는 말이어서, 그런 원문을 완벽과는 거리가 멀게 번역할 수밖에 없는 하루하루는 달콤한 고통에 가까웠다. 소설 속 문장을 흉내 내자면 '끊임없이 실패로 떠밀려 가면서도 계속 앞으로 나아가는' 수밖에 없었달까.

그래도 역자는 피츠제럴드의 원문을 훼손하지 않기 위해 각고의 노력을 기울였다. 이를테면 제3장 첫 문단에서 피츠제럴드는 개츠비의 집 파티를 묘사하며 "그의 손님들", "그의 잔교", "그의 해변", "그의 모터보트", "그의 롤스로이스", "그의 스테이션왜건" 등 '그의', 즉 '개츠비의'를 여러 차례 반복한다. 한국어로 옮길 때는 없어도 되는, 아니 번역이나 편집 과정에서 없어져야 마땅한 부분이다. 하지만 이런 '반복'과 '과함'은 그것들이 개츠비의 소유물임을 강조하려는 피츠제럴드의 명백한 의도이므로 단 하나의 '그의'도 삭제해서는 안 된다. 가독성 차원의 문제가 아닌 것이다.

이외에도 《위대한 개츠비》에는 특히 신경 써서 번역해야 할 문장들이 난무한다. 뉴욕으로 가는 길에 만난 '외부인들'을 묘사한 다음 문장을 보자.

꽃을 잔뜩 장식한 영구차가 죽은 이를 실은 채 우리를 지나갔고, 블라인드를 친 마차 두 대와 친구들을 태운 좀 더 명랑한 마차들이 그 뒤를 이었다. 그 친구들은 남동부 유럽 출신 특유의 짧은 윗입술을 드러내며 비극적인 눈으로 우리를 내다보았다. 나는 그들의 우울한 휴일에 개츠비의 멋진 차가 등장했다는 사실이 기뻤다. 블랙웰섬을 지나는 동안 리무진 한 대가 우리를 지나갔는데, 백인 운전기사가 모는 그 차에는 유행을 따른답시고 멋을 부린 흑인 세 명, 그러니까 수컷 둘과 여자 하나가 타고 있었다. 그들이 거만한 경쟁의식을 느끼며 노른자 같은 눈동자를 우리 쪽으로 굴리는 동안 나는 큰 소리로 웃었다.

이 '문제적' 부분을 어떻게 읽어야 하는지와는 별개로(이것은 피츠제럴드의 시선인가, 닉의 시선인가, 아니면 그 시대 백인의 시선인가?) 여기에 달갑지 않은 시선이 담긴 것만은 분명하다. 따라서 원문의 'modish'와 'buck'을 단순히 '멋을 부린', '남자' 등으로 번역하면 그 점을 완전히 놓치게 된다. 전자는 '유행을 따른답시고'로, 후자는 '짐승'의 뉘앙스를 풍기는 '수컷' 정도로 옮겨야 피츠제럴드의 의도를 살릴 수 있는 것이다.

또한 일명 '보브 컷'으로 불리는 단발머리는 재즈 시대를 상징하는 헤어스타일로《위대한 개츠비》에서도 다양하게 묘사되는데, 이를테면 'a solid, sticky bob of red hair'는 'solid'가 '층을 내지 않고 일자로 자르는 스타일'을 말하므로 "칼같이 일자로 잘라 착 달라붙는 붉은색 단발머리"로 옮겨서 그 것이 한눈에 이해되도록 애썼고('칼단발'을 떠올리면 되겠다), 'French bob'도 "프렌치 단발머리"로 옮기되 그것이 어떤 스타일인지 설명하기 위해 주석을 달았다. 재즈 시대를 대표하는 소설인 만큼 그 시대의 패션이 독자의 머릿속에 더 선명히 그려져야 한다고 믿었기 때문이다.

개츠비가 사용하는 저 유명한 표현 'old sport'는 역시 번역이 불가능했다. 'old sport'는 그간 '형씨'로 번역되기도 했는데, 개츠비의 무뢰한적인 측면을 보여준다는 면에서 그리 나쁘지 않은 '창의적인' 선택일 수도 있다. 하지만 개츠비는 교양 있는 상류층으로서의 '올드 머니'를 흉내 내며 그 자리를 넘보고자 그 표현을 쓰는 것이기에, '형씨'라고 옮기면 피츠제럴드의 의도를 완전히 거스르게 된다. '형씨'와 'old sport'는 절대적으로 대립한다(그 말이 제7장에서 결국 진짜 '올드 머니'인 톰을 폭발하게 하는 장면을 떠올려보라). 차마 《위대한 개츠비》의 일본어 번역가인 무라카미 하루키처럼 '올드 스포트'로 옮길 수는 없어서, 대신 '친구'라는 무난한 선택을 할 수밖에 없었던 이유다.

이외에도 번역에 대해 할 말이 많지만, 번역 이야기를 하다가는 이 글을 도저히 끝맺을 수 없을 것 같아 여기서 멈추기로 한다. 번역에 대해 이런저런 말을 늘어놓긴 했지만, 사실 이것은 완벽한 번역이라기보다는, 피츠제럴드가 시간 때문에 어쩔 수 없이 '위대한 개츠비'라는 제목으로 책을 출간한 것과 비슷하게, 고치고 고치다 시간 때문에 어쩔 수 없이 출간하게 된 경우에 가깝다. 오해를 불사하고 말하자면,《위대한 개츠비》의 문장은 무조건 정확해야 하고 무조건 아름다워야 한다. 원문이 그것을 온몸으로 주장하고 있고, 나는 그것에 반박할 말을 한마디도 찾지 못하겠다.

하지만 개츠비의 경우와 마찬가지로 문제는 역시 '시간'이다. 시간을 거슬러 올라가 다시 번역할 수는 없는 대신, 잘못되거나 부자연스러운 부분은 앞으로 닥쳐올 '미래에' 기회가 될 때마다 수정할 것을 약속드린다. 그것이 한때 '위대함'을 꿈꾸었으나 세상의 몰이해로 실패했다고 믿고서 비참하고 때 이른 죽음을 맞이한 작가에게 그를 아끼는 한 사람의 독자로서 보일 수 있는 최소한의 예의일 테니까.

황유원

**휴머니스트 세계문학 043**

위대한 개츠비

1판 1쇄 발행일 2025년 3월 10일

**지은이** F. 스콧 피츠제럴드
**옮긴이** 황유원

**발행인** 김학원
**발행처** (주)휴머니스트출판그룹
**출판등록** 제313-2007-000007호(2007년 1월 5일)
**주소** (03991) 서울시 마포구 동교로23길 76(연남동)
**전화** 02-335-4422 **팩스** 02-334-3427
**저자·독자 서비스** humanist@humanistbooks.com
**홈페이지** www.humanistbooks.com
**유튜브** youtube.com/user/humanistma **포스트** post.naver.com/hmcv
**페이스북** facebook.com/hmcv2001 **인스타그램** @boooook.h

**편집주간** 황서현 **편집** 이성근 김대일 **디자인** 김태형
**조판** 아틀리에 **용지** 화인페이퍼 **인쇄·제본** 정민문화사

ISBN 979-11-7087-298-6 04840
    979-11-6080-785-1 (세트)